KB272726

FUSION FANTASTIC STORY 천인!(天人)

백대일 퓨전 장편 소설

천인 2
백대일 퓨전 장편 소설

초판 1쇄 찍은 날 § 2005년 6월 23일
초판 1쇄 펴낸 날 § 2005년 7월 2일

지은이 § 백대일
펴낸이 § 서경석

편집장 § 문혜영
편집책임 § 이재권
편집 § 장상수 · 유경화

펴낸곳 § 도서출판 청어람
등록번호 § 제1081-1-89호
등록일자 § 1999. 5. 31
어람번호 § 제1-0608호

주소 § 경기도 부천시 원미구 심곡1동 350-1 남성B/D 3F (우) 420-011
전화 § 032-656-4452 팩스 § 032-656-4453
http://www.chungeoram.com
E-mail § eoram99@chollian.net

ⓒ 백대일, 2005

ISBN 89-5831-600-4 04810
ISBN 89-5831-598-9 (세트)

天

FUSION FANTASTIC STORY

천인(天人)

백대일 퓨전 장편 소설

|2|

도서출판

청어람

CONTENTS

◆제5장◆
과거

과거

군수의 말이 끝나자 송 판관이 재빨리 말을 잇는다.

"연천에서 역병을 잡고 역병에 걸린 병자를 소생시켰다는 군수 영감의 장계를 주상 전하께서 보시고 크게 칭찬의 말씀이 계셨다고 하오. 해마다 전국 곳곳에서 소소한 역병이 창궐하여 수많은 백성들이 고통 속에서 허덕이는데 이를 극복하고 백성을 잘 보살핀 군수 영감을 칭찬하시고 특하나 이 공께 관심을 보이셨다고 하오. 하여 내의원에 어명을 내리시어 이 공이 사용한 방역기와 방역제, 환약과 인삼생속탕을 철저히 분석하여 전국적으로 사용할 수 있게 하라 하시고는 연천으로 가 역병의 방역과 치료 과정을 소상히 알아오라 하시어 내의원에서 본관과 조 주부를 파견하게 된 것이오. 본관이 현장으로 가서 직접 눈으로 보면서 그 과정에 대해 설명을 들었으면 하오만 이 공이 안내해 주실 수 있겠소?"

정훈이 송 판관의 말을 들으며 군수를 쳐다보자 군수가 고개를 끄덕인다.

"그리하세요, 이 방수. 이제 어느 정도 역병이 잡혔으니 시간을 좀 내셔도 되지 않겠소?"

"알겠소이다. 뭐, 그리 대단한 건 아니오만 어명이 게시다니 소생이 안내하며 소상히 설명을 해드리리다. 하면 지금 가보시겠소이까?"

"그리하십시다."

정훈이 일어나 사또에게 예를 표하고 송 판관과 조 주부를 안내하여 나오니 군관 한 명과 병사 몇 명이 달라붙는다.

아마도 판관 일행을 호위하고 온 일행인 모양이다.

옥계로 향하며 방역기의 설계와 환약의 성분을 말해 주고 마을에서 환자의 치료 과정을 직접 보여주며 설명을 해주니 조 주부가 옆에서 일일이 기록을 한다.

이튿날 오전에 몇몇의 마을을 더 돌아보고는 이제 한성으로 가야 한다며 송 판관이 말을 건넨다.

"이 공의 의술이 참으로 신묘하외다. 주상 전하께서도 방역기를 보시고 그 만든 재주에 감탄을 하셨다고 하더이다. 하고 본관이 한성에서 출발하기 전에 받은 어명이 한 가지 더 있소. 이 공을 만나보고 과연 그 재주가 남다르다면 내의원에서 일할 수 있게 이 공의 의중을 알아보라는 명이셨소. 어떠하오? 이 공께서 뜻이 있다면 본관이 주상 전하께 말씀을 전하여 올리리다."

윽! 이게 무슨 큰일날 말씀이신가? 자신에게 무슨 의술이 있다고 내의원에서 일을 해?

"성은이 하해와 같으시고 판관 영감의 말씀이 감사하오나 소생이 어찌 이 일로 관직에 오르기를 바라겠소이까? 그저 역병에 걸려 죽어가는 백성들이 안타까워 소생이 잠시 나선 것뿐이니 괘념치 않으셨으면 하오이다. 게다가 소생은 의관이 될 생각이 없소이다. 관직에 오르더라도 당당히 과거에 급제를 하여 실력으로 관직에 나갈 것이니 이번 일은 그저 이것으로 잊어주셨으면 하오이다."

"허, 물론 의관으로 진출하기가 꺼려지시는 심정은 이해하오만 그 재주가 참으로 아깝소이다. 하지만 과거에 입시를 하신다 하니 아까운 인재를 놓치는 우는 없을 듯하여 심히 안심은 되오. 내 주상 전하께 그리 말씀을 올리리다. 하면 훗날 조정에서 볼 수 있기를 바라오."

"예, 감사하오이다. 살펴가소서."

판관 일행이 돌아가고 이틀을 더 마을을 돌며 환자 상태를 살핀 정훈이 이제는 의원들이 알아서 치료를 하는 상태가 되자 자신은 철수를 해도 되겠다 싶어 군수에게 고하고는 한과 삼을 대동하고 밤골로 돌아왔다.

밤골에서도 환자들이 어느 정도 완치가 되자 모두들 집으로 돌아가고 진료소도 철수를 한 상태였다.

마을 사람들의 인사를 받으며 집 앞의 공터에 도착하자 부인을 비롯한 전 식솔이 나와서 정훈을 맞는다.

"이렇듯 건강하신 모습으로 돌아오셔서 참으로 다행이옵니다."

"하하하! 부인께서 염려하심이 크셨던 모양입니다. 별 탈 없이 돌아왔으니 이제 안심하세요. 응? 이 사람들은?"

정훈이 부인과 인사를 주고받다 낯선 사람들이 보여 살펴보니 신탄에서 온 환자와 그 가족들이다.

"아직 완쾌가 아니 되신 모양이오?"

정훈이 환자였던 중년 부인에게 말을 걸자 그 가족이 모두 나와 허리를 숙여 인사를 한다.

"아닙니다요. 나으리 댁에 계신 의원 분들이 정성으로 보살펴 주서서 이미 완쾌가 되었습니다요."

"허면 이제 집으로 돌아가셔도 됩니다. 마을에 발병한 역병도 모두 소멸이 되었으니 안심하시고 가셔도 됩니다."

정훈이 안심하고 집으로 돌아가라 하니 그 가족이 갑자기 땅에 부복하여 엎드리고는 중년 부인이 말을 한다.

"나으리, 나으리의 은혜로 쇤네의 일가족이 목숨을 구했습니다요. 금수도 목숨을 구해주면 그 은혜를 안다 했는데 어찌 쇤네들이 금수만도 못하겠습니까요. 쇤네들은 나으리 댁의 허드렛일을 맡아하며 나으리의 은혜를 갚겠습니다요. 허락해 주십시오."

엥? 이게 무슨 소린가? 하면 아직 안 가고 이 집에 남아 있는 이유가 은혜를 입었으니 머슴살이를 하겠다 이런 말인가?

정훈이 슬쩍 부인을 쳐다보니 부인의 얼굴에 미소가 번지며 고개를 끄덕인다.

이게 어찌 된 상황인고? 부인의 태도를 보니 이미 부인과는 얘기가 되었다는 말인데.

하지만 정훈의 머리 속엔 머슴이란 단어는 없다.

만인이 평등한 세상에서 살아온 정훈에게 머슴이란 단어가 가당키나 한 말인가!

"험! 자자, 우선 일어들 나구려. 땅바닥에 그렇게 엎드리면 어찌하오. 자, 우선 일어들 나시오."

정훈이 일어나라 하는데도 그저 엎드리어 허락해 주라고만 한다.

이런 고집불통인 사람들을 보게나?

정훈이 일일이 한 사람씩 일으켜 세우자 마지못해 일어나서는 고개를 수그리고 서 있다.

"그대들의 뜻은 내 고맙게 받겠소. 허나 그럴 필요까지는 없다오. 내가 치료한 이가 그대들뿐만이 아니고 군 내의 많은 사람들을 치료한 것이니 그대들은 따로 부담을 갖지 않아도 됩니다. 그러니 살던 곳으로 돌아가셔서 생업에 종사하세요. 그러면 됩니다."

그러자 아들이 나서서 말을 한다.

"나으리, 소인들이 부담을 가져서 그러는 것이 아닙니다요. 소인의 어미와 안사람, 아이까지 이번 역병에 죽을 뻔하였습니다요. 만일 나으리를 만나지 못했다면 소인의 가족은 물론이고 소인까지도 죽었을 겁니다요. 소인이 비록 소작할 땅 한 뼘 얻지 못하고 성질이 화급하여 개망나니로 지금까지 살아왔습니다만 그래도 은혜는 아옵니다요. 소인 등이 다시 신탄으로 돌아가도 소인은 여전히 나무를 해다 팔아야 하옵고, 어미는 남의 집 품팔이를 해야 간신히 생계를 이을 수 있을 뿐이옵니다요. 그럴 바에는 차라리 나으리의 은혜도 갚을 겸 나으리 댁의 허드렛일이라도 하면서 살고 싶습니다요. 소인의 가족이 의논하여 그리 정한 것이오니 부디 내치지 마시고 허락해 주십시오. 간청하옵니다요, 나으리."

허! 뭐 이런 사람들이 다 있나?

신탄으로 돌아가도 힘들게 살아야 한다니 그냥 내쫓기도 뭐하고, 그렇다고 머슴으로 둘 수는 없는 일이 아닌가.

부인이 옆에서 자꾸 고개를 끄덕이는 폼이 허락을 하라는 얘긴가 본데, 정훈은 참으로 곤란했다.

"흠, 하면 이렇게 합시다. 우리 집에서 기거하며 일을 하되 그냥 부릴 수는 없으니 내가 노임을 계산하여 주리다. 그대에게는 한 달에 세 냥, 그대의 모친과 부인에게는 한 달에 두 냥씩 해서 모두 한 달에 일곱 냥씩 그대 가족에게 노임을 주겠소. 물론 노임은 추수가 끝나고 일괄 정산하여 일 년에 한 번씩 일 년치를 한꺼번에 줄 테니 그 돈을 모았다가 후일 독립을 하고 싶을 때 말을 하면 바로 독립을 시켜주겠소. 어떻소, 그리하겠소?"

"아이고, 아닙니다요! 소인들이 노임을 바라고 이러는 것이 아닙니다요! 나으리께서는 소인들을 어찌 금수만도 못한 인간들로 만드십니까요! 그저 먹여만 주시면 됩니다요. 노임은 아닙니다요, 나으리!"

"그럴 수는 없소. 그대들의 노동력을 우리 집을 위해서 쓰는데 어찌 대가가 없을 수 있겠소. 노임을 주는 것이 내게도 편하니 그렇게 합시다. 그래야 내가 그대들을 편하게 받아들일 수 있지 않겠소?"

정훈의 말이 끝나고도 한참을 안절부절못하고 있던 그 아들이 결국엔 타협점을 내놓았다.

"하오시면 나으리, 노임의 액수는 정하지 마시고 훗날 소인들이 더 이상 나으리를 모시지 못하게 됐을 때 소인들이 먹고살 만큼만 금전을 내어주십시오. 소인들은 그것으로도 만족을 하옵니다요."

"흠, 좋소. 정히 그러하다면 내 속으로 계산을 하여둘 테니 그리합시다. 자, 이제 한식구가 되었으니 서로 이름 정도는 알아야겠지요. 나는 이정훈이라고 하오."

"아이고, 나으리. 송구하옵니다요. 이제는 하대해 주십시오. 그것이 소인에게도 편합니다요. 소인은 덕칠이라고 하옵니다요.”

덕칠이 자신을 소개하자 가족들도 인사를 하며 소개를 하는데 이름이 없단다.

“허면 남들은 뭐라고 부르오?”

“예, 쉰네의 손주 놈 이름이 대강입니다요. 해서 대강 할멈이라고 불렸습지요.”

“예, 쉰네도 대강 어멈이라고 불렸습니다요.”

“아이 이름이 대강이오? 허, 아이 이름이 특이하구먼.”

“예, 크고 건강하게 자라라고 옆집에 살던 할아범이 지어준 이름입지요.”

“험, 그럼 그렇게 부르기로 하고 덕칠이는 나하고 나이가 비슷하니 하대를 함세. 한데 성은 없는가? 아이까지 있는 사람을 함부로 이름을 불러대기가 좀 그런데.”

“아닙니다요, 나으리. 괜찮습니다요. 천한 것한테 성이 어디 있겠습니까요. 지금껏 다들 그렇게 불렀습지요.”

“흠, 할 수 없구먼. 그럼 대강 아범으로 부르기로 하고. 부인, 이들에게 방은 배정해 주었소?”

“예, 서방님. 소첩이 알아서 할 일까지 분배를 하겠사오니 이제 그만 안으로 드시오소서.”

“그래요. 들어가십시다.”

정훈이 뒤꼍에서 홀 씻고 방으로 들어가 부인의 두 손을 꼭 쥐고 마주 앉으니 부인의 두 눈이 금세 촉촉해진다.

“너무하셨사옵니다, 서방님. 어찌하여 열흘이 넘도록 소식 한 장 전하질 않으시옵니까?"

"하하하, 이런. 그래서 섭섭하시었소? 병자들 속에서 있다 보니 시간을 못 내어 그리되었다오. 하지만 내 부인의 생각을 하루도 잊은 적이 없으니 너무 서운해 마시구려. 게다가 이렇게 건강한 모습으로 돌아왔으니 되었지 않소? 하하하! 자, 그만 진정하시고 이리 오시오."

그동안 지아비를 사지로 보내고 이제나저제나 소식이 오기를 마음 졸이며 기다리다 이렇듯 무사한 모습으로 돌아와 품에 안기니 만감이 교차하던 마음이 봄눈 녹듯 사라지고 안도의 한숨이 나온다.

"미안하오, 부인. 내가 가만있지를 못하고 자꾸 일을 벌여 부인의 근심만 사니 참으로 못난 지아비구려. 내 성정 탓에 부인만 고생이오."

"아니옵니다, 서방님. 그런 말씀 마소서. 서방님께서 어디에 계시든 어떠한 일을 하시든 소첩에게는 하늘이신 분이옵니다. 소첩은 그저 서방님께서 조선의 사정에 어두우셔서 서방님의 옥체에 해라도 입을까 그것이 걱정일 뿐이옵니다."

"하하, 그래요. 내 다시 말하지만 항상 조심하여 부인께서 근심하지 않도록 노력하리다. 그나저나 논골의 어머님 댁은 무사하신지 걱정이 되는구려."

"예? 군 내의 모든 마을에 방역을 실시하였다고 들었사온데 아니였사옵니까?"

"예? 아! 하하하! 군 내의 모든 마을에 방역을 한 것은 맞소이다. 그런데 논골은 연천군에 속한 마을이 아니라 마전군에 속하는 마을이라오. 거리상으로는 삼곶보다도 가까우나 엄연히 경계가 다르니 함부로 넘어갈 수는 없지요. 대강네가 온 날 혹시나 하여 한을 시켜 어머님 댁에 방역을 하여두었긴 한데 이십 일에 가까운 날이 지났으니 또 모르지요. 아무래도 내일 한 번 다녀와야겠소이다.”

“예, 그리하소서. 아무 일도 없어야 할 텐데 걱정이옵니다. 소첩은 소속된 군이 다른지 모르고 논골도 방역이 된 줄 알고 안심하고 있었사옵니다. 송구하옵니다, 서방님.”

“하하, 아니에요. 뭐, 마전군에는 역병이 창궐하였다는 소문이 없었으니 별일은 없을 겁니다. 더구나 이미 한 번 방역을 하였으니 안심하셔도 될 거구요. 그리고 또 내가 누굽니까? 설령 역병이 창궐하였다 하더라도 내가 있는 한 어머님은 안전하십니다. 걱정하지 마세요. 그나저나 점심을 건넜더니 시장하구려. 식사 때가 아직 안 되었소?”

“시장하시옵니까? 아직 때가 좀 이르기는 하옵니다만 시장하시다니 서두르겠사옵니다. 잠시만 기다리소서.”

때 이른 저녁을 먹고 정훈이 잠시 더 부인과 환담을 나누다 다정히 잠자리에 들었다.

다음날 아침 정훈이 한에게 방역기와 약을 챙겨 들리고는 논골을 향해 출발했다.

다행히 일찍 서둘러 출발을 해서인지 논골의 어머님 댁에 도착하여 보니 두 분이 다 계셨다.

한에게 집 주변을 둘러 방역하고 방으로 들어오라 이르고는 마당으로 들어섰다.

“어머님, 소자 정훈이옵니다!”

마당에서 소리쳐 부르니 방문이 열리며 형수가 나오는데 웃음 띤 얼굴에서 정훈을 반기는 기색이 역력하다.

“어서 오세요. 이렇게 일찍 오신 걸 보니 새벽부터 서둘러 오신 모양이십니다."

"하하! 예, 형수님. 그간 별고없으셨지요?"

"예. 방으로 드세요."

정훈이 방으로 들어가 어머님께 인사를 여쭙고 앉으니 어머님께서 대뜸 역병에 대해서 물어온다.

"연천군 내에 역병이 발병하였다고 들었는데 어찌 되었답니까?"

"예, 그동안 의원들이 나서서 역병을 잡고 발병한 병자들을 모두 치료하였다고 하옵니다. 이제는 역병이 소멸하였다고 하니 안심하셔도 될 것이옵니다."

"호호호호!"

"호호호호!"

정훈의 말이 끝나자 어머니와 형수가 동시에 웃는데 정훈이 영문을 몰라 멀뚱히 바라만 본다.

"하하, 소자의 한마디에 어머님의 기분이 이렇게 좋아지시니 소자도 기쁘기가 한량없사옵니다."

"호호호, 아니에요. 그래서 웃은 것이 아니랍니다. 온 장안에 성인에 대한 소문이 자자한데 우리라고 그 소문을 듣지 못했겠습니까? 밤골에 사는 탁 진사 댁의 사위 되시는 양반이 그 소문의 장본인이다 하여 여기 논골에서도 몇몇 아픈 이들이 밤골에 가서 치료를 받고 왔답니다. 연천의 역병을 잡은 이도, 천 명이 넘는 역병에 걸린 병자를 살린 이도 성인으로 알려진 밤골 탁 진사 댁 사위라는 소문이 자자한데 공께서 의원들로 핑계를 대시니 어찌 우습지 않겠습니까?"

"하하, 어머님과 형수님도 이미 알고 계셨군요? 하하, 이거 참. 하지만 그 일이 어디 소자 혼자의 힘으로만 되는 일이옵니까? 말씀드린 대로 군 내의 의원이 모두 나서니 가능했던 일이지요. 소자야 그저 앞에 서 지휘한 일밖에는 없사옵니다."

"호, 그래요? 하면 과거 준비를 한다고 밤골의 마님께는 거짓을 고하고 황해도로 평안도로 다니시며 수백의 마을에 방역을 하고 수천의 병자를 치료한 일도 그저 다른 의원들을 시켜서 한 일이라 그런 말씀이군요? 진정 그런 말씀입니까?"

"하하, 이거 어머님께서 그리 말씀을 하시니 송구하옵니다."

"일전에 가솔을 보내어 이 집 주위에 방역을 하고 우리에게 약을 먹이기에 좀 의아해하였었는데 나중에 소문을 듣고 이해를 하였답니다. 우리 가문에 이렇듯 훌륭하신 분이 들어오셔서 가문을 빛내주시게 되었으니 참으로 무량한 영광이 아닐 수 없습니다. 감사드립니다."

"아니옵니다, 어머님. 어찌 소자에게 그런 말씀을 하시옵니까? 자식에게 그리 말씀하실 수는 없사옵니다. 거두어주소서."

"호호호, 그래요. 어쨌든 이제 마음 편히 죽을 수 있게 되어서 참으로 다행한 일입니다. 가문의 대가 끊겨 죽어서도 조상님을 어찌 뵈올까 면목이 없었는데 이제는 조금 마음이 놓인답니다. 그것이 모두 공의 덕이지요."

"아니옵니다, 어머님. 소자는 불효자이옵니다. 어머님을 모시지도 못하고 불효를 하고 있는 소자에게 그런 말씀이 어찌 가당키나 하옵니까? 그런 말씀은 마소서."

그때 한이 방역을 마쳤는지 밖에서 보고를 한다.

"서방님, 방역을 마쳤습니다. 어찌할까요?"

"오, 그래. 들어오너라. 어머님, 역병의 영향이 혹 이곳까지 미칠까 싶어 집 주변에 다시 한 번 방역을 하였습니다. 하옵고 어머님과 형수님을 잠시 진찰하고자 하오니 허락하셨으면 하옵니다."

한이 들어와 인사하고 의료기를 펼쳐 놓으니 어머니와 형수가 마지못해 응한다.

한이 진찰을 마치고 환약과 보약을 꺼내 드시게 한 후 나가자 어머니가 신기한 듯 말을 한다.

"진료하는 방식이 특이하다는 얘기를 밤골에 다녀온 이한테 듣긴 하였는데 직접 보니 정말 다르군요. 이것이 혹 아라사에서 진료하는 방식입니까?"

"예, 어머님. 아라사와 서역의 의원들이 진료하는 방식이지요. 뭐, 조선에서 진맥을 하는 방식과 방법에서만 조금 차이가 있을 뿐 그 효과 면에서는 같다고 볼 수 있사옵니다. 그리고 특별히 이상이 없으신 듯하니 다행이옵니다. 앞으로도 당분간은 물을 꼭 끓여서 드시고 식사도 익힌 음식을 위주로 드셔야 하옵니다."

"그래요, 그리하리다. 그건 그렇고, 과거 준비하실 시간을 다른 일로 소비하셨으니 이번 과거는 어찌하실 생각입니까?"

"하하, 예. 뭐, 어차피 참가하는 데 뜻을 두었던지라 그저 큰 욕심 없이 참가만 해볼 생각이옵니다. 다음 기회도 있사오니 그때나 대비하여 준비를 해보겠습니다."

"그래요. 너무 조급히 생각할 일은 아니니 천천히 준비하시는 것도 좋습니다."

정훈은 어머니와 형수를 모시고 환담을 나누다 점심까지 얻어먹고는 밤골로 돌아왔다.

이로써 분주했던 시간이 지나고 밤골에서의 일상생활이 시작되었다.

새벽부터 아이들이 운동하며 지르는 기합 소리에 잠을 깨고 아이들의 글 읽는 소리에 맞춰 정훈도 글을 읽고 해서체를 연습하니 평안한 하루하루가 지나간다.

어느새 6월도 다 지나고 7월도 열흘을 넘긴 어느 날, 관아에서 배 초관이 찾아왔다.

"그동안 평안하셨사옵니까, 어르신?"

"아니, 배 초관이 여기까진 어인 일이오? 자, 어서 들어오시오."

정훈이 한에게 다과상을 내오라 이르고는 배 초관을 안내하여 방으로 들어갔다.

"하하, 이거 이렇게 보니 반갑구려. 그래, 사또 이하 다른 분들도 안녕하시오?"

"예, 모두들 잘 계시옵니다. 하옵고 사또께서 안부 여쭈시라 하시더이다."

"이런, 고마우신 말씀이시구려. 그래, 역병의 남은 처리는 잘되었소?"

"예. 역병이 이미 소멸을 하였고 병자들도 모두 완쾌가 되었는지라 의원들도 모두 본업으로 복귀한 지 이미 여러 날이 지났습지요. 방역기도 관아에서 잘 보관하고 있사오니 언제 시간이 나실 때 들르시어 회수해 가시면 될 것입니다. 하옵고 오늘 소관이 어르신을 찾아뵈온 것은 사또의 명으로 서찰을 전해 드리기 위함이옵니다."

하며 품에서 서찰을 꺼내는데 두 통이나 된다.

좀 더 깨끗한 서찰을 먼저 읽어보니 군수가 쓴 것인데, 안부 인사와 이번 가을의 과거가 정시로 열리는데 초시의 날짜가 팔월 스무날이라는 내용과 한성에서 정훈이 이번 정시에 꼭 응시할 수 있도록 군수가 뒤를 봐주라는 명이 내려왔으니 팔월 초순에 필히 행장을 갖추어 관아로 들러달라는 내용이었다.

다른 한 통의 서찰을 들어 읽어보니 어명을 대필한 서찰인데 이번 정시에 꼭 급제를 하여 임금의 용안을 배알할 수 있도록 하라는 내용이었다.

"허, 이런 광영이 있나? 전하께오서 이 사람을 이토록 어여삐 보시니 그 성은에 어찌 보답하리오. 성은에 보답하는 의미에서라도 반드시 급제를 하여야 할 텐데 이거 큰일이로세."

"전하께오서 어르신께 그토록 관심을 보이시니 어르신의 복이올시다. 감축드립니다."

"하, 이거, 어쨌든 고맙소이다. 하지만 내게는 큰 부담이라오. 전하께옵서 이렇게 친히 서찰을 주시어 급제하라 하오시는데 내가 부족하여 낙방을 한다면 전하의 용안도 못 뵈옵고 어명도 어기는 일이라 큰 죄를 짓는 것이 되지 않겠소? 하, 이것 참, 낭패로세."

"전하께오서 어르신이 하신 일로 관심을 보이시는 것이니 과거에 급제를 못한다 하더라도 따로 마련된 조치가 있질 않겠소이까? 미리부터 걱정하지 마시고 일단 한성으로 가보시면 알게 되겠습지요. 하오면 소관은 사또의 명을 이행하였으니 이만 일어날까 하오이다."

"응? 아니, 오시자마자 바로 일어나시렵니까? 얘기라도 좀 나누다가 가시지요."

"아니옵니다. 갈 길이 머니 서둘러야지요. 하옵고 팔월 초순에 관아로 들르실 것이니 그때 다시 뵈오면 되지 않겠습니까? 다시 뵙겠사옵니다."

"하하, 그럼 그럽시다. 조심히 살펴가시오."

정훈이 배 초관을 배웅하고 안채로 들어 서찰을 부인에게 보여주니 부인의 표정이 환해진다.

"참으로 다행한 일이옵니다. 서방님께서 역병을 잡으시고 병자들을 치료하신 일로 전하께서 관심을 보이신다니 이보다 큰 광영이 어디에 있겠사옵니까? 감축드리옵니다, 서방님."

"허, 과연 이 일이 축하를 받아도 될 일인지 잘 모르겠소이다. 전하께서 관심을 보이시니 좋은 일이긴 하나 그만큼의 보응을 해드려야 할 터인데 그것이 걱정이지요. 이번 정시에는 분명히 낙방할 것이 뻔한데, 그리되면 전하를 뵐 일이 힘들어지지 않겠소. 또한 어찌어찌 해서 뵈옵는다 해도 낙방한 처지로 민망해서 어찌 고개를 들겠소."

"이번 과거야 그렇다 치더라도 다음에 또 기회가 있사옵니다. 하오니 너무 부담스럽게 생각지 마오시고 편안하게 생각하소서. 전하께서도 그 정도는 배려해 주시지 않겠사옵니까? 일단 한 번 전하의 관심을 받았사오니 다음에 합격을 하셔도 무방하실 것이옵니다. 어쨌든 소첩은 참으로 기쁘옵니다. 서방님께서 호생지덕을 말씀하시더니 그 보답을 이렇게 받는 모양이옵니다. 이제 남은 기간이라도 학업에 전념하시어 최선을 다하시옵소서. 그리하시면 되옵니다."

정훈의 표정이 사뭇 어둡자 부인이 좋은 말로 기분을 풀어주면서도 표정이 환한 것이 마음속으로 매우 흡족한 모양이다.

"뭐, 좋습니다. 까짓거 이왕에 일은 벌어진 것이니 그저 최선을 다하여 응시를 해보고 그 결과는 나중에 생각하기로 하지요."

정훈이 마음을 다잡고 남은 기간 열 과목과 해서체를 공부하다 보니 어느덧 7월이 다 가고 8월이 다가왔다.

마지막 정리를 위해 영의 입력 상태를 점검하고 논골 어머님 댁에 인사를 다녀온 후 부인과 오붓한 저녁 한때를 보냈다.

다음날 식솔들의 희망에 찬 배웅을 받으며 한을 대동하고 밤골을 출발했다.

연천의 관아에 들르니 군수가 격려의 말과 더불어 경저(京邸)의 위치를 알려주며 이미 통문을 하여놓았으니 경주인(京主人)의 도움을 받으라 한다.

경저란 경주인이 사무를 보는 처소를 말함이고, 경주인이란 중앙과 지방 관청의 연락 및 각종 사무를 담당하기 위해 지방 수령이 한성에 파견한 아전이나 향리를 말함인데 때로는 한성의 사람들로 그 일을 대신하게 하기도 하였다.

경주인이 하는 일은 정훈의 경우처럼 과거를 보기 위해 올라오는 그 지방의 지방민이나 공무로 올라오는 관리들에게 잠자리와 식사를 제공하거나 신변을 보호하기도 하고, 공물 및 부세의 상납을 주선하거나 대납하기도 하며, 신임 수령의 부임시 미리 통문을 보내는 일을 하기도 한다.

경주인의 제도는 조선 전반에 걸쳐 많은 폐단을 낳았는데 잠자리와 식사를 제공한 후 나중에 지방 관청에 이자를 붙여 그 비용을 요구하고, 특히 대납의 과정에서 많은 이자를 붙여 요구를 하였다. 이 때문에 공납 의무자인 농민들만 더욱 괴롭히는 폐단을 낳았으니 이를 방납(防納)의 폐라고 한다.

이런 폐단을 방지하기 위해 종래 지방민을 경주인으로 삼던 것을 한성에 거주하는 사람으로 역가(役價)라는 보수를 지급하여 고용하게끔 하였더니 이 저역(邸役)이 또 이권화하여 폐단을 낳았다.

특히 한성의 관리와 양반들은 경주인의 자리를 사들여 하인에게 그 일을 맡기고 이익을 볼 수 있었으므로 역가는 더욱 올라가서 대읍의 경우는 1만 냥이 넘고 소읍에서는 5천 냥에 이르기도 하였단다.

군수의 입장에서는 커다란 편의를 제공한 것이나 이러한 비리가 있었음을 아는 정훈으로서는 그 호의를 받아들일 수 없었다.

하여 한성에 아는 이가 있어 그 집에 묵기로 하였다 하고 감사를 표하고는 한성으로 출발했다.

조성과 남방에서 묵어가며 수유리에 당도하니 어슴푸레 해가 진다.

정훈이 있던 시대에는 수유리에 빌딩 숲들이 즐비하였는데 조선의 수유리는 그저 조용한 여느 시골의 모습과 다를 바가 없다.

수유리의 주막에서 하루를 묵고 출발하여 점심 무렵쯤 되니 저 앞으로 흥인문(興仁門)이 보인다.

후일 동대문으로 불리는 문으로 빌딩 숲 사이 도로 한복판에 서 있던 모습과는 다르게 양옆으로 성벽이 쳐져 있어 막혀 있고, 오로지 문으로만 사람들이 왕래하는 모습을 보니 저것이 흥인문이 맞는가 싶을 정도로 낯설어 보인다.

흥인문을 통과하니 넓은 대로가 앞으로 쭉 뻗어 있고 길 주위에 커다란 기와집들이 줄을 지어 서 있다.

길을 따라 한참을 걷다 보니 종묘가 나오는데 낯익으면서도 어딘가 낯설다.

일단 식사도 할 겸 여각을 잡을 생각으로 주위를 아무리 둘러봐도 여각은커녕 상점도 하나 눈에 들어오질 않는다.

종묘 입구에 서 있는 병사에게 다가가 여각을 물으니 한 방향을 가리키며 가라 하는데 보니 청계천 방향이다.

일러주는 방향으로 걸어가다 보니 차츰 사람들의 수가 많아지며 거리도 복잡복잡, 시끌시끌해진다.

오호라! 그리고 보니 아까 그 길은 중앙 통로고, 이 길이 서민들이 애용하여 다니는 길인 모양이다.

길가의 상점들을 구경하며 걷다 지나는 사람에게 여각을 물어 찾아들었다.

여각에 방을 정하여 피로를 풀며 하루를 푹 쉰 정훈은 다음날부터 한성 구경에 나섰다.

그 유명한 수포교와 장통방을 돌아 훈련원과 성균관, 창덕궁과 경복궁 등을 구경하며 한성을 일주하니 시간이 지나 과거일이 코앞으로 닥쳤다.

과거일 이틀 전에 예조에 들러 접수를 하니 초시는 세 군데에서 보는데 정훈은 경운궁 앞뜰에서 시험을 치르게 되었다.

이번 정시는 문과와 무과 두 과만 시험을 보는데 문과 초시에 240인을 뽑는다고 한다.

종2품 1인과 정3품 이하 3인이 시관으로, 감찰 1인이 감시관으로 참석을 하는데 부(賦) 1편, 표(表), 전(箋) 중 1편으로 시험을 보고, 전시는 임금이 친림을 하며 독전관 10인, 대독관 20인이 시관 및 감시관으로 참석을 하고 10과 중 1편으로 시험을 보며 33인의 합격자를 뽑는다고 한다.

급제자는 창방의를 거행하고 신급자는 홍패와 말과 음식이 하사된다고 하는데 이번 응시자의 수가 1만 8천 명을 넘어선다고 하니 규모가 대단하다 할 수 있겠다.

무과는 초시와 복시 두 단계로 시험을 보며 초시엔 훈련원과 병조에서 지정한 장소에서 무예 중 1, 2기를 고시하여 시험을 보는데 각각 50인을 뽑는다 하며, 2품 이상 문신 1인, 무신 1인, 당하관 무신 2인이 시관으로, 양사(兩司:사헌부와 사간원) 각 1인이 감시관으로 참석한다고 한다.

무예란 목전(木箭), 철전(鐵箭), 편전(片箭), 기추(騎芻), 유엽전(柳葉箭), 과녁(貫革), 조총(鳥銃), 편추(鞭芻)를 말하는 것이다.

복시는 춘당대에 임금이 친림하여 2품 이상 문신 1인, 무신 2인이 참시관으로 참석하여 보는데 무예 중 4기를 시취하여 시험을 보며 사서오경의 하나와 무경칠서(武經七書)의 하나를 경국대전과 함께 고강(考講)하도록 하고 28인의 합격자를 뽑는다고 한다.

드디어 스무날이 되어 정훈이 과거 시험을 보는 날이 되었다.

정훈이 경운궁 앞뜰에 앉아서 과제를 받고는 영이 불러주는 대로 받아 적으면서도 한자를 계속 틀린다.

'야, 이 자식아! 똑바로 안 불러! 너 때문에 버린 종이가 벌써 몇 장이야? 종이도 몇 장 안 가져왔는데 이러다 종이가 없어서 낙방하면 니가 책임질래?'

'아니, 캡틴, 캡틴이 한자를 잘 몰라 자꾸 엉뚱한 한자를 쓰셔서 그런 것을 왜 저한테 책임을 돌리십니까?'

'그러니까 좀 어려운 한자를 부를 때는 내가 헷갈리지 않게 쉽게 풀이시 부르란 말야! 그렇게 음만 불러대면 내가 어느 한자를 써야 할지 모르잖아, 이 자식아! 알아들어?'

'쩝…….'

영과 티격태격해 가며 결국엔 수정에 수정을 거듭하여 간신히 답안을 작성할 수 있었다.

'캡틴, 그렇게 한자 공부를 좀 더 열심히 하시지 그러셨습니까? 글씨의 모양도 별로 예쁘게 되지 않은 것이 합격하실 수 있겠습니까?'

'됐어. 그래도 답안을 작성해서 제출했다는 게 어디야? 그냥 시험한 번 봐본 것에 의미를 두지 뭐.'

정훈은 스스로 만족을 해서 여각으로 돌아갔다.

그날 오후 사동의 한 저택에서 몇몇의 사람들이 모여 이야기를 하는데 정훈의 이름이 거론됐다.

"대감, 오늘 경운궁의 과장에서 연천의 이정훈이란 자가 쓴 답안이 올라왔다고 하더이다."

"연천의 이정훈? 그자가 누군데?"

"모르시옵니까? 이번에 연천에서 발병한 역병을 잡고 많은 병자를 소생시킨 자이옵니다. 의술이 뛰어나 경기도 북부와 황해도, 평안도에서 성인으로 소문이 자자한 자이옵니다."

"그런데 그게 뭐 어찌 되었다는 말인가? 그깟 의생 나부랭이의 답안이 뭐 그리 대단하다고 자네가 이리 호들갑인지 모르겠구먼."

"그자의 답안이 대단해서 이러는 것이 아니옵니다. 연천 군수가 장계를 올려 그자에 대해 고하니 주상께서 관심을 보이셨다고 하더이다. 또한 대필한 서찰을 보내시어 이번 정시에 응시하라 명을 내리셨다니 주상께서 보이시는 관심이 예사롭지 않아 보이기에 드리는 말씀이옵니다."

"뭐? 아니, 그런 일이 있었는가? 허, 그렇다면 진정 예사롭지 않은 일이구먼. 그래, 자네는 그자의 답안을 보았나?"

"예. 필체는 그리 대단해 보이지 않았사오나 답안의 내용이 예사롭지 않아 보였사옵니다. 학문도 좀 있어 보이고, 더구나 주상께서 관심을 보이시고 계시니 그냥 떨어뜨리기엔 좀 난감한 부분이 있사옵니다."

"허, 그렇구먼. 주상께서 관심을 보이시는 자이니 실력이 있다면 그냥 떨어뜨리기가 좀 그렇지. 하면 어찌 되는 겐가? 그자가 급제라도 한다면 이미 다 짜놓은 급제자 명단에 차질이 생기는 것 아닌가? 김문에서는 어찌한다던가? 얘기는 해보았나?"

"아직 말을 나누어보지는 않았사옵니다. 우선 대감께 고하고 우리의 입장을 정한 후에 말을 나눠도 늦지는 않을 듯해서 말씀이옵니다."

"허, 이거야 원. 별 시답잖은 놈이 나타나서 골 아프게 만드는군. 하면 김문과 얘기를 나누어보되 우리가 확보한 급제자 인원은 양보할 수 없으니 만일의 경우가 생기게 되더라도 김문에서 한 명을 양보하라 하게. 저번 호남의 군수 자리를 우리가 양보했으니 이번에는 김문에서 양보해야 맞는 일이지. 이번 일은 병헌이 자네가 맡게. 실력이 된다면 급제를 시켜야 할 성싶으니 자네가 김문에 단호히 말을 전하게."

"예. 알았습니다, 숙부님. 소질이 알아서 잘 처리하겠습니다."

그렇게 밤이 지나고 그 다음날 정훈은 초시 합격자 발표란에서 당당히 올라 있는 자신의 이름을 발견할 수 있었다.

그리고 열흘이 지나 임금이 진림한 가운데 경복궁 앞뜰에서 시험을 본 정훈이 당당히 33인의 한 명에 드는 영광을 차지했다.

그날 문과, 무과의 급제자의 이름을 소리쳐 알리는 창방의가 한성

전역에 거행됐고, 임금이 주최하는 연회에 참석하여 홍패와 주과(酒果)
를 하사받고 임금을 배알하였다.

급제의 순위에 따라 임금 앞에 나아가 잠깐의 면담을 하고 어주를
받는데, 장원과 갑의 급제자 두 명이 어주를 받고 을의 급제자 일곱 명
이 어주를 받았다.

나머지 스물세 명이 병의 급제자인데 스무 명이 앞으로 나가 어주를
받는데도 정훈의 차례가 오질 않는다.

"연천의 이정훈 급제자는 앞으로 나오시오."

병의 급제자 중 스물한 번째로 정훈이 호명됐다.

내시의 부름에 따라 정훈이 임금의 앞으로 나아가 무릎을 꿇고 대례
를 올렸다.

"호! 그대가 그 연천의 이정훈인가? 의술이 신의 경지에 이르고 불
쌍한 백성들을 긍휼히 여겨 성인으로 칭송을 받는다더니 과연 군계일
학(群鷄一鶴)이로다. 앞으로도 백성들을 긍휼히 여기는 성정을 잊지 말
고 짐과 백성을 위해 성심을 다하라. 짐이 조만간 그대를 불러 긴히 쓸
것이니 조급히 생각지 말고 기다리라. 알겠는가?"

"성은이 망극하옵니다, 전하."

임금의 말이 끝나자 내시가 주가에 받쳐 술잔을 정훈에게 주자 정훈
이 술잔을 들어 머리 위로 올리니 임금이 술을 따른다.

정훈이 조심스럽게 술잔을 들고 일어나 뒷걸음질로 자리로 돌아오
고 나머지 두 명과 무과 급제자 스물여덟 명도 어주를 받아 돌아오니
임금이 술잔을 들어 급제를 축하한다.

모든 급제자가 술잔을 들어 성은에 감사하고 술을 마시니 이로써 연
회를 파했다.

예순한 명의 급제자가 나라에서 내린 관복을 입고 어사화를 머리에 꽂은 뒤 말을 타고 거리로 나오니 거리거리마다 사람들이 모여 박수를 쳐주며 축하를 해준다.

여각에서는 정훈이 말을 타고 어사화를 꽂은 채 들어서자 잔치가 벌어지고, 인근에 사는 사람들이 모두 몰려들어 여각 안이 복잡복잡하다.

객주가 직접 나와 축하 인사를 하며 동네방네 소문을 내어 밤새 잔치를 벌이다가 이튿날 급제자들이 모여 예궐(詣闕)하여 임금께 사은례를 행하고, 다음날 다시 모여 문묘에 알성례를 행하며 삼 일을 정신없이 보냈다.

그 후 정훈의 이름이 방목(榜目:급제자 명단)에 오르고 이곳저곳 관청들에 불려다니며 교육을 받고, 그렇게 한 달을 보내고 나니 대기 명령이 떨어졌다.

갑과의 점수로 합격한 몇 명만이 실직으로 나갔고 나머지들은 4관으로 실제적인 직무는 없이 그저 이름만 관적에 올라 대기 상태로 남은 것이다.

정훈이 교육을 받을 때 주위에서 들어 알게 된 사실이지만 문과 급제자 중 세도가나 권문 세족의 줄을 잡지 않거나 뇌물을 쓰지 않은 이가 없었다 한다.

'그러면 나는 어떻게 합격한 거지? 뇌물을 쓴 일도 없고 줄이라곤 아는 데도 없는데……'

'그거야 제가 불러준 답안이 워낙 훌륭하니 합격을 안 시켜줄 수가 없었나 보죠.'

'까불고 있네. 니가 불러준 답안이 뭐가 훌륭해? 책을 그대로 베껴서 불러준 거면서.'

‘그러니 모범 답안 아닙니까? 그보다 어떻게 더 훌륭할 수 있습니까?’

‘웃기고 있네. 창의력이 없잖아, 짜샤. 책하고 똑같이 써낼 것 같으면 누구는 못하냐? 시간이 좀 걸리더라도 달달 외우면 그만인데.’

‘어? 아닙니다, 캡틴. 과제에 맞추려고 여기저기서 끌어다 짜집기하느라 제가 얼마나 고생을 했는데요. 이것도 일종의 창의력이라고 볼 수 있습니다.’

‘시끄러, 짜샤. 그럼 그것도 못하면 그게 슈퍼컴퓨터냐, 고철 덩어리지? 일 같지도 않은 일을 해놓고 어디서 큰소리야, 고철 덩어리 자식이!’

‘쩝…….’

정훈은 자신이 가장 큰 줄을 잡고 있었다는 것을 알지 못한 채 예조에 들러 귀향을 신고하고 여각으로 돌아왔다.

짐을 정리하여 한성을 출발하니 어느새 날짜가 시월 중순을 넘기고 있었다.

길가의 논에서는 이미 추수가 끝나 보리 심기를 준비 중이고, 밭에서는 무, 배추의 수확이 한창이다.

날씨도 제법 추워 쌀쌀해지니 겨울이 다가오는 모양이다.

늦은 오후가 되어 연천에 도착하니 고을 입구에 배 초관이 나와 서 있다 반긴다.

“어서 오시옵소서, 나으리. 과거에 급제하신 것을 감축드리옵니다.”

“하하하! 고맙소, 배 초관. 한데 여기까지 어인 일이오?’

“예, 나으리께서 한성을 출발하실 때 경주인이 통문을 보내왔습니다. 해서 이맘때쯤 오실 거라 예상하여 기다리고 있었습지요. 사또께서도 기다리고 계십니다. 관아로 가시지요."

"허, 이거 고맙기는 하오만 번거롭게 해드리는 것은 아닌지 모르겠구려."

"아니옵니다. 나으리께서 연천 고을에 하신 일만도 얼마며 더구나 급제까지 하셨으니 고을의 경사가 아니옵니까? 당연한 일입지요."

하더니 병사 한 명을 먼저 보내 알리게 하고는 앞장을 선다.

관아에 도착하니 군수가 향청의 임원들과 함께 관아 앞에까지 나와 정훈을 반긴다.

"아니, 사또께서 예까지 나와 계십니까? 이거 송구하외다."

"하하하, 아닙니다. 급제자가 귀향을 할 때는 고을 수령이 나와 맞는 것이 관례입니다. 당연한 것이지요. 아무튼 이렇게 급제까지 하시다니 대단하외다. 감축드리오, 이 공."

"하하! 이거 감사하오이다, 사또."

군수와 정훈의 인사가 끝나자 기다리고 섰던 향임들이 나서며 인사를 한다.

"감축드리오이다."

"급제를 감축드리오이다."

"하하, 이거, 감사하오이다."

"자, 자, 밖에서 이러실 게 아니라 안으로 드십시다."

군수의 안내로 방 안으로 들어가니 이미 떡하니 주안상이 차려져 있다.

"이 공께서 연천 고을을 위해 큰일을 하시고 또한 이렇게 급제까지 하여 귀향을 하시니 고을의 경사가 아닐 수 없소이다. 본관이 이미 밤골에 내일쯤 도착을 할 것이라 기별을 넣어놨으니 밤골 걱정은 잊으시고 오늘은 한번 거하게 마셔보는 겁니다."

"하하! 이거, 사또께서 이렇게까지 환대를 하여주시니 감사할 뿐이오이다."

그날 밤 늦게까지 군수와 향임들과 어울려 술자리를 한 정훈이 다음 날 아침 군수에게 작별을 고하고는 밤골로 출발했다.

밤골이 보일 때쯤 말에서 내려 관복으로 갈아입고 어사화가 꽂힌 사모를 바꿔 쓴 후 다시 말에 올라 천천히 앞으로 나아갔다.

마을의 입구가 저만치 보이는데 사람들로 바글바글하다.

"마님께서도 나와 계십니다."

말고삐를 잡고 걷던 한이 보고는 넌지시 알려준다.

정훈이 마을의 입구에 도착하자 마을 사람들 사이에서 함성이 터져 나오고 덩실덩실 춤을 추며 축제 분위기다.

정훈이 말에서 내려 부인에게 다가가니 부인의 두 눈에 눈물이 글썽이며 목이 메인지 말을 못한다.

마을 사람들의 축하 인사에 일일이 답을 하고 부인을 다독여 집으로 들어가니 집 앞의 공터에서부터 완전히 잔칫집이다.

한쪽에선 절구질을 하고 또 한쪽에선 떡쌀을 치는데, 사랑채 앞마당에도 멍석이 깔려 있고 상이 놓여 있는 걸 보니 한바탕 잔치를 벌일 생각인 모양이다.

안채의 방 안으로 들어가 앉자 부인이 큰절을 한다.

"아니, 부인. 허, 이런……."

정훈이 당황하다 반절로 답례를 하니 부인이 앉으며 인사말을 건네는데 눈에 눈물이 가득하다.

"장하시옵니다, 나으리. 정말 장하시옵니다. 감축드리옵니다, 나으리."

"허허, 그래요. 이것이 어찌 나 혼자만의 공입니까? 부인께서 애쓰신 공이 절반은 넘지요. 한데, 나으리라니요? 부부 간에 어째 호칭이 좀 어색합니다."

"아니옵니다, 나으리. 이제 급제를 하시어 관직에 오르게 되시었으니 나으리의 호칭이 당연하옵니다. 하옵고 이렇듯 급제를 하시었으면서 어찌하여 그동안 실력을 감추시었사옵니까? 야속하시옵니다, 나으리."

"하하하! 아니에요, 그게 아닙니다. 나에게 무슨 실력이 있겠습니까? 이번 과거는 그저 운이 좋았을 뿐이랍니다. 33인의 급제자 중 서른한 번째로 급제를 하였더군요. 운이 좋지 못했다면 영락없이 낙방거사의 신세를 면치 못했을 겁니다. 아마도 부인의 정성이 내게 운으로 작용하여 말석으로나마 급제를 하게 된 것이라 생각합니다. 그러니 이것이 모두 부인의 공이지요."

"아니옵니다, 나으리. 소첩이 한 일이 무엇이 있사옵니까? 나으리께서 실력으로 이루신 일이옵니다. 설령 운이 작용을 하였다 하더라도 나으리께서 고난에 처한 백성들에게 호생지덕을 베푸시니 하늘님께서 감복하시어 나으리께 복을 내리신 것일 것이옵니다. 하오니 다 나으리의 덕이옵니다."

"하하하! 그래요, 그래요. 이거 어째 서로 공치사만 나누고 있소이다 그려."

"송구하옵니다, 나으리. 하온데 이곳 사또의 말씀으론 교육 중이라 하시던데, 이제 교육이 끝나신 듯하니 곧 관직을 제수받으시지 않겠사옵니까? 하오면 한성으로 가셔야 하옵니까?"

"흠, 글쎄요. 아직 어찌 될지는 모르겠습니다. 일단 교육이 끝나고 대기 명령이 내려진 상태입니다만 곧바로 관직이 내려질지는 잘 모르겠습니다. 관직이 내려진다고 해도 순위대로 될 듯싶은데, 내가 거의 말석으로 급제를 하였으니 아마도 한참을 기다려야 하지 않을까 싶습니다. 뭐, 일단 예조에 귀향 신고를 하여놓았으니 기다리고 있다 보면 무슨 연락이 오겠지요. 그건 그렇고, 오다 보니 추수가 이미 다 끝난 모양입디다. 나라에 올리는 세나 소작료의 처리는 어찌하셨습니까?"

"예, 두 서방과 삼 서방, 사 서방이 나서서 잘 처리를 하였다 하옵니다. 그 일은 나중에 두 서방을 불러서 하문하시면 상세히 아실 수 있을 것이옵니다. 하옵고, 오늘 같은 날 그냥 보낼 수가 없어서 조촐하게나마 마을 백성들을 불러 잔치를 준비하였사옵니다. 나으리께서 계신지라 큰사랑 앞마당에 멍석을 깔고 상을 보도록 하였으니 준비가 되면 나으리께서 참석하시어 인사를 받으소서."

"잘하시었습니다. 그리하리다. 한데 두리와 삼, 사를 두 서방, 삼 서방, 사 서방으로 부릅니까?"

"호호, 예. 성이 모두 같으니 부르기가 좀 곤란한가 보옵니다. 그렇다고 이름을 그냥 불러대기도 좀 어렵고 해서 소홍이가 그리 부르기에 모두 따라서 그리 부르고 있사옵니다."

"허허, 그것참."

그때 밖에서 한의 소리가 들려온다.

"서방님, 마을 사람들이 모두 모였습니다."

"그래, 알았다. 곧 나가마."

"의복을 갈아입고 나오시오소서. 소첩은 먼저 나가보겠사옵니다."

부인이 반닫이 농에서 정훈이 갈아입을 옷을 꺼내놓고는 먼저 방을 나간다.

정훈이 사랑으로 나가니 마을 사람들이 모두 모여 있다가 분분히 인사를 한다.

"감축드립니다요, 서방님."

"아, 이 사람아, 서방님이 뭐여. 이제는 급제를 하시어 큰 벼슬을 하실 어른이시니 나으리라고 불러야 하는겨. 그리고 앞으로 벼슬에 따라 영감마님, 대감마님, 이렇게 불러야 하고 말이여. 안 그렇습니까요, 나으리? 감축드립니다요, 나으리."

"어, 그런 거여? 감축드립니다요, 나으리."

"하하, 그래요. 모두들 고맙습니다. 자, 다들 자리에 앉으세요."

마을 사람들이 멍석 위의 상에 삼삼오오 짝을 지어 모여 앉고 정훈이 마루 위에 놓인 상 앞에 앉자 한 사람이 일어나 술병을 들고 마루로 올라온다.

"저… 서, 아니, 나으리, 급제를 감축드리는 뜻으로 소인이 한 잔 올리겠습니다요."

"하하, 그래요. 고맙소이다."

정훈이 한 잔을 받아 마시자 너도나도 일어나 술잔을 올리니 정훈이 거절을 못하고 죄 받아 마신다.

마을 아낙들과 아이들은 안채의 마당에 모여 역시 잔치 분위기를 내고 있으니, 그날 밤이 늦도록 밤골이 떠들썩했다.

이튿날 아침 일찍 일어나 뒤꼍의 사당으로 가 조상님들께 정훈의 급제를 고하고 늦은 아침을 먹은 정훈이 사랑으로 네 형제를 불렀다.

"추수도 잘 끝내고 뒤처리도 잘하였다니 수고했다. 처리 과정을 자세히 말해 봐."

"예, 서방님."

방문 앞에 쪼르르 앉아 있던 넷 중 두리가 입을 열었다.

"짜샤, 너는 어젯밤 마을 사람들이 하는 말도 못 들었냐? 급제를 하여 벼슬길에 나선 사람한테는 나으리라고 부르는 것이라잖냐. 무식한 놈 같으니라고. 나으리라고 불러."

"쩝! 예, 나으리. 논 18결과 밭 42결 중 올해 경작된 토지는 논 18결과 밭 28결입니다. 그중 논 17결과 밭 25결 5단보가 소작인에 의해 경작되었고, 논 1결과 밭 2결 3단보가 저희들이 경작한 토지입니다. 2단보의 밭은 원준네에 무상으로 대여를 하였기에 결산에서 제외시켰습니다. 우선 논부터 말씀을 드리면 소작을 준 논에서 170섬의 소출이 있었고, 소작료로 59섬 10말이 들어왔습니다. 거기에 저희들이 경작한 소출 10섬을 합치면 69섬 10말의 수입이 됩니다. 그리고 밭은 소작을 준 25결 5단보 중 담배 10결 5단보, 콩과 감자가 4결 5단보, 옥수수, 고추, 무, 배추가 각각 1결 5단보씩 경작이 되어 콩 45섬, 감자 42섬 등의 소출이 있었습니다만 나라에서 콩 작물로 계산하여 세를 걷는지라 저희도 콩의 가격에 대비하여 총 89섬 5말에 해당하는 소작료를 받았습니다. 그리고 저희가 경작한 2결 3단보의 밭에서 콩, 감자, 옥수수, 고구마가 다섯 섬씩이 소출되었고, 무, 배추, 고추가 아직 수확 전입니다."

"흠, 상당히 복잡하군. 뭐, 그건 그렇다 치고, 세를 제하면 마을 주민들에게 남는 곡식이 얼마나 되나 한번 계산해 봐."

"예. 우선 양인 열세 호는 쌀 열 섬 소출에 세가 얼추 석 섬, 소작료가 석 섬 열 말이니 남은 쌀이 석 섬 열 말이고, 밭의 농작물은 담배, 콩, 무, 배추 등인데 담배값이 좋다 보니 콩으로 환산해 여섯 섬 정도가 남았습니다. 그리고 지금 보리를 파종 중이니 봄철에 수확하게 되는 보리가 남게 되지요. 그리고 노비 여덟 호는 쌀 한 섬 열닷 말에 잡곡이 여덟 섬 정도 됩니다. 노비호 역시 보리 수확이 남아 있고요."

"양인호는 쌀이 석 섬 열 말에 잡곡이 여섯 섬이고, 노비호는 쌀이 한 섬 열닷 말에 잡곡이 여덟 섬이라… 식구 수를 4, 5명으로 잡는다면 간신히 한 가족이 일 년을 먹고살 양이군. 한 번 소작료를 걷었으니 보리에 대해서는 소작료를 걷지 마라. 마을 사람들에게 그리 알리고. 곡물의 수매는 어떻게 했냐?"

"예, 그것이 지금 쌀값이 폭락을 했습니다. 종전 쌀 한 섬에 네 냥 하던 것이 추수철이 되면서 세 냥으로 떨어지더니 지금은 두 냥 오 전으로 가격이 내렸습니다. 하여 마님께 말씀을 드렸더니 나으리께서 오시면 어떤 방책이 있을 것이라 하시어 일단 마을 주민 모두에게 나으리께서 오실 때까지 수매를 미루어놓으라고 지시해 놓았습니다."

"흠, 그건 잘했군. 가뜩이나 어려운 판에 두 냥 오 전에 쌀을 팔 수는 없지. 마을 주민들에게 알려 내가 종전의 가격으로 곡물을 매수할 터이니 수매할 사람은 신청하라 하고 혹 창고가 부족하면 집 뒤의 공터에 환기와 보온이 잘되게 창고를 짓고 거기에 보관하도록 해라. 그리고 소작료로 들어온 쌀 60섬과 잡곡 90섬 중 절반인 쌀 30섬과 잡곡 45섬은 처남의 몫이니 따로 계산하여 두도록 하고, 사는 수시로 원준네를 살펴 곡식이 부족하지 않게 보살피고. 알았지?"

"예, 나으리."

"그리고 아이들 공부는 어찌 돼가냐? 참, 저번에 추수 전에 탈곡기를 만들라고 한 건 어찌 됐어?"

"그것이 아직 아이들의 공부가 거기에까지 미치지 못하고 있습니다. 여름에 발병한 역병의 일로 저희들이 모두 매달려 있다 보니 여름 한철 공부가 지지부진했습니다. 지금 한글은 다 뗴었고, 한문도 천자문이 끝나고 동몽선습을 배우고 있고요. 현이, 원준이, 석이, 종구는 소학이 끝나고 사서삼경 중 대학을 배우고 있습니다. 그리고 탈곡기 문제는 이대로 진도가 나간다면 겨울이 지나야 탈곡기 제작 과정까지 진도가 나갈 듯싶습니다. 그때 한번 만들어보겠습니다."

"그래, 그럼 그렇게 하고, 이제 추수도 끝나고 하였으니 아이들이 그렇게 집안일에 매달리지 않아도 될 거야. 아이들 부모와 상의해서 공부 시간을 좀 늘려 잡아봐. 다들 나가보고 한은 이따 점심 먹고 논골에 잠깐 다녀와야 하니 어사모와 관복을 잘 싸서 준비하고 기다려라."

"예, 나으리."

점심을 먹으며 부인에게 말을 전하고 식사 후 말을 타고 논골로 향했다.

논골에 들어서기 전에 어사모와 관복으로 갈아입고 마을에 들어서니 마을 사람들이 보고는 우르르 몰려들어 구경을 한다.

분명 과거에 급제한 양반의 모습으로 논골을 찾아온 듯한데 모르는 양반이다 보니 뒤를 따르며 웅성웅성할 뿐 누구 하나 나서서 아는 체하는 이가 없다.

정훈이 의젓하게 말 위에 앉아 부채로 살짝 얼굴을 가리고 한이 말고삐를 잡고 천천히 말을 몰아 어머니 집 문 앞에서 잠시 서 있으려니 밖이 웅성웅성한 소리에 무슨 일인가 하여 방문을 열고 나오던 형수가 정훈의 모습을 보고는 깜짝 놀란다.

“아니?”

“하하하! 형수님, 정훈입니다. 놀라셨습니까?”

정훈이 말에서 내리며 얼굴을 가리고 있던 부채를 거두자 그때서야 정훈의 얼굴을 알아보고는 깜짝 놀라면서도 반가운 기색이다.

“아니, 급제를… 하셨군요? 급제를 하셨습니다!”

“하하, 예. 소생이 과거에 급제를 하여 어머님과 형수님께 인사 여쭈러 왔습니다.”

“아아! 정말 장하십니다! 급제를 하시다니요!”

밖의 소란에 무슨 일인가 하여 나와 보던 어머니도 정훈의 모습을 보고는 놀란 듯 멀뚱히 쳐다보고만 있다.

“어머님, 소자이옵니다. 너무 놀라지 마시옵소서.”

“오오! 정녕 급제를 한 것이오? 오오! 이런 광영이…….”

“어머님, 그만 방으로 드시지요. 소자가 인사 올리겠습니다.”

정훈이 방으로 들어가 인사를 올리자 그제야 좀 진정이 된 듯 어머니와 형수가 축하 인사를 한다.

“정말 장하시오. 급제를 하시다니. 감축드리오.”

“그래요. 꿈인지 생신지 아직도 놀란 가슴이 진정이 안 되는군요. 저도 감축드립니다.”

“하하! 감사하옵니다, 어머님, 형수님.”

“그런데 어떻게 급제를 다 하시었소? 역병이다 뭐다 하여 학업에 전념할 시간이 부족하였을 텐데 말입니다.”

“하하! 예, 어머님. 운이 좋았다고 봐야 하옵니다. 33인의 급제자 중 거의 말석으로 급제를 하였으니 말씀입니다. 자칫 운이 없었다면 낙방거사로 집에 돌아올 뻔하였지 뭐겠습니까?”

"운이란 노력하는 자의 것입니다. 실력이 없으면 운도 따르질 않는답니다. 이렇게 당당히 급제를 하셨으니 실력이 없다고는 말 못하지요. 참으로 광영된 일입니다. 백성들의 신망도 얻으시고 이제는 급제를 하시어 가문의 이름을 빛내게 되었으니 이보다 더 광영된 일이 어디에 있겠습니까? 이제는 죽어서도 조상님들께 떳떳할 수 있게 되었습니다. 이 모두가 공의 덕입니다. 참으로 고맙습니다."

"아니옵니다, 어머님. 그리 말씀을 하오시니 소자가 송구하여 몸 둘 바를 모르겠습니다. 하옵고 소자가 한 가지 어머님께 청이 있사옵니다. 어머님께서 꼭 들어주셨으면 하옵니다."

"그래요. 이렇게 큰일을 하셨으니 내 들어줄 수 있는 일이라면 들어드리리다. 말씀해 보세요."

"아니옵니다. 꼭 들어주셔야 하옵니다. 이제 소자가 급제를 하여 관직에 나가게 되었습니다. 무릇 관직에 있는 자는 백성들을 보살피고 대표하는 자로 타의 모범이 되어야 한다고 생각하옵니다. 하온데 소자는 효를 다하지 못하면서 관직에 나아가게 되었으며, 불효자의 오명을 쓰고 백성들을 이끌게 되었으니 이 어찌 떳떳하다 할 수 있겠습니까? 이러한 소자를 백성들이 어찌 존경하고 따르며 나랏님께서 이런 소자를 어찌 믿고 중책을 맡기시겠습니까? 바라옵건대 소자가 불효자로 손가락질을 당하지 않게 어머님께서 굽어 살펴주소서."

정훈의 말이 끝나고 한참 동안을 어머나나 형수가 말이 없다.

"다시 한 번 청하옵니다. 소자가 어머님을 모실 수 있게 허락하여 주소서. 간절히 청하옵니다."

한참 만에 어머니가 말을 하는데 갈등의 빛이 역력하다.

"아, 참으로 어려운 일입니다. 나는 이제 가문의 숙원도 풀었고, 이렇게 조용히 살다가 죽으면 좋으련만 공의 입지가 또한 그렇지 아니하다니 그럴 수도 없고, 그렇다고 공의 말씀을 들어 효를 받으며 살기도 면목이 없는 짓이라 참으로 난감합니다. 내 쉬이 결정을 못하겠으니 생각할 말미를 좀 주세요. 다음에 오시면 내 며느리와도 상의를 하여 답을 드리리다.”

“감사하옵니다, 어머님. 감사하옵니다. 하오시면 소자가 허락의 말씀으로 듣고 삼 일 후 밤골로 모시겠사옵니다. 밤골에서도 준비를 하겠사오나 어머님과 형수님께서도 그동안 세간을 정리하여 두셨으면 하옵니다. 삼 일 후이옵니다, 어머님, 형수님.”

“아니, 저 그게…….”

“아니, 아직 결정을 한 것은 아닙니다.”

“더 이상 지체할 것이 무에 있겠사옵니까? 삼 일 후이옵니다, 어머님. 하옵고 소자는 일이 있어서 이만 물러가옵니다.”

어머니가 긍정의 뜻을 보이자 아예 어거지로 삼 일 후라 못을 박아 버리고는 얼른 인사를 하고 집을 나와 버렸다.

더 이상 앉아 있다가는 또다시 흐지부지될까 싶어 그냥 어거지로 못을 박아버리고는 얼른 나온 것이다.

집에 돌아와 부인에게 논골의 일을 말하니 부인도 기뻐한다.

다음날 부인의 숙소를 예전 처녀 때 부인이 쓰던 별당으로 옮기고, 이튿날 삼곳에 들러 안채의 세간 일체를 주문하여 장식하고, 삼 일째 되는 날 한과 두리, 사와 대강 아범을 데리고 수레 두 대를 구하여 논골로 가니 어머니도 어쩔 수 없었던지 그저 무언으로 승낙의 표시를 대신한다.

이에 집안 세간을 정리하여 수레 한 대에 싣고 또 한 수레에 어머니와 형수를 태우고 밤골로 돌아왔다.

집 앞의 공터에 도착하니 부인이 식솔들을 거느리고 나와 있다가 반갑게 맞는다.

"어서 오시오소서, 어머님, 형님."

여인들이 대면하여 서로 이야기를 나누고 있는 동안 논골에서 실어온 세간을 안채의 골방에 적당히 배치하고 어머니를 안채로 모셨다.

정훈과 부인이 나란히 서서 정식으로 어머니를 뵙는 인사로 대례를 올리고 형수와도 맞절을 하였다.

그날부터 조석으로 어머니께 문안을 올리니 이로써 논골의 일이 매듭지어졌다.

정훈이 한성에서 올 연락을 기다리며 세월을 보내는 동안 어느새 11월이 다 가고 12월의 문턱에 이르렀다.

그 즈음 한성 필동에 자리한 영안부원군 김조순의 저택에 우의정 심상규가 찾아와 이야기를 나누고 있었다.

"부원군 대감, 오늘 편전에서 이번 급제자들의 등용에 대한 주상 전하의 말씀이 계셨소이다."

"호, 그렇습니까? 그래, 어떠한 자리들이 거론되었습니까?"

"예, 준천사의 랑청, 장원서의 신과, 내수사의 전회, 호조의 산사 등 종7품의 자리들을 거론하셨는데 그중 특기할 만한 것이 세손강서원(世孫講書院) 찬독(贊讀)의 자리에 거론된 자가 있더이다."

"호, 세손강서원이라면 세손 저하의 교육을 맡은 곳이 아닙니까? 게다가 찬독의 자리라면 종6품으로 참상관에 드는 자리입니다. 하면 이번에 장원한 자를 그 자리에 제수하신다고 하십니까?"

"아닙니다, 부원군 대감. 혹 연천의 이정훈이란 자에 대해 들어보셨습니까?"

"연천의 이정훈이라……. 글쎄요. 처음 듣는 이름인데……."

"아버님, 연천의 이정훈이라면 이번 정시에 병과로 합격한 자로 연천에서 발병한 역병을 잡고 많은 병자를 소생시킬 정도로 의술이 뛰어나서 경기도 북부와 황해도, 평안도 일대에서 성인으로 소문이 자자한 자라 하옵니다. 얼마 전 조문에서 사람을 보내와 주상께서 관심을 보이는 자가 있어 합격을 시켜야 할 듯하다며 지난번 호남의 군수 자리를 조문에서 양보했으니 이번엔 저희 측에서 양보하라 하여 급제자 한 명을 양보한 적이 있사옵니다. 아마도 이정훈이란 자가 그자인 듯싶사옵니다."

"호, 맞습니다. 하옥(김좌근의 호. 김조순의 아들)이 그자에 대해 잘 알고 있군요."

"그자라면 좀 곤란하옵니다, 아버님. 세손강서원의 자리가 어떤 자리이옵니까? 세손 저하의 교육을 담당하고 세손 저하를 곁에서 모시는 자리이옵니다. 후일 보위에 오르실 세손 저하의 측근이 되는 중요한 자리이옵니다. 우리 측 인물이라면 몰라도 주상께서 관심을 보이는 자라면 후일 후환이 될 수도 있음이옵니다. 더구나 세손 저하의 곁에 조문의 인물들이 많이 배치되어 있어 그자도 조문과 가깝게 될 확률이 크옵니다. 그자가 세손강서원에 임명되는 것을 어떻게든 막아야 하옵니다."

"흠, 결국 세손 저하를 위한 주상 전하의 안배라 이거구먼. 그래, 우상께서 보시기엔 어떤 자인 것 같소이까?"

"글쎄요. 직접 보지를 못해 자세히 알 수는 없으나 대전 내관의 말을 들으니 키가 7척에 이를 정도로 장대한 데다 과거에 급제할 정도로 학문이 깊고 백성을 긍휼히 여겨 이미 경기 북부와 황해도, 평안도의 민심을 잡고 있는 자라 하더이다. 더구나 주상께서 관심을 보이시고 세손 저하의 곁에 두고자 할 정도라면 일단 위험 인물로 봐야 할 것입니다."

"흠, 위험 인물이라……. 허나 이미 주상 전하의 어의가 정해졌다면 어쩔 수 없지 않습니까?"

"아버님, 민심을 얻고 있는 자이옵니다. 후일 후환이 될 공산이 큰 자이옵니다. 그런 자가 조문과 결탁을 한다고 생각해 보소서. 중앙에 두어서는 안 될 자이옵니다."

"쯧쯧, 그깟 힘도 없는 무지렁이 백성들의 민심을 얻은 것이 무에 그리 큰일이라고 이리 호들갑이냐? 그리 간이 작아서야 어찌 큰일을 할 수 있단 말이냐?"

"송구하옵니다, 아버님. 하오나 석년에 세자 저하의 대리 직무 수행 때를 생각해 보소서. 그때 조만영 일파의 등용을 적극적으로 막지 못한 결과가 오늘의 조문을 만들었사옵니다. 이미 벌어진 일은 어쩔 수 없다 하더라도 앞으로의 일에 대해서는 미리 대비를 하여야 할 줄로 아옵니다. 그자는 무엇보다도 주상 전하의 관심을 받고 있고 또한 민심도 얻고 있는 자이옵니다. 미래의 후환이 될 위험한 자이오니 미리 자르셔야 할 것으로 사료되옵니다."

"흠, 그도 그렇긴 하다만 중앙에 두어서 아니 된다면 외직으로 보내야 한다는 말인데, 이제 막 급제한 인물을 무슨 핑계를 대고 외직으로 내쫓는단 말이냐? 게다가 일반 현감이나 현령들은 취재를 거쳐 발령이

나는지라 과거에 급제를 한 이가 갈 만한 자리가 아니질 않는가?"

"흠, 하면 군수 자리는 어떻겠소이까? 민심을 얻을 줄 아는 자라 하니 백성의 수가 적은 곳의 군수라면 합당할 듯도 싶소이다."

"허, 군수라니요? 군수면 종4품이외다. 이제 막 급제한 자에게 어찌 종4품의 군수 자리를 줄 수 있겠소이까?"

"하오나 아버님, 우상 대감의 말씀도 일리가 있사옵니다. 주상 전하의 어의에 반대를 하시려면 그에 합당한 명분이 있어야 하옵니다. 그 자가 역병을 잡고 많은 백성을 소생시킨 전적이 있으니 그것을 평계로 한다면 명분이 될 수도 있사옵니다. 종4품이라면 그 품계가 파격적으로 오르는 것이니 주상 전하께도 면목이 설 것이옵고, 인적이 드문 벽지의 군수라면 품계는 오르되 실리는 없는 자리이니 합당한 자리라고 여겨지옵니다."

"흠, 벽지의 군수라……. 그러면 어디 마땅한 자리라도 있느냐?"

"예, 마침 지난달에 함경도 학성 군수가 일만 냥을 보내왔사옵니다. 학성 군수의 임기도 만료가 되었고 하니 이 기회에 학성 군수를 중앙으로 부르고 그자를 학성(鶴城)으로 보내면 될 듯하옵니다."

"함경도 학성이라……. 그곳은 너무 벽지가 아닌가? 그런 곳이라면 아무리 군수 자리라도 주상께서 쉬이 수락을 하실까 모르겠구먼. 뭐, 어쨌든 내일 우상께서도 같이 등청하시어 주상께 말씀을 드려봅시다."

"예. 그리하시지요, 부원군 대감."

다음날 창덕궁의 편전.

임금을 위시하여 삼정승과 통정대부 이헌구, 호조판서 이지연 등과 영안부원군 김조순이 자리하고 있다.

"영안부원군께서 오랜만에 궐에 드셨습니다그려. 몸이 불편하시다고 들었는데 좀 좋아지신 모양입니다."

"황송하옵니다, 전하. 소신이 미거하여 자주 찾아뵙지를 못하였사옵니다. 용서하시옵소서, 전하."

"그래요. 연세가 계시니 항시 조심을 하셔야 합니다. 과인이 어의에게 노환에 좋은 약을 지어놓으라 일러둘 것이니 가실 때 가져가세요. 혹여라도 부원군께 탈이 생기면 큰일입니다. 아시겠지요?"

"황공하옵니다, 전하. 그리하겠사옵니다."

"예, 그리하세요. 자, 그러면 오늘의 안건들에 대해서 의논을 하여봅시다."

이런 저런 안건들에 대한 대화가 오고 가다가 이번 급제자들의 등용에 대한 안건이 어느 정도 진행될 즈음에 우의정 심상규가 나서서 한마디 한다.

"전하, 신 우의정 심상규 아뢰옵니다. 전하께옵서 전일 세손강서원의 찬독에 대한 말씀이 계셨사온데, 세손강서원이란 기관이 어떤 기관이옵니까? 다음 대 보위를 이으실 세손 저하를 보필하고 교육을 담당하는 막중한 임무를 수행하는 기관이옵니다. 그런 세손강서원의 찬독이라 하면 종6품의 참상관에 해당하는 벼슬로 세손 저하께 강연을 하여 올바르게 이끌 수 있는 학식이 있는 자가 적임인 자리이옵니다. 하온데 장원급제한 자도 아닌 병과로 간신히 급제한 자를 그런 막중한 자리에 임용하신다고 하오시니 이는 형평에도 맞지 않는 일이옵니다. 하오니 장원급제한 자나 다른 학식있는 자로 하여금 그 자리를 맡게 하심이 가한 줄로 아뢰옵니다."

"흠, 우상의 말씀도 일리는 있어요. 그러나 그것은 우상이 이정훈이란 급제자에 대해서 잘 몰라서 하시는 말씀입니다. 그는 과거에 급제할 정도로 학식이 있고, 또한 백성들을 긍휼히 여기고 보살피어 호생지덕을 베푼 자입니다. 호생지덕이 무엇입니까? 내 몸을 아끼지 않고 백성들을 살피는 어진 마음이에요. 이는 공자께서 말씀하시는 어진 정치와도 같은 말로 군자가 지녀야 할 덕목에 해당합니다. 이정훈이라는 자는 이 군자지덕을 몸소 실천한 자로 지난여름에 발병한 역병에 자신의 몸을 아끼지 않고 병중에 뛰어들어 역병을 잡고 수많은 백성을 소생시킨 자입니다. 이렇듯 덕을 갖추고 또한 급제를 할 정도로 학식을 갖춘 자이니 찬독의 자리에 적임인 자라 할 수 있습니다.”

“하오나 전하, 백성을 긍휼히 여기고 보살피는 마음은 모든 신료가 공통으로 갖고 있는 마음이옵니다. 전하의 성총을 입고 신료가 된 자로 어찌 그러한 마음을 갖지 아니 한 자가 있겠사옵니까? 유독 그자만 그러한 덕을 지닌 것이 아님을 알아주시오소서. 하옵고 그자의 나이가 아직 어리다고 들었사옵니다. 어린 나이에 막중한 자리에 임용이 된다면 혹여 교만함이 자리할 수도 있다고 보옵니다. 호군(호랑이)도 새끼를 낳으면 벼랑으로 떨어뜨려 그 강함을 키운다고 하였사옵니다. 축생도 그러할진대 전하께서 아끼시는 인재야 두말할 나위가 어디에 있겠나이까? 전하께서 인재를 아끼신다면 저 밑에서부터 차근차근 배워올 수 있도록 배려하심이 마땅한 줄로 아뢰옵니다. 통촉하소서, 전하.”

“통촉하소서, 전하!”

우상의 말이 끝나고 대다수의 신료들이 합창을 하자 임금의 용안이 찌푸려진다.

사실 우상의 말이 틀린 것은 아니지만 정훈이 임금의 마음에 들었고 또한 그러한 자를 세손의 옆에 심어두어 훗날 세손의 세를 불리기 위함인데, 그만 그러한 임금의 어의가 꺾일 상황에 처해지고 만 것이다.

"이보세요들, 우상의 말씀은 잘 알겠으나 이는 세손을 위한 과인의 뜻입니다. 그러니 그리 결정을 하도록 하고 더 이상 왈가왈부하지 맙시다."

"하오나 전하, 전하께오서 합당치 않은 사유로 한 신하만을 총애하신다면 그 신하에게 좋지 않은 일이 되오며, 또한 다른 신료들에게도 좋지 않는 영향을 끼치게 되옵니다. 하오니 전하께오서 형평을 살피시어 합당한 처사를 내려주시길 바라옵니다. 통촉하소서, 전하."

"통촉하소서, 전하!"

또다시 우상이 나서고 다들 합창으로 동참을 하니 임금의 용안에 노기가 가득하나 이미 정치에 뜻을 잃고 가진 세가 전무한 임금으로서는 어찌할 방법이 없다.

"이, 이, 하면 어찌하자는 말씀이오?"

그때 슬그머니 김조순이 나선다.

"전하, 신 영안부원군 김조순 아뢰옵니다. 신이 듣자오니 이정훈이라는 급제자의 인물됨이 출중하여 전하께오서 아끼시는 성중을 알겠사옵니다. 또한 여러 신료들의 형평을 살피시라는 간언도 일리가 있사오니 신이 중재를 하여 해결책을 제시해 볼까 하옵니다."

"호, 부원군께 방법이 있습니까? 하면 어디 들어봅시다."

"예, 전하. 이정훈이란 자의 나이가 어리고 또한 백성을 긍휼히 여기는 덕이 있다 하오니 잠시 외직으로 돌려 그 신심을 더욱 돈독히 다지게 하시는 것이 어떻겠사옵니까? 신이 듣자 하니 함경도 학성 군수가 그 임기가 만료되었다고 들었사옵니다. 그 자리를 대신하게 하시어 좀 더 백성들의 어려움을 체득하게 하신 후 후일 불러 크게 쓰심도 가할

 天人

줄로 아뢰옵니다.”

김조순의 말이 끝나자 우상이 발끈하며 나선다.

“하오나 부원군 대감, 이제 막 급제한 자에게 군수라니요? 군수는 종4품의 품계오이다. 이제 막 급제한 자에게 종4품의 품계를 제수하는 것이 가당키나 한 말씀이오이까?”

“허, 우상 대감, 대감의 뜻은 알겠으나 이정훈이라는 자는 전하께서 아끼시는 인재오이다. 비록 종4품의 품계가 파격적이긴 하나 그 인물의 출중함이 있고 전하께서 아끼시는 인재이니 가할 수도 있다고 봅니다. 또한 전하의 성심을 헤아려 드리는 것이 신료 된 자로서의 도리이니 신료들도 어느 정도 양보를 하는 것이 마땅할 것이오. 전하, 이정훈 급제자를 학성 군수에 제수하시어 백성들의 삶을 살피게 하오시고 후일 나라의 동량이 되는 초석으로 삼으소서.”

“허, 결국 부원군의 뜻은 이정훈을 외직으로 내보내자는 말씀이구려. 허, 참으로 안타까운 일이로다. 하면 경들의 의견은 어떠하오?”

“예, 전하. 영안부원군의 의견이 합당한 줄로 아뢰옵니다.”

“그렇사옵니다, 전하. 영안부원군의 의견을 가납하소서.”

“가납하소서, 전하!”

신료들의 의견이 모두 통일되어 합창을 하니 임금도 하는 수 없이 허락을 하고, 그로부터 오 일 후 이조의 관원이 연천으로 급파됐다.

한성에서 이러한 논의가 있었다는 걸 알지 못하는 정훈이 무료히 시간을 보내면서 그동안 한 일이라곤 논골의 어머님을 모셔온 일과 부인의 자궁내막증에 대해 일차 수술을 한 것이다.

다행히 그동안 꾸준히 치료를 받아온 상태라 수술의 결과가 좋았고,

부인의 건강도 좋았다.

그러던 12월의 어느 날 오후, 배 초관의 안내로 이조의 관원이 정훈의 집에 찾아왔다.

"정시의 급제자 이정훈은 나와서 어명을 받으시오!"

배 초관이 미리 병사를 보내어 한성에서 관원이 파견 나왔다는 것을 알려준 덕에 미리 알고 있던 정훈은 얼른 방에서 나와 마당에 미리 깔아놓은 멍석 위에 무릎을 꿇었다.

정훈이 무릎을 꿇자 관원이 교지를 펼쳐 읽는다.

"정묘년 정시 과거에 병과 급제한 이정훈은 명을 받으라. 먼저 지난 여름 역병을 잡고 역병에 걸린 많은 백성들을 소생시킨 일에 있어 치하하는 바이다. 또한 그대 같은 덕이 있는 인물이 과거에 급제를 하여 과인을 보필하게 되었으니 과인의 마음이 심히 기쁘도다. 하여 그대를 함경도 학성 군수에 제수하노니 과인을 대신하여 학성 고을의 백성들을 교육하고 보살피는 데 소임을 다하라. 그대의 선정을 기대하노니 과인의 기대에 부응하라."

관원이 읽기를 마치자 정훈이 일어나 한성을 향해 네 번 절하고 교지를 받았다.

"급제자 이정훈은 신년 정월 열엿새(16일)까지 한성의 이조로 와 교지를 보이고 신고를 마치시오."

관원의 말이 끝나자 배 초관이 얼른 나서더니 인사를 한다.

"나으리, 학성 군수가 되신 것을 감축드리옵니다."

"하하! 고맙소, 배 초관."

관원과 배 초관이 돌아가고 사랑으로 들어온 정훈이 곰곰이 생각하니 참으로 난감하다.

급제를 하였으니 한성의 어느 부서든 발령이 나고 그러면 한성으로 집을 옮겨 그저 직장에 다니듯이 가볍게 다닐 생각을 하고 있던 정훈이었는데 난데없이 군수라니?

그것도 저 고리골짝 함경도 학성 군수란다.

'영, 학성이 함경도의 어디에 있는 고을이냐?

'예, 캡틴. 함경남도와 북도의 경계 지점으로 북도에 속한 군입니다. 성진만이 있는 동해안을 끼고 있고 함경도가 다 그렇듯이 인구가 얼마 안 되는 걸로 보입니다. 남쪽으로는 단천군이, 북쪽으로는 길주군이 있습니다.'

'젠장, 함경북도라면 여기서 길도 멀고 날씨도 꽤나 추운 곳이 아닌가? 고을 수령으로 나가니 식구들을 데려갈 수도 없고, 그렇다고 가까운 길도 아니니 수시로 왔다 갔다 하기도 그렇고. 아참, 곤란한 곳으로 발령을 받았네?

한성의 높으신 분들은 정치적으로 이리 재고 저리 재는데 정훈은 그저 식구들과 떨어져야 하고 날씨가 추우니 고생할 것 같다는 것이 불만일 뿐이다.

저녁 시간, 안방에선 저녁 식사가 한창인데 정훈과 어머니가 한 상에서, 형수와 부인이 따로 한 상에서 식사를 한다.

어머니와 형수가 들어오고 바뀐 식사할 때의 풍경이다.

저녁을 물리고 차를 한 잔씩 하면서 정훈이 낮에 받은 교지를 내어 놓았다.

"어머님, 낮에 한성에서 관원이 다녀갔습니다. 발령을 받았는데 그만…… 이것이 교지입니다. 한번 읽어보소서."

"호호, 그래요. 낮에 대강 어멈한테 관원이 왔었다는 얘기는 들었습니다. 그렇지 않아도 궁금해하던 차인데 어디 한번 봅시다."

어머니가 교지를 읽고 부인에게 넘기고는 웃으며 말을 한다.

"호호, 감축드립니다. 이제 군수가 되셨습니다. 이렇게 파격적인 발령이 나다니 성상의 은혜가 크십니다. 감축드립니다, 사또."

"감사하옵니다, 어머님. 하오나 소자가 학성 군수를 제수받게 되어 더 이상 어머님과 형수님을 가까이서 모시지 못하게 되었으니 그것이 송구할 따름입니다."

"아니에요. 이것은 나라의 일입니다. 가문의 일도 중요하지만 나라의 일은 그 무엇보다도 중요합니다. 더구나 한 고을의 수령인 것을요. 사적인 정은 후일 다시 나눌 수 있답니다. 광영된 자리인만큼 맡은 바 소임을 다하시어 칭송받는 목민관이 되시길 바랍니다."

"명심하겠사옵니다, 어머님."

그때 교지를 읽은 부인이 축하 인사를 해온다.

"감축드리옵니다, 나으리."

"고맙소이다, 부인. 하지만 비록 오 년의 임기가 정해져 있다고는 하나 부인과 어머님을 두고 떠나야 하는 자리라 마음이 아픕니다. 미안하외다, 부인."

"아니옵니다, 나으리. 나라의 부름을 받으시어 나랏일을 하러 가시는 것이옵니다. 집의 걱정은 마오시고 소임을 다하소서. 그저 소첩은 어머님과 형님을 모시고 나으리의 금의환향을 기다리고 있겠나이다."

"그리 말씀해 주시니 고맙구려, 부인."

"감축드립니다, 서방님."

교지를 읽은 형수도 축하를 해준다.

"감사합니다, 형수님. 모시게 된 지 얼마 되지도 않아 다시 떨어져 있게 되니 송구할 따름입니다."

"아닙니다. 고을 수령이라는 큰 은총을 받으셨으니 그 소임을 다하셔야지요. 이곳의 일은 걱정 마시고 제수받으신 고을의 백성들을 잘 보살피시어 훌륭한 목민관이 되시길 바라옵니다."

"감사하옵니다, 형수님."

"그래, 언제쯤 출발을 하셔야 합니까?"

"예, 어머님. 신년 정월 열엿새까지 한성으로 가 신고를 마쳐야 하옵니다."

"흠, 그렇군요. 하면 날짜가 그리 많이 남은 것은 아니니 그동안 부지런히 주변 정리를 하셔야 할 겁니다."

"예. 알겠사옵니다, 어머님."

그렇게 잠시 더 환담을 나누다 어머니께 문안을 마치고 형수는 건넌방으로 들어가고 정훈과 부인은 별채로 돌아왔다.

정훈이 부인의 두 손을 꼭 쥐고 마주 앉아 미안함을 표한다.

"부인, 오 년이면 적지 않은 기간인데 부인 홀로 두고 이렇게 떠나 있게 되어 정말 미안하구려."

"아니옵니다. 나으리께서 훌륭히 되시어 나라의 큰일을 하시는데 어찌 소첩이 홀로 있는 것이 문제가 되오리까? 어머님도 계시고 형님도 계시오니 집의 일일랑 걱정을 마시고 맡으신 소임을 다하소서."

"그래요. 어머님과 형수님이 집에 들어오셔서 참으로 다행입니다. 부인 혼자 계신 것보다 세 분이 함께 계시니 나의 마음도 적잖이 안심이 됩니다."

"소첩이 오히려 나으리께 송구하옵니다. 함경도 북쪽이라면 날씨도 춥고 고생이 심하실 터이온데 나으리께서 홀로 가 계시게 되어 소첩이 수발을 들어드리지도 못하게 되었사오니 진정 송구하옵니다."

"하하, 그래도 명색이 고을의 수령인데 관아에 수발을 들어줄 사람 한두 명이 없겠습니까? 그런 걱정일랑 마시구려."

그렇게 서로 위로하며 밤을 보내고 이튿날부터 정훈의 바쁜 나날이 시작되었다.

마을 사람들을 모두 불러 소작을 종전대로 다시 정하고 혹여 마을의 일에 정훈의 도움이 필요하면 두 서방이나 사 서방과 의논하여 일을 처리하도록 당부를 해놓았다.

1월에 사온 소가 아홉 마리나 새끼를 뱄는데 그중 다섯 마리가 송아지를 낳았고 네 마리가 오늘낼 한다.

아직 어미와 떨어뜨릴 수는 없지만 일단 노비호 여덟 가구에 순서대로 임자를 정해주고 송아지가 먹을 먹이를 대주게 했다.

아이들의 공부도 시간을 늘려 미시(오후 1~3시) 말까지 하게 하고, 학성에 한과 삼을 데려갈 생각으로 아이들의 지도를 두리와 사에게 차츰 이관시켰다.

그러다 보니 어느새 설이 다가오고, 설날의 아침에 뒤꼍의 사당에서 차례를 모시고는 어머니께 세배를 올렸다.

오후에 정훈이 마을 남정네들의 세배를 받고, 어머니와 형수와 부인이 마을 아낙들의 세배를 받으니 그렇게 하루가 다 갔다.

눈이 오는 날은 눈을 치우고, 얼어붙은 강으로 나가 낚시를 하며 지내다 보니 어느새 십 일이 넘은지라 어머니와 형수, 부인에게 인사를 하고, 한에게 관복을 곱게 싸서 들려 대동하고 한성으로 출발했다.

가는 길에 연천 관아에 들러 군수의 축하를 들으며 하루를 묵고, 조성과 남방, 수유리를 거쳐 한성에 이르니 한성에서는 정월대보름의 명

절을 맞아 거리가 부산하다.

이튿날 이조의 관원을 찾아 교지를 보이고 신고를 하니 임명장과 패를 주며 학성 고을의 경저(경주인의 거처)를 알려주고는 오후에 주상 전하와의 면담이 있으니 대기하라 한다.

얼른 숙소로 돌아와 관복으로 갈아입고 다시 가니 다섯 명의 관인이 대기하고 있는데 모두 수령으로 발령을 받아 나가는 이들로 군수는 정훈과 사십대의 남자 둘뿐이고 다른 넷은 현령과 현감이란다.

시간이 되어 관원의 안내로 창덕궁의 편전으로 들어가는데 군수로 발령을 받은 둘이 앞장을 서고 나머지 넷이 뒤를 따라 들어간다.

허리를 숙이고 편전으로 들어 감히 안으로 들어가지도 못하고 방문 앞에 엎드리어 대례를 올린 후 쳐다도 못 보고 그저 고개만 수그리고 있다가 저 멀리서 들리는 임금의 격려에 그저 '황공하여이다, 전하' 만 연발하다가 물러나왔다.

관원이 기다리고 있다가 안내하여 밖으로 나오며 이월 십일까지 부임지에 도착하여 인수인계를 마치고 삼월부터 정상적인 임무에 들어가라 이르고는 가버린다.

이로써 신고식을 마친 셈이라 좀 허탈한 심정으로 숙소에 돌아와 하루를 보내고, 이튿날 아침이 되니 학성 고을의 경주인이라며 한 사람이 찾아와 대기 중이다.

경주인이라는 사람과 대면하여 조목조목 따져 물어보니 역시나 승지로 있는 김홍근 영감 댁의 하인이란다.

김홍근은 김조순의 조카로 작년 봄에 동지부사로 청에 다녀온 후 승지를 제수받은 인물로 안동 김씨네의 한 축이다.

명색이 한가락 한다는 세도가의 집안에서 경주인의 자리를 사들여

돈놀이를 하다니 참으로 한심할 뿐이며, 전 군수는 무슨 생각으로 이를 승낙했는지 알다가도 모르겠다.

정훈이 아직 정식으로 군수에 오른 것이 아니라서 어찌하지 못하고 그저 인사만 받고 돌려보내고는 밤골로 출발했다.

밤골에서 학성까지 도보로 가면 넉넉히 열흘이면 가는 거리이고 정찰기를 이용하면 하룻밤이면 되는 거리라 느긋한 마음으로 시간을 보낼 생각이었는데 느닷없이 부인이 소희 남매를 데려가란다.

"아니, 부인, 그 먼 길을 그 아이들을 어찌 데려가라는 말씀입니까?"

"소첩이 따라가 나으리의 수발을 들어드려야 하옵는데 그러질 못하오니 어찌하옵니까? 그렇다고 나으리의 수발을 드는 이도 없이 홀로 계시게 하는 것은 도리가 아니오니 소희 남매를 데리고 가시어 이것저것 가르치시면서 나으리의 수발을 들게 하는 것도 괜찮을 듯싶사옵니다."

"허, 아닙니다. 수발은요 무슨. 한과 삼을 데려갈 것이니 그들만으로도 충분합니다."

"아니옵니다, 나으리. 이미 어머님과 형님과도 상의를 한 일이옵고, 남정네가 드는 수발과 여인네가 드는 수발은 또 다르옵니다. 남정네가 어디 여인네만큼 세심히 돌보아줄 수가 있겠사옵니까? 이미 소희에게 도 말을 해놓았으니 괘념치 마시고 데려가소서."

"허, 이거, 원래 식솔은 안 되는 건데……."

"그 아이들을 어디 식솔이라 할 수 있겠사옵니까? 종복 몇은 상관이 없을 듯하오니 그저 종복이라 생각하시고 데려가소서."

"허, 이거 참……."

부인의 요구로 아이들을 데려가게 되고, 아이들로 인해 늦춰질 걸음을 생각하니 시일이 촉박해졌다.

두리에게 아이들의 교육과 집안일을 당부하고 사에겐 마을의 일을 당부하고, 해주댁에게 어머니와 형수, 부인을 잘 보살피도록 당부한 후 이틀을 머물며 부인과 어머니를 위로하며 아쉬운 석별의 정을 나누고는 식솔들의 인사를 받으며 학성으로 출발했다.

나귀 두 필에 소희와 현이를 태우고 삼이 고삐를 쥐어 앞에서 가고 정훈이 말을 타고 한이 고삐를 쥐고 그 뒤를 따른다.

오랜만에 소희를 보니 처녀티가 물씬 난다.

벌써 열일곱이라 이삼 년만 지나면 혼기가 지나니 그전에 좋은 남자와 혼인을 시켜야 할 텐데…….

아이들의 뒷모습을 보면서 이런 저런 생각을 하다 보니 어느새 연천읍이다.

관아에 들러 군수로부터 이것저것 주의 사항과 참고 사항 등을 듣고 하루를 묵은 뒤 이튿날 다시 출발했다.

겨울 한파의 매서운 날씨에 뼛속이 다 시려오는데, 더구나 모두 말 위에 앉아 있으니 온몸이 동태가 되는 듯하다.

그렇다고 부임 날짜가 촉박하여 쉬어가지도 못하고 강행군을 계속하니 아이들이 거의 반죽음 상태다.

처음에는 좋아라 하고 쫓아 나와 가는 내내 종알종알, 재잘재잘 쉼없이 떠들더니 하루가 지나고 이틀이 지나자 추위에 지쳐 말이 없어지고, 힘겨도에 접이들자 아예 반죽음 상태로 돌입한 것이다.

그럭저럭 문천, 고원을 지나 영흥, 정평을 거쳐 함흥에 이르니 날짜상으로 좀 여유가 생긴다.

함흥은 함경도 관찰사가 거주하는 감영이 있는 곳으로 인구가 15만
에 육박하는 함경도 내 가장 큰 고을이다.

정훈이 감영에 들러 관찰사에게 학성 군수로의 부임을 고하고 당부
의 인사와 식사 대접을 받고는 이튿날 다시 출발을 했다.

홍원, 북청을 거쳐 이원, 단천을 지나니 학성의 경계가 바로 코앞이
다.

◆제6장◆
귀신 붙은 원님

귀신 붙은 원님

정훈 일행이 학성 고을로 진입하는 고개를 올라가는데 고개 위에 군관 한 명과 네 명의 병사가 서 있다가 정훈을 살펴보고 다가오더니 군관이 말을 붙인다.

"저, 혹시 한성에서리 오시는 분이심메까?"

"그렇소만, 학성 관아에 계시는 분들이시오?"

"예, 옳슴메다. 기런데 새로이 부임해 오시는 신관 사또래 맞으심메까?"

"그렇소. 내가 새로 부임해 오는 군수요."

정훈이 맞다고 하자 군관과 병사들이 급하게 허리를 굽히며 인사를 한다.

"사또께 인사래 올림메다이. 초관 임동철이라 함메."

"사또래 뵙슴메."

"흠, 예까지 나와 있는 걸 보니 나를 마중 나온 모양이구려."

"예, 옳습메다. 가시디요. 소관이래 관아까디 모시갔습메다이."

"흠, 그럽시다."

병사 한 명을 급히 보내고는 임 초관이 앞장을 서고 나머지 병사들이 뒤에서 호위하듯 따라붙는다.

두 시간을 넘게 고개와 고개를 넘는 동안 길은 그저 산으로만 이어질 뿐 마을이나 논밭 하나 보이질 않는다.

그동안 거쳐 온 함경도의 여러 마을들이 다 그렇지만 학성 고을도 참으로 험한 지세인 모양이다.

한 시간을 더 들어가니 그제야 밭으로 보이는 사람의 손길이 닿은 땅이 나타났다.

조금 더 들어가니 밭의 저 너머 고갯마루에 십여 호의 마을이 보이는데 지붕을 갈대로 엮은 듯하고 집의 높이가 경기 지방보다 대체로 낮아 보인다.

"임 초관, 저 마을의 이름이 뭐요?"

"예, 사또. 떡촌이라 함메."

"떡촌? 아, 덕촌(德村)? 이름을 들어보니 인심이 후한 마을인 모양이오?"

"아임메다, 사또. 고거이 옛날 말이지비. 오래전이래 인심 좋은 양반이래 떡촌 오래(마을)에 살았다 함메. 그때서리 학성 고을에 소문이래 자자했습둥. 디금이래 아이지비. 고조 디금이래 양반이래 있디만서리 인심이래 예전만 못하지비."

"호, 인심 좋은 양반이 살았던 마을이로구먼. 근데 마을이 좀 작아 보이는데?"

"총 서른여섯 호의 오래지비. 여기서리 안 보임둥. 고개 너머 십여 호래 더 있슴메다이. 기래도 조고이 우리 학성 고을에서리 제법 큰 오 래에 드는 편임메. 보통 십여 호 안팎이지비."

엥? 뭐야? 서른여섯 호가 큰 마을에 속한다고?

"그럼 임 초관, 학성 고을에 덕촌보다 크거나 비슷한 크기의 마을이 몇이나 되오?"

"예, 사또. 나중에 관아래 들어가서리 보시믄 아시갔슴둥 소관이래 대충 말씀 올리디요. 삼십 호래 넘는 오래이 십여 곳이 됨메. 길고 이 십 호래 넘는 오래이 이십여 곳이래 될기고마요. 나머지 삼십여 오래 이 십여 호 안팎이지비. 길고 화전이래 닐구어 네다섯 호씩 모여 사는 곳이래 꽤 됨둥. 얼마나 되는지는 계산치 않아서리 잘 모르갔슴메. 하 고서리 관아래 있는 성진읍이래 150호래 넘슴메."

대충 호당 네 명을 잡고 30호가 십여 마을이면 대충 1,200명, 20호 가 이십여 마을이면 1,600명, 10호가 삼십여 마을이면 1,200명, 성진 읍이 150호면 600명, 화전민이 얼마나 되는지는 모르겠지만 지금 계산 된 숫자만으로는 5,000명이 안 된다.

여기서 숫자가 더 불어나서 6~7,000이 된다고 해도 일개 군의 인구 로는 너무하다.

아무리 함경도가 산이 많고 땅이 척박하여 인구가 적다고 하더라도 그렇지 어떻게 남쪽 지방의 일개 현만도 못하단 말인가!

정훈이 어이가 없어 성진읍에 도착할 때까지도 별다른 말이 없다.

성진읍의 성안으로 들어서며 보니 연천의 삼곶보다는 큰 듯싶은데 집들의 간격이 붙어 있질 않고 떨어져 있어 왠지 삼곶보다는 휑하게 보인다.

거의가 갈대로 엮은 초가지붕이고, 군데군데 서너 채의 기와집이 보이는데 아마 유지들의 집인 모양이다.

길옆으로 보이는 사람들의 모습도 밤골 사람들만큼의 세련미가 없고, 그저 투박하고 촌스러운 게 어찌 보면 산사람들처럼 보이기도 한다.

관아 앞 공터에 도착하니 삼십여 명의 병사와 삼십여 명의 중갓을 쓴 사람들이 나와 서 있는데 그중 대갓을 쓴 양반이 셋 보인다.

아마도 세 양반이 향청의 임원들이고 나머지는 관아의 아전들일 것이다.

임 초관이 비켜서고 정훈이 말에서 내려 다가가니 사십 세 정도 된 아전이 다가와 넙죽 인사를 한다.

"신관 사또래 뵙슴메. 소인이래 리방이래 맡고 있는 소판동이라 하옴메다이. 먼 길에 노고래 크셨슴둥."

이방의 뒤로 줄줄이 나서서 인사를 하는데 호방에 박정렬, 예방에 김삼용, 형방에 이순철 등 모두들 나서서 인사를 하니 정훈이 정신이 하나도 없어 그저 고개만 끄덕인다.

마지막으로 향청의 임원들인 듯한 양반들이 나서서 인사를 하고는 안으로 들어가기를 권한다.

이방이 옆걸음질로 안내를 하고 정훈이 앞장서 들어갔다.

관아의 넓이는 꽤 크게 보인다.

저 앞쪽에 동헌인 듯한 건물이 보이고 그 양옆으로 아전들의 집무실인 듯한 건물들이 담 옆까지 죽 들어서 있다.

그런데 이상한 건 정훈이 동헌의 앞에까지 왔는데도 구관 사또의 모습이 보이질 않는다는 것이다.

　신관 사또가 부임을 해오는데 구관 사또가 관아 밖에까지는 아니라도 이렇게 방구석에 처박혀 얼굴조차 내밀지 않는다는 것은 있을 수 없는 일이다.

　정훈이 기분이 몹시 상해 이방을 쳐다보자 이방이 방으로 들기를 권한다.

　"안으로 드시라요이. 소인 등이래 정식으로 다시 인사래 올리갔슴메."

　"아니, 그보다 구관 사또께선 어디에 계시오? 먼저 구관 사또를 뵙시다."

　"저, 기거이 구관 사또래 이미 삼 일 전이래 한성으로 출발하시고서리 아이 계심메다이."

　응? 아니, 이건 또 무슨 소리인가?

　"아니, 그게 무슨 말이오? 이미 출발을 하였다니? 정무에 관한 인수인계도 아니 하고 그냥 갔다는 말이오?"

　"기거이 소인이래 자르 모르는 일이라서리……."

　"이방이 모른다면 누가 안단 말이오? 아니, 고을의 수령이 어린애 장난하는 자리도 아니고 인수인계도 아니 하고 그냥 가다니, 이런 법이 어디에 있는가? 하면 이방이 고을의 정무에 대하여 인수를 받아놓았소?"

　"기거이… 기러니까네, 기거이 구관 사또께서리 기양 가서서리 소인이래 자르 모르갔슴둥. 길티만 고을의 일임사 소인이래 다 아우다. 고조 소인이래 놀명(천천히) 소상히 설명이래 드릴 테니까네 걱정이래 마시고서리 안으로 드시라요이."

　허, 이런 일이 다 있는가? 인수인계도 안 하고 그냥 가다니.

고을의 일이야 이방의 설명을 들으며 찬찬히 둘러보면 알 수도 있겠지만 분명히 인수인계의 절차를 밟아야 함에도 법을 어기고 그냥 간 전임 군수가 참으로 괘씸하다.

이것은 후임 군수를 골탕 먹이는 짓일뿐더러 분명히 무슨 비리가 있으니 도망을 간 것일 게다.

"이방, 그대가 이방의 업무를 본 지 얼마나 됐소?"

"예, 사또. 리서(吏胥:아전) 일이래 이십 년이래 넘을끼구, 리방이래 십 년째 임메다이."

"허, 이십 년이라……. 꽤 하셨구먼. 하면 전에도 이렇게 신, 구관의 교체시에 인수인계가 안 된 예가 있었소?"

"예, 사또. 한두 번이래 신, 구관 사또래 만나시는 걸 본 적이래 있슴둥. 길티만 보통 구관 사또래 먼저 가시고서리 나중에 신관 사또래 오시었지비. 다들 기렇게 하디 아이 함메?"

허, 아주 관행화되었구먼.

어이가 없어진 정훈이 더 이상 말해 무엇하랴 싶어 일단 마루로 올라섰다.

사또가 앉아 정무를 보는 의자가 마루 한쪽에 놓여 있고, 마루의 넓이가 사방 10m는 족히 될 정도로 넓어 보인다.

이방이 방문을 열어주어 방으로 들어서니 방이 세 칸인데, 방문의 우측으로 한 칸이 있고 좌측으로 두 칸이 있다.

좌측의 끝 방이 정무를 보는 방인 듯 보료와 서탁, 문갑 등이 놓여 있고, 나머지 방에는 그저 방석들만 몇 개씩 놓여 있다.

한이 따라 들어와 건네주는 전포로 갈아입고 전립을 쓰고는 보료 위에 앉으니 사람들이 들어와 인사를 하기 시작한다.

먼저 향청의 양반 셋이 들어와 큰절을 하기에 정훈 역시 깊게 허리를 숙여 답례를 한다.

“신관 사또의 부임이래 감축드림메. 좌수 직이래 맡고 있는 장승만임메다이.”

“신관 사또래 뵙슴메다이. 정봉종이라 함메.”

“사또게 인사래 여쭙슴메. 박재욱임메다이.”

“하하, 본관 또한 여러 향임 분들을 뵙게 되어 반갑습니다. 앞으로 본관을 많이 도와주시기 바랍니다. 이정훈이외다. 자, 이쪽으로들 자리하시지요.”

정훈의 앞쪽으로 앉도록 권하니 모두 다가와 앉는데 다들 사십대가 넘어 보인다.

정훈의 나이가 어리니 앞으로 이들과의 관계를 어떻게 다져 나갈지 참으로 힘든 처신이 예상된다.

잠시 후 이방을 위시한 육방의 인물들이 들어와 절을 한다.

“리방 소판동임메. 사또의 부임이래 감축드림메다이.”

“호방 박정렬임메다.”

“형방 리순철임메다.”

“례방 김삼룡임메다.”

“…….

육방의 인물이 인사를 마치자 이방이 나서서 말을 한다.

“사또, 나머지 다른 리서들의 인사래 다음날 놀명 받으시고서리 향임 어르신들이래 모두 계심사 우선 안채로 드시어 노고래 푸심이 어떻갔슴메까? 고조이 관기들이래 점고도 하실 겸 상이래 봐두라 했슴둥. 이만 안채로 드시자요이.”

허, 이런 어이없는 일이 또 있는가?

부임한 첫날인데 기생 점고를 권하다니?

이방의 저런 행동이 관행이라면 이전의 군수들이 모두 그러했다는 말이 아닌가?

약간 어이가 없어진 정훈이지만 첫날부터 까탈을 부릴 필요가 없겠다는 생각과 첫날부터 무슨 할 일이 있는 것도 아니고, 게다가 고을의 유지들도 와 있으니 서로 유대 관계를 맺어두는 것도 좋겠다 싶어 마음이 동하는데 향임들도 옆에서 은근히 권한다.

이에 못 이기는 척 정훈이 그라마 하고 일어나자 이방이 안내를 한다.

물론 정훈이 조선에 와서 처음으로 보는 기생이다 보니 호기심이 생긴 것도 당연히 한몫을 했음은 물론이다.

이방의 안내로 동헌의 뒤로 돌아 들어가니 한 채의 멋들어진 건물이 나오는데 마당 가운데에 인공 동산이 만들어져 있고 동산 옆으로 자그마한 연못이 있다.

또한 연못 쪽으로 이어진 건물의 끝이 정자 형태로 지어져 여름철엔 정자에서 연못을 바라보는 정취가 그만일 것 같다.

이 건물을 지은 이가 누구인지는 몰라도 상당히 풍류를 즐기는 인물이었던 모양이다.

자세히 보니 건물이 두 동인데 정자에 이어진 한 동은 군수의 숙소로 쓰이는 모양이고 다른 한 동은 손님 접대를 위한 건물인 듯싶다.

이방의 안내로 손님 접대용 건물로 들어서니 널따란 방에 방문이 모두 열려 있고, 거하게 상이 차려져 있다.

정훈이 상석에 앉고 향임들이 좌우로 나누어 앉는데, 이방만 따라

들어올 뿐 다른 육방의 서리들은 밖에 있는지 보이지가 않는다.

"저, 사또, 하오시면 관기래 들어오라 하갔슴메다이."

"흠, 학성 고을에 있는 관기가 모두 몇 명이나 되오?"

"예, 사또. 모두 네 명임메."

에게, 겨우 네 명?

"그래도 일개 군인데 겨우 네 명이라니? 원래 소속된 인원이 네 명이오?"

"예, 사또. 원래서리 학성 고을이래 작다 보이까네 배속된 관기래 수도 적을 수밖에 없슴메. 길티만 사또께서리 적적함이래 달래시는 데는 고조 부족하디 않을 기구마요. 기러면 부르갔슴메다이."

이방이 읍을 하고 나가더니 잠시 후 방문이 사르르 열리면서 여인네의 치마가 들어온다.

화사한 옥색에 밑단에는 청색의 격자 무늬가 새겨진 명주치마와 소매 끝에 역시 은색의 꽃 문양이 수놓여진 단홍의 저고리를 입고, 머리카락을 따서 둘둘 말아 머리 위로 수북하게 얹은 기생 특유의 얹은머리를 한 여인이 살며시 하얀 버선발을 내디디며 들어온다.

"초선이래 인사 올림메다, 사또."

정훈의 앞쪽으로 와 서며 양손을 이마 위로 올리고 사뿐히 내려앉으며 절을 하고는 뒤쪽으로 옮겨 가만히 앉아 있는데 나이는 이십대 중반 정도로 얼굴에 하얀 분을 바르고 눈썹을 가늘게 그린 분대화장을 곱게 하고 있다.

그 뒤로 한 여인씩 들어와 인사를 하는데 모두 이십대 후반의 나이로 얹은머리를 하고 분대화장을 곱게 하고 있다.

"홍화래 사또께 인사 올림메다이."

“산월이 신관 사또래 뵙슴메.”

“미류래 하옵메다, 사또.”

정훈이 죽 훑어보니 다들 그리 미색이 뛰어난 편은 아니나 화장이 곱고 눈썹을 가늘게 그려서인지 그리 박색으로도 보이지 않는다.

관기들의 뒤로 이방이 가야금을 들고 들어와 한옆에 놓고는 눈짓으로 초선을 정훈의 옆에 앉히고 다른 여인들을 각각 향임들의 옆 자리에 앉힌다.

얹은머리를 하고 있는 것으로 보아 유부기(서방이 있는 기생)들로 보이는데 그래도 그중 초선의 인물이 좀 낫고 나이도 어리니 정훈의 옆에 앉히는 모양이다.

이방이 나가자 초선이 술 주전자를 들어 잔을 권한다.

“사또의 부임이래 감축드리는 의미로서리 소첩이래 사또께 한잔 올리갔슴둥.”

“험, 흠흠.”

정훈이 술은 여러 번 마셔봤지만 이렇게 기생을 옆에 끼고 마시기는 처음이라 상당히 거북하니 행동이 부자연스럽다.

정훈이 일단 잔을 받자 다른 양반들도 잔을 받아 정훈에게 축하의 인사를 건네고는 같이 마셨다.

입 안에 향이 은은히 남는 걸 보니 과실로 담근 술인 듯한데 입맛을 몇 번 다셔봐도 무슨 과실로 담근 술인지를 모르겠다.

잔을 내리자 초선이 옆에서 회를 한 점 집어 입에 넣어준다.

집어주니 사양하기도 뭣해 받아먹기는 하지만 이 또한 정훈은 거북스럽다.

기생에 대한 일말의 호기심이 작용하여 이 자리를 허락하긴 했지만 막상 기생이 옆에 앉아 술을 따르고 안주를 집어주니 왠지 몸이 위축되고 머리가 멍하니 얼어버린다.

조선에 와 처음으로 먹어보는 생선회이건만 그것이 흰지 야챈지, 맛이 있는지 없는지 분간이 안 가고 그저 이 자리가 거북스럽기만 하다.

향임들은 관기들과 여러 번 자리를 같이했었는지 초반부터 스스럼없이 웃으며 주거니 받거니 잘 어울리는데 정훈은 그저 말 한마디 없이 술을 따르면 마시고 안주를 집어주면 받아먹을 뿐이다.

초선도 이러한 정훈의 분위기를 눈치챘으나 처음 상면한 자리라 혹여 실수가 있을까 싶어 감히 어떻게 해보질 못하고 그저 잔이 비면 따르고 술을 마시면 안주를 집어줄 뿐이다.

옆에서 좌수가 이 광경을 보고는 초선에게 노래를 시킨다.

"허허. 이봐라, 초선아이, 오늘이사 신관 사또께서리 부임하신 경사스런 날이 아임메. 이런 날이사 가무래 빠져서리 아이 되지비. 사또께 노래 한자락 불러 올리라마."

좌수의 말에 초선도 옳거니 하면서 정훈에게 한마디 하고서는 일어난다.

"사또, 소첩이래 사또의 부임이래 감축드리는 뜻으로서리 노래 한자락 올리갔습메다. 들어보시라요이."

초선이 문 옆에 세워둔 가야금을 안고 한쪽에 앉아 음을 고르더니 금을 타기 시작한다.

감미로운 금음이 흐르며 좌중이 조용해지자 초선의 입에서 청아한 음성으로 노래가 흘러나온다.

…불로초로 술을 빚어,

만년배에 가득 부어 비나이다.

"얼쑤!"

금음이 흐르며 노래의 한 대목이 지나자 좌수가 앉은자리에서 어깨를 들썩이며 추임새를 넣는다.

남산수 약산 동대 어즈러진 바회,

꽃을 꺾어 수를 놓으며,

무궁무진 먹사이다.

"허! 좋다!"

조선의 기방이나 연회 장소에서 빠짐없이 흘러나오는 권주가다.

술자리의 흥을 돋우기 위해서 그저 흔하게 부르는 노래이지만 이런 식의 노래를 처음 듣는 정훈으로서는 참으로 기분이 새롭다.

권주가에 맞춰 산월이 초선을 대신하여 정훈에게 술을 권한다.

권주가가 끝나고 다시 금음이 이어지더니 산월이 살며시 일어나 상 옆의 빈 공간으로 가서 소매에서 흰 천을 꺼내 쥐고는 사뿐사뿐 춤을 춘다.

인간 이별 만사 중에,

독수공방이 더욱 섧다.

상사불견이 내 진정을,

제 뉘라서 알리마는,

자나 깨나 깨어지나,

님을 못 보는 이 가슴만 답답하여라.

그리운 임을 보내고 홀로 밤을 지새며 임을 그리는 마음을 담은 상사별곡이다.

감미로운 금음, 청아한 초선의 노래, 흐드러진 산월의 춤사위에 정신이 다 몽롱해지는 정훈이다.

이러한 광경도 처음 보거니와 이것이 한 잔, 두 잔 술과 함께 이어지다 보니 정훈의 안에 잠재된 흥을 돋우는 모양이다.

초선의 노래와 산월의 춤이 끝나고 다시 술자리가 이어지니 좀 전보다 한결 분위기가 부드럽다.

어느 정도 술기운이 오르자 정훈도 한두 마디씩 말을 하기 시작하고, 초선도 분위기를 놓치지 않고 슬슬 애교를 떤다.

향임들도 신관 사또 앞이라 처음에는 조심하는 듯하더니 술이 돌고 흥에 취하자 어느 정도 스스럼이 없어진다.

이런 맛에 사내들이 기생집을 찾는 모양이다.

미색이든 박색이든 여인이 따르는 술 한잔에 취하고, 여인의 한마디에 흥이 돋는다.

어느 정도 시간이 지나자 술자리가 파하고 향임들과 관기들이 일어나 인사를 하고는 다들 돌아간다.

이방의 안내로 방으로 들어와 누운 정훈이 잠을 청하려 해도 잠은 안 오고 초선의 노랫소리와 산월의 춤사위만 머리 속에 가득하다.

"허허, 이것 참."

정훈이 스스로 생각해도 어이가 없는지 실소를 터뜨리고는 잠을 청했다.

다음날 일찍 일어난 정훈이 소희의 수발을 받아 식사를 하고는 잠시 쉬다 진시정(8시)이 되자 동헌으로 나갔다.

오전엔 관아에 속한 관원들의 인사를 받으며 시간을 보내고, 오후엔 이방에게 명하여 각고잔곡도록(各庫殘穀都錄)이나 분급치부책(分給置簿册) 등의 군의 재정에 관한 장부와 향안(鄕案)이나 노비안(奴婢案) 등의 군의 호적에 관한 서류 등, 모든 장부와 서류를 가져오게 하여 한과 삼을 불러들여 검토하게 했다.

한이 호적 및 호구에 관한 서류를 검토한 결과 삼 년 전에 한 호구 조사가 가장 최근의 것으로 이에 따르면 군의 호적에 오른 총인구는 7,823명으로, 호수로는 1,738호이고 이 중 양반호가 128호요, 양인호가 1,471호이고, 노비호가 139호이다.

삼 년에 한 번씩 조사가 이루어지는데 육 년 전에 한 조사에서는 총 인구가 9,246명, 총 2,055호로 양반호가 137호요, 양인호가 1,736호이고 노비호가 182호였다.

삼 년 사이에 인구가 1,423명이나 대폭 감소하였는데, 양반호가 9호, 양인호가 265호, 노비호가 43호가 감소한 것을 알 수 있다.

감소의 원인으로는 신분의 변화나 이사에 의한 원인으로 분석할 수 있겠지만 양인호가 대폭 감소한 일은 그만큼 세가 줄어들어 군의 재정에 심각한 타격을 줄 수도 있는 일이다.

인구 감소의 원인을 알아내어 시정함으로써 더 이상의 인구 감소를 막아야 하는 일이 군수로서 정훈이 해야 할 시급한 일이다.

마을 수로는 30호 이상의 마을이 열두 곳이고, 20호 이상의 마을이 스물세 곳, 10호 이상이 서른한 곳, 10호 미만이 80여 마을로 나와 있는데, 10호 미만을 마을이라고 하기에는 뭣하니 마을이라고 부를 수 있는 마을은 예순여섯 곳이라고 봐야 할 것이다.

예순여섯 마을로 이루어진 네 개의 면이라……. 군이 아니라 현이라고 봐야 할 규모다.

노비안을 들여다보던 한이 이상을 발견했다.

"나으리, 이 노비안의 관기에 대한 부분을 잠시 보십시오. 13년 전의 기록엔 관기가 여덟 명으로 기재되어 있습니다. 그리고 지금까지 사망이나 탈주 등 그 어떤 변고 사항이 기록된 바가 없습니다. 이것은 관기 여덟 명이 아직도 관아에 배속되어 있다는 말인데 어제 이방의 말로는 네 명이라고 하니 이방의 말대로라면 네 명의 관기가 사라졌다는 얘기가 되는데요?"

관기나 관노는 중죄인의 가족이나 기타 다른 사유로 노비가 되어 관에 배속된 국가의 중요한 재원이다.

이 관기나 관노에 대한 사항은 중앙의 감찰단에 의해 감찰시 빠지지 않고 감찰되는 항목으로 군의 수령이라고 해도 함부로 빼돌릴 수 없는 사안이다.

관기가 늙어 퇴기가 되면 대비정속이라고 하여 자기 대신 여아를 사서 관기로 등록을 시켜야만 관기의 명단에서 빠질 수가 있다.

그러므로 관에 배속된 관기는 죽지 않은 다음에는 사람은 바뀔지언정 그 인원은 바뀌지 않는 법이다.

"허, 이게 무슨 일이야? 아무런 기록도 없이 네 명의 관기가 사라지다니? 13년 동안 죽은 이가 없으니 그럼 퇴기가 되었다는 말인데, 대비정속을 안 하고 몸만 빠져나갔다는 말인가? 이거 잘못하다간 내가 덤터기 쓰게 생겼네."

정훈이 관기의 일로 고민에 빠져 있는데 이번에는 군의 재정을 살피던 삼이 보고를 한다.

"나으리, 이 장부들이 이가 맞는 것이 하나도 없는데요. 어떤 해에는 수세보다 지출이 더 많은데도 곡식과 돈이 남는 걸로 되어 있고, 어떤 해는 수세가 많아 곡식과 돈이 남아야 하는데도 오히려 부족한 걸로 기록이 되어 있네요."

하면서 장부를 보여주며 이상한 부분을 짚어주는데, 정훈이 앞, 뒷장을 비교해 보면서 자세히 들여다봐도 계산은 맞는 것 같다.

"내가 보기엔 계산이 맞는 것 같은데 어디가 이상하다는 거야?"

정훈이 잘 이해를 못하자 삼이 다가앉아 장부의 앞장과 뒷장, 이 장부 저 장부에서 기록된 수치를 대입, 비교하며 설명을 하는데 숫자가 왔다 갔다 하니 골만 아프지 잘 이해를 못하겠다.

"아씨, 이 자식이? 니 머리하고 내 머리하고 같냐? 숫자는 빼고 요점만 간단히 해서 좀 알아듣기 쉽게 설명해 봐."

"쩝, 예. 장부 하나하나를 보면 수치가 맞고 정리가 잘되어 있습니다. 그런데 각 장부를 비교해서 살펴보면 한 종목의 수치가 장부마다 제각각인 걸 알 수가 있습니다. 즉, 실제의 기록이 아닌 그저 수치상으로만 맞춰놓은 장부라는 얘기죠. 뭐, 아무튼 이 장부상으로는 수세(收稅:걷은 세금)도 그렇고 중앙과 감영으로의 상납분과 관속들의 삭료(朔料:급료) 등 지출도 그렇고 수치가 안 맞는 것이 허위로 기록했다는 사실을 알 수 있습니다. 게다가 지방관의 녹봉으로 지급된 40결의 아전(衙田)이나 군에 지급된 16결의 관둔전(官屯田)에 대한 기록 자체가 없다는 것은 이해할 수가 없습니다. 조사가 필요한 부분입니다."

"흠, 결국은 교묘히 위장을 했지만 컴퓨터에게 들통이 난 셈이군. 이거 이쪽저쪽으로 비리가 많네? 장부도 못 믿고 결국은 하나하나 몸으로 부딪쳐 가며 군 내의 실상을 알아내야 한다는 말인데, 이거 비리를 저지르는 놈이 어느 놈인지 알 수가 있나? 아무튼 너희들은 일단 모르는 체하고 평상시대로 행동해라. 일단 시간을 갖고 방법을 좀 생각해 보자.”

“예, 나으리.”

아무튼 장부와 서류를 봄으로 해서 얻어진 것은 관아의 구성과 군의 호구, 더불어 몇 가지 비리가 있다는 정도이다.

아직은 정훈이 군의 일에 대해 잘 모르니 우선은 군의 업무를 배우는 게 급선무다.

“밖에 누가 있는가?”

“예이, 사또. 리방이옴메다.”

“잠시 드시게.”

이방이 들어와 문간에 앉자 정훈이 한을 시켜 장부와 서류를 모아 이방에게 건넸다.

“장부와 서류가 아주 잘 정리가 되었구먼. 누가 장부를 정리한 것인가? 아주 셈이 좋은 사람인 모양인데…….”

정훈이 칭찬을 하자 힐끔거리며 불안한 표정이던 이방의 표정이 환해진다.

“예. 감사하옴메다, 사또. 각 기관장들이래 올린 내역이래 고조 호방과 소인이래 정리한 것임메다.”

“호, 이방과 호방이? 역시 20년 이상 근무를 하였다더니 실력들이 상당하구먼. 흠, 오늘은 군사청의 군관들을 만나보는 것으로 업무를 마칠 터이니 그리 알고 군사청의 군관들을 들라 하시게. 그리고 내일은 관아의 곳곳을 둘러볼 테니 그리 아시고 미리 준비를 좀 해두시게."

"예, 사또. 하오면 소인이래 물러가옵메다."

이방이 서류와 장부를 들고 나가고 잠시 뒤에 네 명의 군관이 들어온다.

한 명이 앞에 앉고 세 명이 뒤에 들어오는데 앞선 이는 수염이 텁수룩하니 이십대 후반으로 보이고 뒤의 세 명은 이십대 중반 정도로 보인다.

모두들 문간에 앉아 절을 하고는 앞의 군관이 먼저 고한다.

"사또께 인사 올림메. 군사청의 군교(軍校)래 맡고 있는 원유근이옴메다."

"군사청의 수군색(水軍色)이래 있는 초관 최일평이옴메다."

"군사청의 금도색(禁盜色)이래 있는 초관 강동석이옴메다."

"군사청의 군기색(軍器色)이래 있는 초관 정석재이옴메다."

군교가 한 명이고 초관이 세 명이다.

"허! 군사청의 군관이 그대들 네 명이 다인가?"

"현재래 길티요, 사또. 길고 군사청과 사령청이래 총괄하시던 군장이래 한 명 있었사온데 구관 사또께서리 이관하시면서리 데려가셨기에 디금이래 자리래 비어 있습둥."

군교 원유근이 나서서 말을 하고 다른 초관들은 그저 묵묵히 앉아만 있다.

"응? 구관 사또께서 데려가셨다고? 호! 꽤나 능력이 있는 인사였던 모양이군."

"예, 사또. 고조 자세한 내막이래 소관들이래 알디 못함둥, 구관 사또께서리 한성 숭문원의 교감으로 가시면서리 중히 쓰신다 하시면서 데려가신 것으로 아옴메다."

"뭐, 그건 그렇다 치고, 어떻게 군사청의 군관이 네 명뿐인가? 이건 일개 현만도 못하지 않은가?"

"기거이 사또, 오 년 전까디만 해도 학성군의 군관 수래 스무 명이었 습둥. 기러던 거이 구관 사또께서리 부임하시면서리 차츰 수를 줄여 현재 사령청의 두 명이래 포함하여서리 여섯 명이래 남은 것임메다."

"허, 줄일 인원이 따로 있지 어떻게 군관의 수를 줄이는가? 이해 못 할 일이네. 하면 병사들의 수도 줄었는가?"

"예, 사또. 군민이래 줄어드니 자연 병사들이래 수도 줄었습메. 길 고 현재 군역이래 디고 있는 정병의 수도 오 년 전에 비해서리 3할로 줄었습메다."

"흠, 군민이 주니 병사도 줄고, 따라서 군관의 수도 줄었다? 하면 오 년 전에 군민의 수는 얼마나 됐었는가?"

"자세히는 모르오나 군민의 총 수래 15,000명이래 넘었을 기고, 호 수도 3,000호래 넘었던 것으로 아옴메다."

응? 이게 무슨 말인가?

육 년 전의 호구 조사된 서류에 군민의 수가 9,200여 명이고, 호수도 2,000호 정도로 기재되어 있지 않던가?

그렇다면 호구 조사된 서류도 조작이란 말인데……. 허, 이거 원, 할 말이 없네.

"허면 지금 군민의 수와 호수가 얼마쯤 되는지 아는가?"

"예, 사또. 기거이 자세히는 모르오나 고조 대충 10,000명이래 넘디 않았나 싶습둥. 길고 호수도 2,000호래 족히 넘을 것임메. 고조 자세히 아시려면 삼 년마다 한 번씩이래 호구 조사된 서류래 있사오니 기거래

보시면 알 거우다."

허, 2,000명이 넘는 인원이 호적에서 빠져 있다라…….

제대로 조사를 안 한 건가, 아니면 다른 어떤 이유가 있는 건가?

일개 군관이 알 정도라면 이방이나 호방이 모를 리가 없질 않은가?

"허면 원 군교, 예전에 군관으로 있던 사람들이 아직도 학성군에 남아 있는가?"

"예, 아홉 명이래 남아 있슴둥, 고조 다섯 명이래 타관으로 옮긴지라 군 내에 없슴메다."

"흠, 하면 원 군교가 남아 있는 아홉 명에게 연락을 하시게. 해서 지금 관아에 남아 있는 여섯 명의 군관과 예전에 군관이었던 아홉 명을 합쳐서 내일 미시정(오후 2시)에 군사청 앞마당에 집결하도록 하게. 아니, 번을 서는 병사를 제외한 전 병사도 집결시키게. 알겠는가?"

"예, 사또. 명이래 받자옴메다."

"흠, 그리고 자네들 중 혹 이방이나 호방을 비롯한 육방의 아전들과 사적인 친분이 있는 자가 있는가?"

"저, 기거이 무스그 말씀이신다……."

"아, 다른 뜻은 없고, 내일 관아 내의 군제를 개편할 생각인데 참고 사항으로 내가 알아두려는 것이네. 그러니 나중에 후회하지 말고 사적인 친분이 있는 자들은 지금 말하게."

나중에 후회하지 말고 지금 말하라 하니 다들 고개를 수그리고 말이 없는데 뒤에 앉아 있던 군기색의 초관 정석재가 머뭇거리다 손을 든다.

"호, 그래. 자네는 누구이고 누구와 어느 정도의 친분이 있는가?"

"예, 사또. 소관이래 군기색 초관 정석재임메. 길고 이방 어른이래 소관의 외숙이래 되옴메다."

“호, 자네가 이방의 처조카로구먼. 알았네. 내 기억해 둠세. 또 다른 이는 없는가?”

모두들 묵묵부답 고개만 수그리고 말이 없다.

“흠, 없는 모양이군. 하면 정 초관, 사령청의 두 군관도 친분 관계가 없는가?”

“예, 사또. 사령청엔 임동철 초관과 박기정 초관 둘이래 있슴둥, 박기정 초관이래 호방 어른의 친조카래 되옴메다.”

“흠, 정 초관과 박 초관이라……. 알았네. 내 기억해 두지. 오늘은 이만 물러가고 내일 미시정에 보세.”

“예, 소관들이래 물러가옴메다.”

군관들이 물러가고 혼자 남은 정훈이 사색에 빠져들었다.

제대로 되어 있을지라도 금방 적응하기가 벅찬 노릇일 텐데 하나부터 열까지 제대로 된 것이 하나도 없으니 참으로 난감하다.

호구 문제, 군사 문제, 재정 문제, 수세 문제 등, 이것저것 생각할수록 머리 속만 복잡하다.

안 되겠던지 정훈이 머리를 흔들고는 차분히 정리를 해본다.

우선 군사 문제는 군관의 수를 늘린 후 그에 따라 병사들의 수도 대폭 늘리고, 그 병사들로 하여금 농사철이 시작되기 전에 관 내의 호구와 토지 및 세율을 조사하게 한다.

그리고 수세에 관한 문제는 이 조사에 의해서 가을에 거둬들인 곡식을 비교하여 세율을 조정하면 될 것이고, 재정 문제야 지금으로서는 어쩔 수 없으니 현재 남은 재물로 추수 전까지 알뜰하게 사용하며 버티면 추수 후 세곡이 들어오니 문제는 없을 것으로 보이는데…….

정훈이 한창 골똘히 생각을 하고 있는데 영이 머리 속을 울려댄다.

‘캡틴.’

‘뭐야, 이 자식아? 그렇게 갑자기 말을 하면 내가 깜짝깜짝 놀라잖아! 말하기 전에 내가 놀라지 않게 표시를 하란 말야, 표시를, 이 고철 덩어리 자식아! 에이! 그래, 뭐야?’

‘예. 지금 캡틴의 생각에는 좀 문제가 있습니다. 지금이 이월 중순입니다. 남쪽에서는 벌써 밭에 파종을 할 때라 이 말이죠. 여기가 추워서 좀 늦는다고 해도 삼월이면 여기도 바빠질 텐데 어떻게 병사를 모집하시겠습니까? 오히려 모집했던 병사들도 풀어줘야 할 판일 텐데요. 그러니 호구와 토지, 세율 조사를 어떻게 하실 겁니까?’

‘흠, 그러고 보니 그러네? 그러면 병사들에게 돈을 준다고 하고 모집을 하면 어떨까?’

‘돈이요?’

‘응. 지금의 병사들은 그저 군역을 지는 입장이지 않냐? 그러니 군역도 지면서 약간의 임금도 준다고 하면 그렇게 바쁘지 않은 장정들은 응하지 않을까?’

‘글쎄요. 뭐, 괜찮은 생각이시긴 한데, 그러면 그 재정은 어디서 충당을 하실 생각이십니까?’

‘그야 지금 남아 있는 재정에서 충당하다가 혹 나중에 모자라게 되면 모자라는 부분은 내 주머니에서 조금만 꺼내놓으면 되지 않겠냐?’

‘하, 캡틴, 잘 나가다가 삼천포로 빠지시네요.’

‘뭐야? 이 자식이!’

‘제가 장부 등을 살펴본 입장에서 제 의견을 말씀드리면요, 설령 원군교의 말처럼 2,000호가 넘는다고 하더라도 거기서 거둬들이는 세액으로는 군의 일 년치 재정에도 턱없이 부족합니다. 아마 구관 사또가 군민들한테 꽤나 과한 세액을 거둬들인 모양입니다. 물론 중간에서 아전들이 챙긴 몫도 상당하겠지만요. 그러니 학정에 견디다 못한 군민들이 다른 곳으로 이주를 한 것이고, 군민이 줄고 세액이 감소하니 자연 병사들의 수도 줄 수밖에 없고, 그러니 군관들의 수도 대폭 감원한 것으로 보입니다. 군관들은 삭료라 해서 토지와 곡식으로 봉급이 나가거든요.'

'호, 니가 버릇은 없어도 생각은 그럴듯한데? 하긴 나 같아도 오 년 동안 착취를 당하느니 야반도주를 해서라도 이사를 가고 말지 그냥은 못살지. 구관 사또가 어떤 놈인지는 모르겠지만 아주 지독한 놈이었던 모양이군. 그리고 그 밑에서 군민들을 착취한 이 아전 놈들도 아주 악질 놈들이라니까. 이 자식들, 어디 꼬리만 잡혀봐라. 아주 아작을 내줄 테니까. 그나저나 오 년 동안 내 돈을 꼬라박아야 한다면 이거 문젠데……'

'캡틴, 제 말을 이해 못하신 모양이십니다. 캡틴께서 오 년 동안 재정의 부족한 부분을 메우신다 하더라도 그럭저럭 운영은 되겠지만 군의 재정이 흑자로 바뀌는 건 아닙니다. 오 년 후 캡틴께서 다른 곳으로 이관하시게 되면 그때는 어떡하시겠습니까? 그때도 계속 학성군의 부족한 재정을 대시겠습니까? 캡틴께서 돈을 대시는 건 임시방편이지 장기적인 안목으로 본다면 결코 학성군에 도움이 되질 않습니다.'

'뭐야? 재정이 부족하다면서 그럼 어떡하라는 거야? 니가 말을 꺼냈으니 너에게 방법이 있다는 말이겠지? 어디 말해 봐.'

'예. 우선 자생적인 방법을 찾아야 합니다. 캡틴께서 직접 나서시는 마시고 군민들 스스로 수입을 증대시키고 살기 좋은 군으로 만들 수 있게 환경을 조성하시는 겁니다. 즉, 다시 말씀을 드린다면 군의 서쪽을 보면 마천령산맥이 관 내로 깊숙이 들어와 있습니다. 지금까지는 이 산맥이 군의 재정에 도움이 안 되었겠지만 지금부터라도 이 산맥을 이용하여 수입 증대를 꾀해볼 수 있습니다. 산의 저지대에 과수원을 만들고 마을 단위로 경작하게 하는 겁니다. 뭐, 사과나 살구, 감 등의 과수원을 만들면 되겠죠. 그리고 과수원 위로는 대규모 버섯 농장을 만드는 겁니다. 산에 나무가 많으니 버섯을 재배하는 것도 괜찮겠죠. 캡틴께서 세만 많이 걷지 않는다면 충분히 군민들의 수입 증대에 도움이 될 겁니다. 그리고 과수원 밑으로는 소나 양, 오리 등의 목장을 만들면 그것도 괜찮을 것 같습니다. 그런데 목장을 만들 때 문제는 가축들의 배설물 처리와 배수 처리를 잘해야 하는데, 뭐, 배설물은 따로 모아 퇴비로 만들어 쓰면 되고 배수 처리에 대한 문제는 제가 설계를 해 드릴 테니 한이나 삼에게 잘 감독하게 하여 만들면 될 것 같습니다. 그리고 정찰기로 바닷가를 살펴보니 양식장이 없더군요. 어민들에게 양식장을 만들게 하고 조개, 멍게, 해삼 등을 양식하게 하면 역시 수입 증대에 도움이 될 겁니다. 뭐, 판로는 길을 좀 반듯하게 만들고 나서 소문을 내면 상인들이 몰려들 테니 큰 걱정은 없을 것 같고요.'

'하, 듣고 보니 죽이는데? 과수원과 버섯 농장, 목장과 양식장이라……. 야! 미래의 설계도가 머리 속에 쫙 펼쳐지는구나! 야, 그런데 그런 것들을 다 만들려면 돈이 무지하게 많이 들어갈 것 같은데, 그 돈은 어디서 충당하냐?'

'뭐, 그야 처음 일 년간은 캡틴께서 투자를 하셔야죠.'

'뭐? 그럼 결국 내 주머니에서 돈이 나가는 거잖아? 이봐, 영. 아까는 나보고 한심하다는 듯이 말을 하더니 어떻게 된 거냐? 앙?'

'뭐가 말씀입니까?'

‘아까는 내가 돈을 대면 안 된다고 면박을 주더니 지금은 왜 돈을 대라는 거냐고, 이 자식아? 왜 앞과 뒤가 말이 다른 거야? 앙?’

‘참내, 캡틴. 그냥 돈을 대고 소비하는 것과 돈을 투자하는 것과는 다른 내용입니다. 전자는 돈을 소비하면서도 발전이 없는 경우지만 후자는 돈을 대면 발전이 되지 않습니까? 그리고 처음 일 년 정도만 투자를 하셔서 기초만 닦이면 그 후에 다시 회수할 가능성이 많은 돈입니다. 그러니 소비와 투자는 다른 내용이지요.’

‘쩝, 그러냐? 뭐, 아무튼 좋다. 괜찮은 계획 같으니 자세한 계획을 잡아봐. 현장 답사도 꼼꼼히 해보고. 참, 정찰기로 군의 전체를 스캔할 수 있냐?’

‘성진읍과 주변의 몇 개 마을은 가능한데 전체는 어렵습니다.’

‘흠, 그래? 그러면 일단 관아의 아전들과 군관들, 향청의 임원들과 주변 마을의 유지들을 꼼꼼히 살펴봐. 특별한 단서가 잡히면 바로 얘기하고.’

‘예. 알겠습니다, 캡틴.’

‘흠, 좋아. 그럼 아까 말한 그 수입 증대 계획을 현장 답사까지 세밀히 하여 최종 계획을 잡아봐.’

‘예, 캡틴.’

다음날 오전에 정훈이 한과 삼, 이방과 호방을 대동하고 관아의 곳곳을 둘러보았다.

관아의 구조를 잠깐 설명하자면, 관아의 입구인 외삼문을 들어서면 넓은 마당이 나오고, 마당의 정면이 내삼문이고, 좌측에 작청과 각 청사가 있고, 우측에 군사청과 사령청이 있다.

그리고 좌우의 각 청사 뒤편으로는 담과 이어진 넓은 마당이 있다.

내삼문의 좌우로 행랑이 담까지 연결되어 있고, 내삼문의 안쪽으로 역시 넓은 마당이 나오고 그 안쪽 정면에 동헌이 있다.

우측엔 고(庫:곳간)가 담을 끼고 쭉 늘어서 있고, 좌측엔 임금의 위패인 전패(殿牌)를 모신 객사가 있다.

객사에서는 수령이 매월 초하루와 보름에 향궐망배(向闕望拜:대궐을 향하여 절을 함)를 한다.

동헌의 뒤로 내아(內衙:안채)가 있어 수령이 머무는 장소이다.

정훈이 쭉 둘러보다 곳간에 와서 곳간 문을 일일이 열어보는데 곳간마다 가마니가 가득하다.

"호, 고마다 곡식이 그득하구먼."

정훈이 말을 하자 호방이 나서서 말을 받는다.

"예, 사또. 작년 추수 때 거둬들인 세곡이옴메다."

"흠, 많기도 하군. 한데 이게 다인가?"

"예, 곡물이래 이거이 다이옵고, 동헌 대청 옆의 고에 1,827냥의 엽전이래 들어 있사옴메다."

하며 동헌의 대청 옆의 자물쇠로 채워진 두 번째 방을 가리키는데 그 방이 전고(錢庫)인 모양이다.

정훈이 한을 살짝 쳐다보자 한이 고개를 살며시 끄덕인다.

"이방과 호방은 수고하셨네. 이방은 관속들의 인명부를 본관에게 가져다주고 이만 쉬시게."

"예, 사또."

이방이 가져다준 인명부를 보니 좌수 한 명, 별감 두 명, 군관 일곱 명, 아전 마흔한 명, 지인 열두 명, 훈도 여섯 명, 사령 스물두 명, 관노

열다섯 명, 관비 스무 명, 관기 여섯 명이 기재되어 있다.

"흐흐흐, 이놈들 봐라? 인명부에는 관기가 여섯 명이네? 다른 서류는 다 아귀를 맞춰놓더니만 인명부까지는 미처 생각을 못한 모양이구먼. 그렇다면 두 명은 예전에 사라졌고 두 명은 나와 구관 사또와의 인수인계가 안 된 틈을 타 사라졌다는 말이로군. 금현과 유창이라……. 딱 걸렸어, 이 자식들. 흐흐흐."

게다가 웬 아전의 수가 이리도 많은가 보았더니 각 고마다, 창마다 아전 한 명씩 다 배치가 되어 있다.

아전의 이름을 따라 맡은 기관을 살펴보니 육방을 비롯해 도화원(都畵員), 승발(承發), 작청, 호적청 등의 각 청(廳)과 각 고(庫), 전세색(田稅色), 속오색(束五色) 등의 각 색(色) 등 무수히 많은 기구가 관아 내에 존재하고 있었다.

"햐! 무슨 놈의 기구가 이리도 많냐? 결국은 한 명의 아전이 하나의 기구를 맡고 있다는 말이군. 이거 좀 낭비 아닌가? 어디 좀 더 지나보면 알겠지."

인명부를 잘 간직해 놓고 내아에 들러 식사를 한 후 한과 삼을 데리고 내삼문 밖 마당으로 나가니 군관과 병사들이 다들 웅성웅성거리며 집결해 있다.

"모두들 조용히 하고 똑바로 서라!"

정훈이 다가가자 군교가 병사들에게 고함을 치고는 정훈에게 오른손을 가슴에 대고 허리를 굽히며 군례를 한다.

"사또께 보고드림메다. 총인원 군교 한 명, 초관 여섯 명, 병사 백이십일 명 중 번직 병사 서른세 명이래 제외한 군교 한 명, 초관 여섯 명, 병사 여든여덟 명이래 집결 완료했슴메다. 길고 열외로 전직 군관 여섯 명이래 와 있슴메다."

군교 뒤로 초관 다섯 명이 칸을 벌려 나란히 서 있고, 그 뒤로 병사들이 여덟 열로 쭉 서 있는데, 한옆에 일반인 복장의 산도적같이 생긴 장정 여섯 명이 일렬로 서 있다.

끌끌, 이러고 보니 꼭 사열을 하는 기분이다.

"흠, 좋아. 지금 번직 병사들이 어디어디에 번을 서고 있나?"

"예, 사또. 관아의 외삼문이래 두 명, 성의 사대문이래 열두 명, 해안 초소 여섯 곳에 열아홉 명이래 배치되었슴메다."

"흠, 해안 초소라……. 해안 초소가 어디어디에 설치되어 있나?"

"예, 사또. 성진만의 둘레에 네 곳이래 설치되어서리 고기 잡는 백성들이래 단속이래 하옴메다. 길고 교구곳에 한 곳, 해식애의 벼랑 위에 한 곳이래 있슴메다."

"알았네. 그리고 원 군교, 혹 군사청의 뒷마당에 여기 있는 병사들이 모두 모일 수 있겠는가?"

"예, 사또. 모두래 모이고도 남슴메다."

"그래, 그러면 관아 앞마당에서 이러고 있기가 뭐하니 모두 뒷마당으로 이동하세."

"예, 사또. 모두 훈련장이래 리동함메. 리동!"

읔, 그냥 마당이 아니라 훈련장인 모양이군. 쩝.

훈련장으로 이동하여 병사들을 앉게 하니 어느새 병사 한 명이 의자를 가져온다.

정훈이 의자에 앉아 전직 군관 여섯 명을 불렀다.

"본관이 듣기로는 아홉 명이라 했는데 어찌 여섯 명인가?"

"예, 사또. 세 명이래 디금 버섯과 약재래 캐러 산으로 들어가서리

연락이래 아이 됨메다. 해서리 우선 소인들만이래도 부르심이래 받잡
고서리 왔슴메다.”

“음, 그래. 그들이 나중에 오면 본관에게로 보내게. 그리고 자네들
의 복직을 본관이 검토할 생각인데 마음이 있는 자들은 과거의 직분과
이름을 말하게.”

그러자 앞에서부터 한 명씩 과거의 직분과 이름을 말하는데 군교가
한 명에 초관이 다섯이다.

산으로 올라간 세 명도 초관이었다고 하는데 이들까지 다 모이면 초
관이 열세 명에 군교가 두 명이 된다.

“좋아. 모두들 지금부터 잘 들어라. 학성 관아의 군제를 개편한다.
우선 인원은 군장 한 명, 군교 네 명, 초관 열네 명으로 하고, 각 군교와
초관 밑으로 1기(旗:3대(隊)로 1대가 11명이니 33명)의 현직 병사들을 둔
다. 기관과 보직은 내일 개편하여 발표할 것이니 그리 알고 오늘은 우
선 인원을 뽑겠다. 그리고 관아에 소속된 각 군관과 병사들에게 따로
봉급을 지급하겠다. 군장은 나라에서 지급하는 삭료 외에 본관이 따로
일 년에 60냥을 봉급으로 지급한다. 군교는 삭료 외에 55냥을, 초관은
삭료 외에 50냥을 지급한다. 그리고 군역을 지고 있는 병사들에겐 군
역을 인정하고 따로 기총에게는 40냥을, 대장에게는 35냥을, 일반 병
사에게는 30냥을 지급한다. 군역이 아님에도 군직에 종사하는 병사에
게는 그 봉급으로 기총은 60냥, 대장은 55냥, 일반 병사는 50냥을 지급
한다. 봉급은 매년 유월과 섣달(12월)에 두 번으로 나누어 지급하고, 이
군제의 개편안은 본관이 임관해 있는 5년 동안 유지됨을 원칙으로 한
다. 이상. 질문이 있는 자는 하라.”

정훈이 질문을 하라고 하자 서로들 눈치를 보더니 이방의 조카라는

정 초관이 손을 번쩍 든다.

"아, 정 초관. 말하라."

"예, 사또. 삭료 외에 봉급이래 따로이 주신다면 기거이 누구래 주시는 검메까?"

"군관들의 삭료는 나라에서 지급되는 것이고, 따로 주는 봉급은 본관이 본관의 돈으로 지급하는 것이다. 병사들에게 지급하는 봉급도 마찬가지고. 본관이 그대들에게 따로 봉급을 더 지급하는 것은 본관이 학성군에 임관한 5년 동안 본관의 계획에 따라 그대들이 해야 할 일이 많기 때문이다. 해서 좀 더 일사불란한 체계와 훈련, 노역이 있을 것이기에 그 수고료로 지불하는 것이니 그리 알도록. 또 다른 질문이 있으면 하라."

서로 머뭇거리더니 이번엔 병사들 쪽에서 한 명이 손을 든다.

"아, 거기 손을 든 병사, 말하라."

"예, 사또. 군기색 기총 송재욱임메다. 사또께서리 말씀하신 바대로 참말로 저희 병사들이래 군역도 인정이래 하고서리 또 봉급이래 주시는 검메까?"

"그렇다. 다시 말하지만 군역을 지는 병사들은 군역을 인정하고 따로 30냥에서 40냥을 지급하고, 새로 모집을 하겠지만 군역이 아닌 직업으로 종사를 하는 병사들에겐 그 직분에 따라 50냥에서 60냥을 지급한다. 그리고 이것은 본관이 임관해 있는 5년간 유지된다. 자, 또 질문하라."

이번에는 전직 군교였던 박형택이 손을 든다.

"아, 박 군교. 말하라."

"에, 사또. 고조 소인들이래 이미 군적에서리 삭제래 되어서리 사또께서리 복직이래 시켜주서도 나라에서리 지급하는 삭료래 받기가 에렵사옵메다. 기러면 기냥 사또께서리 주시는 봉급만 받습메까?"

"흠, 그래? 하면 본관이 삭료를 받을 수 있는지 알아보고 만일 삭료의 지급이 힘들다면 본관이 그 삭료에 해당하는 만큼의 돈을 봉급에 얹어서 지급하겠다. 그러면 공평하겠지?"

"예, 사또. 감사함메다."

"자, 또 질문있는 자는 하라."

모두들 정훈의 말을 이해했는지 웅성웅성하면서 희희낙락할 뿐 질문이 없다.

"없나? 좋다. 하면 지금부터 비어 있는 군장과 군교 두 명, 초관 세 명을 선발하겠다. 선발 방법은 무예를 겨루어 그 고하로 결정하여 선발하겠다. 먼저 군장을 선발하겠는데 지금 있는 두 군교와 본관의 수행 무사 간의 이 대 일의 대결로 그 우열을 보겠다. 두 군교와 삼은 앞으로 나서라."

원 군교와 박 군교, 삼이 앞으로 나서자 정훈이 보충 설명을 한다.

"흠, 여기 이 본관의 수행 무사에 대해서 설명을 좀 하자면 무경칠서에 통달하고 무예의 실력이 뛰어나 지금이라도 무과를 보면 장원급제할 정도의 실력이 있는 자이다. 다만 본관의 수행을 위해 과거에 응시를 안 한 것뿐이니 원 군교와 박 군교는 신중을 기해 실력을 겨뤄야 할 것이다. 자, 준비하라."

정훈의 말이 끝나자 병사 몇 명이 냅다 뛰어가더니 군사청의 건물 안에서 목검과 목봉이 꽂혀 있는 훈련용 무기대를 들고 나온다.

원 군교가 다가가 목검을 쥐자 박 군교가 목봉을 잡았다.

둘의 표정에 불만이 있는지 썩 좋지만은 않은데 정훈의 말을 듣고는 내심 조심을 하는지 말이 없다.

삼이 목검을 쥐고 가운데로 가 서니 원 군교와 박 군교가 삼의 좌우로 선 후 서로 목례를 한다.

원 군교가 검을 쥐었는지라 삼에게 보다 가까이 서서 상단세의 자세를 취했고, 박 군교가 약간 거리를 두고 오른손으론 봉의 끝을 잡고 왼손으로는 봉의 가운데를 살며시 잡아 찌르기 자세를 취했다.

삼은 그저 검을 아래로 향한 자세를 취하고는 멍하니 앞만 보고 서 있는 듯하다.

서로의 자세를 자세히 보며 서서히 검을 어깨 위로 올리던 원 군교가 갑자기 달려들며 삼의 오른쪽 어깨를 향하여 내려치며 베어온다.

삼이 대응을 하기 위해 몸을 오른쪽으로 살짝 돌리며 검을 올리자 삼의 뒤를 바라보게 된 박 군교가 거리를 좁히며 오른손을 내밀어 봉을 뻗어 삼의 뒷머리를 찔러 들어간다.

삼이 내려쳐 베어오는 원 군교의 검을 자신의 검으로 살짝 팅겨 옆으로 흘리고는 머리와 허리를 숙여 뒤돌려차기의 자세로 왼발을 올려 봉의 측면을 살짝 가격해 역시 방향을 틀었다.

그러자 팅겨진 원 군교의 검이 팅겨진 방향에서 회전을 하며 삼의 허리를 노리고 들어온다.

이에 삼이 뒤돌려차기의 자세에서 왼손을 땅에 짚어 공중제비를 하여 한 발 물러서고, 원 군교의 검이 허공을 스친다.

그러자 이번엔 박 군교가 팅겨진 봉을 위로 올려 위에서부터 삼의 머리를 향해 봉을 비스듬하게 휘둘러 온다.

그 뒤를 원 군교가 검을 오른쪽 옆으로 돌려 내리고 짓쳐드는데 삼이 박 군교의 봉을 피하는 순간 검을 휘두를 생각인 모양이다.

이에 삼이 검을 들어 봉의 방향을 트는데 약하게 나무끼리 부딪치는 소리가 나면서 봉의 방향이 원 군교 쪽으로 틀어진다.

이에 달려들던 원 군교가 오른쪽으로 한 발 벌려 봉의 사정거리에서 벗어나는 순간 삼이 박 군교에게 달려든다.

미처 봉을 회수하지 못한 박 군교가 깜짝 놀라면서 뒷걸음질을 하려는데 한 발 물러섰던 원 군교가 이때를 놓치지 않고 검을 중단세의 자세에서 살짝 위로 올려 베며 삼에게 달려든다.

삼이 박 군교에게 달려들듯 한 발 내디딘 상태에서 갑자기 몸을 획 돌려 올려쳐 베어오는 원 군교의 검을 자신의 검으로 마주쳐 간다.

딱 소리와 함께 원 군교의 검이 저만치 날아가고 원 군교가 손목을 잡으며 주저앉자 삼이 다시 빠르게 몸을 돌려 검의 끝을 박 군교의 목에 겨눴다.

불과 몇 합 겨루지도 않고 원 군교가 검을 놓치며 손목을 잡고서 주저앉고, 박 군교의 목에 목검이 겨눠지니 구경하는 모두가 멍한 모습이다.

잠시 침묵이 흐르고 정훈이 일어나 삼의 승리를 선언한다.

"이삼 승!"

정훈이 선언하자 그때서야 삼이 검을 거두고 한 발 물러섰다.

이때쯤 박수가 나와야 하는데도 모두 멍한 모습으로 조용하다.

"대결이 너무 빨리 끝이 나서 제 실력이 발휘되지 못한 것으로 본관은 생각한다. 하여 본관은 원 군교와 박 군교에게 다시 한 번 기회를 줄 생각인데 원 군교와 박 군교는 다시 한 번 재대결을 해보겠는가?"

손목을 잡고 멍하니 주저앉아 있던 원 군교가 입술을 살짝 깨물며 일어나서는 정훈에게 읍을 하며 말을 한다.

"아니옴메다, 사또. 저분과 이래 직접 부딪쳐 보네 고 민첩한 몸놀림과 소관의 검이래 흘리는 절묘한 검술, 길고 고 압도적인 힘이래 소관 등이래 따를 수 없슴메다. 저분이래 봐주면서 해서리 망정이디 아이면 큰 낭패래 볼 뻔했슴메다. 소관이래 패배를 시인하갔슴메다."

하더니 삼에게로 가 꾸벅 인사를 한다.

"한 수래 잘 배웠슴메다. 앞으로도 많은 가르침이래 바라옴메다."

삼도 마주 인사를 하더니 살짝 웃어준다.

허, 인석들이 많이 발전을 했군. 이젠 웃을 줄도 알고.

"허면 박 군교는 어찌할 텐가?"

"사또, 둘이서 달겨들어서리 이기디 못했슴메 혼자서리 어찌 대결이래 되갔슴둥. 두 손 다 들었슴메다."

"허, 그런가? 하면 군장에 이삼을 임명한다. 이견이 있는 자는 말하라."

모두들 조용하더니 그때서야 병사들 사이에서 함성이 일며 박수가 터져 나온다.

"자, 그러면 군장은 임명이 되었고, 다음으로 군교 둘을 선별해야 한다. 초관들 중 전에 같이 있던 때를 맞추어 직급이 높은 순으로 넷만 나오라."

하니 사령청의 임동철과 금도색의 강동석이 나오고 전직 군관 둘이 나온다.

엽전의 앞뒤 면에 표시를 하여 조를 나누고 대결을 벌였는데 임동철과 강동석이 승리를 했다.

넷 다 실력은 비슷했는데 전직 군관들이 아무래도 한동안 쉬었던 몸이라 실력 발휘가 잘 안 됐던 모양이다.

"자, 초관 임동철과 강동석의 승리를 축하하며 군교로 임명한다."

병사들과 다른 초관들도 함성을 지르며 박수를 쳐준다.

"자, 다음은 초관 세 명을 선발하겠다. 기총들 중 앞으로 오 년 동안 초관 직을 수행할 수 있는 자는 앞으로 나오라."

하니 네 명이 나오는데 기총들이라 무예를 겨룰 수 없어 고참순으로 초관으로 임명을 하고 나머지 한 명에게는 다음에 우선적으로 기회를 주마고 약속을 했다.

"자, 이로써 초관까지의 선발이 끝났다. 각 초관들은 후일 그대들에게 주어질 병사들의 기총과 대장을 임명하고, 오늘부터 수시로 병사를 모집하겠다. 병사들의 나이는 15세 이상, 40세 이하의 장정으로 양천을 구별하지 않는다. 직업 병사로 근무를 하면 50냥의 봉급을 줄 것이니 주위에 마땅한 자가 있으면 적극 홍보를 하여 병사로 지원하게 하라. 그리고 군장은 군사청과 사령청의 업무를 접수하고 군관과 병사들의 명단을 만들어 본관에게 제출하라. 오늘 온 전직 군관 여섯 명은 내일부터 출근하여 근무하도록 하고 나머지 세 명도 산에서 내려오는 즉시 출근하여 근무토록 지시하라. 이상, 해산하도록."

삼이 앞으로 나가 병사들을 일으켜 정훈에게 군례를 올리고는 병사들을 해산시키고 군관들을 이끌고는 군사청으로 들어갔다.

다음날 아침 정훈은 군사청을 금도색, 군기색, 수군색, 공병색의 네 기구로 나누고, 금도색은 성의 경비 및 각 마을의 치안을, 군기색은 무기 및 식량, 의복 등의 보급을, 수군색은 해안 경비 및 어민 보호를, 공병색은 건설 및 토목, 군의 개발을 담당하게 했다.

각 색의 인원으로는 금도색에 군교 원유근, 초관 이명수, 오봉일, 서

우성을 배치하고, 군기색에 군교 임동철, 초관 이호석, 마종산, 송재욱을 배치하고, 수군색에 군교 박형택, 초관 최일평, 정석재, 진윤배를 배치하고, 공병색에 군교 강동석, 초관 박기정, 문근배, 장금만을 배치했다.

군장 휘하의 초관으로 전직 초관인 임호현을 임명하여 병사들의 훈련을 담당하게 하고, 사령초관으로 전직 초관 박정운을 임명했다.

이것을 군사청의 앞에 방으로 붙여 모두에게 알리고, 사령초관 박정운에게 사령들을 각 마을에 풀어 병사 모집에 대한 방을 붙이도록 했다.

그리고 기존의 병사들 중 날래고 젊은 병사를 뽑아 훈련초관 임호현에게 붙여 삼과 한으로 하여금 한글과 호신술, 궁, 창, 도의 기본 무술과 포수, 살수, 사수의 분과별 주특기를 가르치게 했다.

며칠이 지나자 나뭇꾼과 품팔이꾼들이 모여들더니 열흘이 지나자 심마니와 화전민들도 소식을 듣고는 모여들기 시작했다.

그사이 세 명의 전직 초관도 복직하고 병사 지망생도 70여 명이나 모여들었다.

기존의 병사들을 금도색과 수군색을 위주로 각 색에 분산시킨 후 역시 새로 모집한 신병들로 금도색과 수군색을 위주로 군기색과 공병색에 보충시켰다.

그렇게 열흘이 지나고 한 달이 지나자 신병들의 숫자가 150명을 넘어섰는데 심마니와 나뭇꾼, 왈패, 백정, 심지어 소작인까지 소작을 반납하고 몰려들었다.

기존의 병사와 합치니 270명이 넘는 숫자라 군사청의 각 색에 60명이 넘는 병사가 배정될 수 있었고, 그때쯤 훈련초관 임호현에게 배정된

병사들도 한 달간의 훈련을 마치고 그럭저럭 훈련 조교로의 역할을 할
수 있게 되었다.

군사청의 각 색에 명하여 전 병사를 세 조로 나누고 조별로 돌아가
며 한 달씩 훈련을 받게 하고 훈련받는 조는 한 달간 업무를 부과하지
못하게 하였다.

하여 첫 달에 80명을 시작으로 훈련초관 임호현의 병사들을 훈련 조
교로 삼아 훈련에 들어갔다.

군기색의 남은 병사들로 학성군의 호구 조사를 시키되 화전민까지
철저하게 조사하라 명하고, 백성들의 사는 모습도 세세히 살피라 명했
다.

공병색의 병사로는 공조를 통하여 공병 기구 일체를 구입하여 주고,
성진읍의 성 안팎의 도로를 보수하며 넓힐 수 있는 만큼 넓히고 차츰
성 밖의 도로로 작업을 늘리게 했다.

또한 병사들의 부인들을 모아 노임을 주며 병사들이 입을 전포를 만
들게 하고 병사들이 먹을 밥을 짓게 하여 관아의 모든 관원과 함께 점
심만은 관아에서 제공을 하였다.

그동안 보니 관아의 모든 일이 시작하는 시간과 끝나는 시간이 일정
치 않아 중구난방이라 관아의 모든 업무를 진시정(오전 8시)에 시작하
여 유시정(오후 6시)에 마치도록 하고, 그 이후에는 당직을 두어 야간의
일을 보도록 하여 시간을 계획적으로 사용하도록 하였다.

금도색의 병사들에게는 성진읍의 성 안팎과 주변 마을을 수시로 순
찰하여 민생을 안정토록 하고 수군색에게는 해안선의 초소를 늘려 좀
더 세밀히, 좀 더 넓게 경계를 펼치게 하고 어민들로부터 부당한 상납
을 못 받게 했다.

그동안 삼이 군사청의 모든 업무를 파악하고 명령 계통이 일원화하여 안정이 되니 정훈이 이번엔 각 기구의 아전들을 한자리에 불러 모아놓고 개편을 했다.

한이 관아의 업무를 모두 파악하였으므로 한을 아전들의 우두머리인 호장(戶長)으로 삼아 모든 아전들을 관리하게 하고, 약방과 교육청, 사령청, 군사청을 제외한 모든 기구를 육방으로 일원화시켰다.

호적색과 관노색 등은 이방으로 각 고와 식색, 전세색(田稅色) 등은 호방으로, 객사색, 전관색 등은 예방으로, 봉수색, 역색, 통인색은 사령청으로 등등 아직 인원은 그대로 두고 기구만 통합을 한 것이다.

그리고 아전들이 급료가 없어 수탈을 일삼는다는 것을 알기에 전 아전들에게 군관에 해당하는 급료를 주기로 하고 대신 백성들에 대한 수탈을 금지시켰다.

어느새 3월도 중순이 넘어 하순으로 치달으며 군사청의 일을 삼에게 일임하고, 관아의 제 기구를 개편하여 한에게 맡기니 이로써 관아의 제 기구를 장악하게 된 정훈에게 어느 정도 여유가 생겼다.

어느 날 소희가 현이와 내아의 노비 몇을 데리고 장날이라 하여 장을 보러 나가자 문득 성내를 구경하고 싶은 마음이 들었다.

하여 사령초관 박정운에게 사령 둘과 함께 변복을 하여 따르게 하고 정훈도 변복을 하고는 관아를 나섰다.

길을 따라 슬슬 거닐며 집이며 지나는 사람들을 구경하는데 3월 하순임에도 북방의 날씨치고는 참으로 따뜻하다.

원래 학성군은 북서쪽의 마천령산맥과 소장백산맥이 솟아 있어 북서풍을 막아주고 퓐(산 위에서 불어오는 건조하고 기온이 높은 바람) 현상이 나타나 다른 관서 지방보다는 기온이 높은 편이다.

또한 마천령산맥에는 백두산 화산대가 따르고 있어 곳곳에 온천수가 나올 정도로 산의 기온도 따뜻하다.

성진읍에서 오 리 정도 떨어진 향고산에는 울긋불긋 색깔이 요란하고 가끔 보이는 집 안의 나무에도 백합이 봉우리를 벌린다.

슬슬 걷다 보니 어느새 장터인지 사람들로 북적북적하고 물건 파는 상인들의 고함 소리에 시끌시끌하다.

평소에는 이렇지 않겠지만 오 일에 한 번씩 서는 장날에는 인근 마을의 사람들이 모여드니 성안이 초만원을 이루는 것이다.

이날만큼은 상점도 호황이지만 무거운 짐을 지고 장터를 찾아다니는 부보상들도 호황을 이룬다.

정훈이 슬슬 걸으며 보니 주로 곡식과 육고기, 생선류, 노리개 등의 장신구와 옷감 종류, 유기와 농기구 등이 주를 이루는데 아무래도 경제적인 규모가 작다 보니 고급스런 물품들은 별로 눈에 띄지를 않는다.

그저 구경을 하며 걷다 보니 저 앞에서 소희가 쪼그려 앉아 물건을 구경하고 있는데 가만히 보니 장신구가 놓인 좌판 앞에서 그저 만졌다 놨다만 반복할 뿐 사지를 않는다.

정훈이 살살 다가가 뒤에서 보니 사고는 싶은데 가격이 만만치 않은지 선뜻 용기를 내지 못하는 듯싶다.

"사고 싶은 게 있으면 하나 고르거라. 내가 하나 사주마."

정훈이 불쑥 말을 하자 소희가 뒤를 돌아보더니 깜짝 놀란다.

"어머, 나으리. 나으리께서리 어드렇게……."

"하하, 장날이라 하여 나도 구경을 나왔다. 아까부터 보니 사고 싶은 모양인데 갖고 싶은 걸 고르거라. 내가 사주마."

"아니옵네다, 나으리. 기냥 구경만 하는 것입네다."

그때 현이 녀석이 불쑥 끼어들어 말하며 가락지를 가리킨다.

"나으리, 누이래 조 가락지래 탐이래 나는 모양입네다."

보니 녹색의 옥 가락지인데 햇빛이 비춰지니 안에 물방울 모양이 언뜻 보인다.

"호, 그래. 예쁘구나. 어디 한번 끼워보거라."

소희의 얼굴이 빨개지며 손가락에 끼워보는데 제법 잘 맞는다.

주인에게 값을 물어 셈을 치르니 소희가 인사를 한다.

"감사하옵네다, 나으리. 잘 간직하겠습네다."

"아니다. 여기까지 나를 따라와 고생이 많은데 그 정도야 못 사주겠느냐? 오히려 내가 네게 고맙지. 그래, 현이도 사고 싶은 게 있느냐?"

"예, 나으리. 저, 서책이래 몇 권 사고 싶습네다."

"호, 책을? 그래, 장터에 서책을 파는 곳이 있더냐?"

"예. 조 앞에서리 팔더이다."

"그러냐? 그럼 네가 가서 사 오너라."

하고 돈을 주니 녀석이 돈을 받고는 냅다 뛰어간다.

일행을 데리고 옆의 꼬치 집으로 옮겨 현이를 기다리며 꼬치를 먹고 있는데 한쪽에서 따가운 시선이 느껴진다.

정훈이 고개를 돌려 그쪽을 바라보니 목기를 파는 부상인데 장사를 하면서도 계속 힐끔거리며 정훈의 일행을 살핀다.

이상한 생각이 들어 정훈도 그 부상을 살피는데 영이 말을 건다.

'캡틴, 저 부상 말입니다. 누군지 모르시겠습니까?'

'누군데? 내가 아는 사람이냐?'

‘쯧쯧, 아니, 벌써 잊으셨습니까?’

‘아니, 이 자식이 어디서 혀를 차, 이 버르장머리없는 자식이! 그리고 만나는 사람마다 죄다 기억을 할 것 같으면 그게 컴퓨터지 사람이냐?’

‘아니, 캡틴, 머리 나쁜 게 무슨 자랑이십니까? 솔직히 조선으로 넘어와서 지금까지 캡틴께서는 너무 자기 계발을 소홀히 하고 계십니다. 이 점은 반성을 좀 하셔야 합니다.’

‘아니, 이 자식이 이제는 훈계까지 하려 드네? 내가 자기 계발을 열심히 해서 머리가 좋아지면 너 같은 고철 덩어리는 당장에 폐기 처분되는 거야, 이 자식아. 알어? 그나마 내가 마음이 좋아 너 같은 고철 덩어리를 폐기 처분하지 않고 애용해 주는 걸 황송하게 생각하라고, 이 자식아. 고철 덩어리 주제에 어디서 주제도 모르고 기어올라. 건방진 자식 같으니라고.’

‘쩝……’

‘까불지 말고 저 부상이 누군지나 말해.’

‘예. 작년 봄에 캡틴께서 여행하실 때 하란산에서 늑대에게 쫓기던 부상을 만난 거 기억하십니까? 그때 그 부상입니다.’

‘아, 소희 남매를 데리고 방역을 하며 내려오다 산에서 노숙을 할 때 늑대들로부터 쫓기던 걸 구해준 그 부상? 어쩐지, 그래서 저 보부상이 힐끔힐끔 쳐다보는 거구먼. 근데 저 부상의 이름이 뭐였더라?’

‘장삼구입니다, 캡틴.’

‘아, 그래. 장삼구. 형제들도 부상이랬지?’

‘예, 캡틴. 아우가 셋이 있다고 했습니다.’

그때 장삼구가 장사를 하다 말고는 슬그머니 정훈이 있는 쪽으로 다가오더니 말을 붙인다.

"저, 선비님, 혹시 소인이래 모르시갔습메까?"

"하하, 장삼구 씨 아니오? 세월이 지나니 여기서 또 보는구려."

"아이구, 역시 선비님이래 맞구마요. 고조 옆에 계신 애기씨래 몰라 보갔서리 예뻐지셔리 소인이래 긴가민가했습메. 길고 소문이래 연천이래 계신다고래 들었습둥 어케 여 계심메?"

"하하, 그게 어찌하다 보니 그렇게 되었다오. 한데 내가 연천에 산다는 소문을 함경도에 있는 사람이 어찌 들었소?"

"하하, 소인 같은 장돌뱅이들이래 방방곡곡 없는 곳이래 오데 있갔습둥. 고조 길타 보네 소문이래 가장 먼저 듣습메. 연천 고을이래 역베이래 창궐한 기도, 기 역베이래 잡고서리 수천의 베이(병) 걸린 백성들이래 선비님께서리 살리신 기도 죄 소문이래 났습둥. 밤골이래 산다는 상인이래 선비님께서리 자기 오래래 사시는 어른이시라매 선비님 덕이래 밤골이래 살기 좋아졌담시로 올매나 자랑이래 심한디 모르갔습둥."

허, 이제 보니 밤골 사는 상인이 소문을 낸 것이로구먼.

"흠, 그나저나 장사는 좀 되오?"

정훈이 묻자 장삼구가 주위를 둘러보며 경계를 하고는 무슨 큰 비밀을 얘기하려는지 정훈에게 바짝 다가서며 얘기를 한다.

"성인이신 선비님이래 물으시니까네 소인이래 답이래 올리디만, 하이고, 말씀이래 맙소. 학성 군수래 수탈이래 올매나 심한디 고을에서리 돈이래 씨가 말랐습둥. 고조 소인이래 맡은 구역이래 리원, 단천, 성진, 길주라 고조 다나는 길이라서리 빠지디 않고 들르디만서도 큰 기대래 않고서리 고조 쉬어가는 셈 침메. 백성들이래 사는 거이 어느 정도래 여유래 있어야 돈이래 풀리디 않갔습둥. 기런데 학성군의 백성들이래 사는 거이 구차스럽어서리 고거이 틀렸습메."

경제 사정이야 상인들이 가장 잘 안다.

상인의 입에서 나온 말이니 틀림이 없는 말일 것이다.

하, 군민의 삶이 어렵다니 참으로 정훈의 어깨가 무거워진다.

"내 얼핏 들었는데, 보상이나 부상들도 상단으로 조직이 되어 있다고 들었는데, 맞소?"

"예, 길킨 하디만 기건 와 물으심메까?"

장삼구가 의혹의 눈초리로 묻자 정훈이 얼른 말을 돌려 안심을 시킨다.

"아, 그냥 내가 궁금해서 말이오. 장삼구 씨는 그 조직에서 어떤 위치에 있소?"

"음, 뭐, 큰 비밀도 아니니까네 말씀 올리디요. 내래 자랑이래 아이디만 리원, 단천, 성진, 길주래 합친 반수(班首:부보상단의 지역 우두머리)디요. 물론 도접장(都接長:도의 대표)님이래 따로 계시디만요."

자랑이 아니라면서 은근히 어깨에 힘이 들어간다.

"호, 그래요? 반수라……. 하면 장 반수 밑에 상인들도 꽤 수가 많겠소그려."

"하하, 뭐, 죄 길주와 단천, 리원 쪽으로 흩어져 있어서리 성진에는 몇 안 되지만서리 합치면 족히 70명이래 될 거우다."

70명의 부상이라…….

"흠, 장 반수. 내가 장 반수의 부상단과 거래를 좀 했으면 싶은데 장이 끝나고 저녁때 시간을 좀 내줄 수 있겠소?"

"아이고, 거래라니요? 기런 말씀이래 마우다. 소인이래 목숨이래 구해주시고서리 고조 에렵은 백성들이래 돌보시는 훌륭한 어른이신데 소인이래 어드러케 거래래 하갔슴메. 고조 말씀이래 하시면 소인이래 다 들어드리갔슴둥. 말씀하시라요."

"아니요. 내가 하려는 일은 장 반수 혼자서 할 수 있는 일이 아니라서 말이오. 장 반수와 장 반수가 거느린 부상단이 다 나서야 되는 일이라 옛 인연으로 그냥 말할 수 있는 작은 일이 아니라오. 어떻소? 저녁때 시간을 좀 내보겠소?"

"흠, 알갔슴메다. 기렇게 말씀이래 하시니 소인이래 시간이래 내갔슴둥. 오데 묵고 계심메? 계신 곳이래 갤켜 주시면 소인이래 저녁때 찾아뵙갔슴메."

"흠, 고맙소. 하면 저녁때 관아로 오시오. 관아로 와서 장 반수의 신분을 밝히면 나에게 안내가 될 것이오."

정훈이 관아로 오라고 하니 장삼구가 찔끔한다.

"하하, 괜찮소. 걱정 말고 오시오. 하면 이따 봅시다."

정훈이 웃으며 말을 한 후 일행을 이끌고 사라지자 장삼구의 얼굴에 근심이 어린다.

비록 정훈이 걱정 말라고는 했지만 부상 같은 장돌뱅이가 관아를 들락거리기가 어디 쉬운 일인가? 더구나 이미 사또의 욕을 신나게 한 후임에랴…….

정훈이 소희 일행을 관아로 들여보내고는 좀 더 성안의 거리를 걷다가 동문의 문루로 올라갔다.

문루 위에서 행인들의 출입을 살펴보던 병사들이 분분히 인사를 하자 일일이 답례를 해주고는 문루 위에 서서 밖을 바라보니 저 멀리에 검푸른 바다가 보인다.

끝없이 넓게 펼쳐진 바다를 보고 있자니 마음이 확 트이는 게 가슴이 시원하다.

정훈이 한참을 바다를 바라보고 서 있다 관아로 돌아오며 외삼문 경비 무사에게 장삼구라는 상인이 이 선비를 찾거든 동헌으로 안내하라 이르고는 안으로 들어갔다.

저녁에 정훈이 동헌에서 그날그날 보고되고 있는 군기색에서 조사하고 있는 호구 조사에 관한 서류를 보고 있는데 한이 장삼구를 데리고 와 밖에서 보고를 한다.

"사또, 상인 장삼구가 왔습니다."

"아, 들여라."

잠시 후 장삼구가 들어와 문간 앞에서 넙죽 절을 하고는 고개도 못 들고 미미하게 떨면서 엎드린다.

"아, 이리 바짝 다가앉으시게."

"예, 사또 나으리."

하더니 간신히 첫 번째 방 문지방을 넘어 다시 엎드린다.

"하, 이 사람 하고는. 장 반수는 고개를 들어 본관을 보시게."

사또가 보라 하니 억지로 고개를 들어 사또를 보던 장삼구가 깜짝 놀란다.

"으헉! 이 선비님께서리 사또 나으리……? 아이고, 나으리! 고조 소인이래 죽을죄래 지었습메다! 제발 용서래……."

"허, 이런 사람을 보았나. 되었네. 괜찮으니 이 서탁 앞으로 바짝 다가오게."

장삼구가 서탁 앞으로 바짝 다가와 앉는데, 표정은 완전히 죽은 사람 표정이다.

　"하하, 이런 사람 하고는. 자네도 알다시피 지난해까지만 해도 본관은 연천에 있질 않았나? 본관이 학성 고을에 부임하여 온 지가 이제 한 달이 조금 넘었다네. 와서 보니 자네의 말처럼 백성들의 삶이 심히 고단하니 본관의 심정이 안타까움과 동시에 구관 사또가 매우 원망스럽기도 하다네. 이렇듯 본관의 심정이 자네와 다르지 않으니 본관이 어찌 자네를 탓하겠나? 낮에도 잠시 얘기를 하였지만 본관은 자네의 부상과 거래를 하고자 할 뿐이니 마음을 가라앉히시게. 그렇게 얼어 있어서야 어디 거래를 할 수 있겠는가?"

　정훈이 장황하게 설명을 하니 그때서야 장삼구의 표정이 풀린다.

　"휴! 놀랐습메다, 사또. 하온데 어드러케 갑자기 학성 군수로 부임이래 하시게 되신 검메까?"

　"하하, 지난해 가을에 과거가 있질 않았는가? 그 과거에서 급제를 하여 학성 군수로 부임을 하게 된 것이지. 뭐, 그건 그렇고, 이제 마음이 좀 진정이 되었는가?"

　"예, 사또. 이제 괜찮습둥. 하옵고 늦게나마 감축드림메다."

　"하하, 그래. 고맙네. 자, 그럼 본관이 얘기를 할 테니 잘 듣고 자네의 생각을 말해 주시게. 본관이 이곳으로 부임하여 그동안 살펴보니 군민의 수가 모두 외지로 빠져나가 얼마 되지도 않을뿐더러 남아 있는 군민의 생활도 심히 어렵더군. 하여 어떻게 하면 군민들의 생활을 좀 더 부유하게 하고 군민들의 수도 늘릴 수 있을까 곰곰히 생각하다가 몇 가지 계책을 마련하였네. 그 계책의 일환으로 우선 마천령 산자락 저지대의 곳곳에 과수원을 만들면 어떨까 하네. 산의 기온이 높고 바람이 따뜻하니 여러 가지 과실수를 심을 수 있을 거라고 보네만. 물론 수확의 결실이 있기까지는 몇 년이 걸리겠지만 과수원이 만들어지는 그동안이라도 군민들에게 일자리가 생기게 되는 것이니 생활에 어느 정도 보탬이 되겠지. 그리고 과수원의 위로는 버섯을 재배하는 농장을 만들고, 과수원의 밑으로는 소나 양, 돼지, 오리, 토끼, 닭이나 꿩 등 가축 농장을 만들면 어떨까 하는 생각이네. 이것들 역시 단시일에는 성과가 없겠지. 그리고 바다 쪽으로는 교구곶의 안쪽으로 만이 형성되어 있어 물이 그렇게 차질 않고 기온도 낮질 않으니 만의 안쪽으로 양식장을 만들어봤으면 하네. 뭐, 조개나 해삼, 멍게 등이 괜찮겠지. 어떤가, 본관의 생각이? 물론 이것들에게서 수익성을 보려면 이삼 년 이상은 지나야 한다는 것은 잘 아네. 하지만 이것들을 마을 단위로 경작하고 운영하게 한다면 그동안만이라도 여기에 종사하는 군민들은 꾸준한 일자리가 생기게 되니 생활에 많은 보탬이 될 거라고 생각하네. 이상이네. 본관의 계책에 대해서 자네의 의견을 듣고 싶은데 어디 말을 좀 해보게."

정훈의 긴 얘기가 끝나자 한참을 생각에 잠겨 있던 장삼구가 말문을 열었다.

"고조 소인 같은 장돌뱅이래 생각이래 할 수조차 없을 정도로 큰 사업임둥 소인이래 몇 가디만 여쭙갔슴메. 우선 버섯 농장, 과수원, 가축 농장, 양식장 이 네 가디래 한꺼번에 하실 생각이심메까?"

"음, 그렇네. 한꺼번에 시작을 하여 겨울이 오기 전에 어느 정도 기초는 닦아놓을 생각이네."

"하오시면 엄청난 자금이래 소요될 것임메. 이삼 년 이상이래 수익이래 없을 긴데 기동안 버틸 자금이래 있으심메까?"

"흠, 이삼 년은 아니래도 삼사 년 정도는 버틸 자금이 있네."

"예? 아! 하하! 사또께서리 말씀이래 이상허니 하심메다. 뭐, 자금이래 기 정도 있으시다면 못할 거이래 없겠슴둥. 하오시면 소인이래 할 일이래 무스그 일임메?"

 "흠, 우선 자네 상단이 해주어야 할 일은 과실 나무의 묘목과 가축들의 새끼 등을 구해주는 일일세. 뭐, 종류와 양은 많을수록 좋네. 그리고 여기에서 나오는 수확물의 판매를 자네들이 맡아주어야겠어. 자네들 부상의 조직이 전국적이라고 알고 있네. 전국적으로 조직의 협조를 얻을 수 있다면 가능한 일이라고 보는데, 어떤가? 아, 물론 자네들의 수익에 대해서는 정당하게 계산하여 요구를 한다면 본관이 그 수익을 맞춰줌세."

 "이 일이래 소인들이래 맡는다면 물론 소인들이래 주체래 되어서리 일이래 할 것임둥, 우선 도접장과 그 윗선에 보고래 올린 다음 상의래 해야 할 것임메. 소인에게 시간이래 좀 주서야 함메다."

 "아, 물론 윗선과 상의를 해야겠지. 그리하시게. 그리고 참고 사항으로 미리 일러주네만 자네의 부상에서 이 일을 맡아주면 비록 학성군에서만 사용이 가능하겠지만 부상의 신분을 증명할 신표(信標)를 내어줌세. 신표를 지닌 부상에게는 군 내의 어느 곳이나 통행이 자유롭고, 상행위에 대한 세금을 면제하고, 유사시 자네들의 안전을 위해 기찰권(譏察權:조사나 검거할 수 있는 권한)을 부여하겠네. 물론 함부로 남용이 안 되도록 자네들 같은 윗선에서 적절히 단속을 하여야겠지만 말일세. 어떤가?"

 "아이고, 사또. 엄청난 혜택이심메. 감사드림메다."

 "그렇네. 사실 본관으로서도 모험이지. 그만큼 자네들이 군의 발전을 위해서 많이 도와주어야 하네. 그래서 말인데, 자네의 상단에서 이 일을 맡게 되면 관아에서도 이 일을 전담할 부서를 하나 만들어야 하네. 이름을 상방(商房)이라 할 생각인데, 장 반수 자네와 자네의 아우

세 명이 관아로 들어와 상방을 맡아주어야겠네. 이것을 자네의 윗선들과 상의할 때 참고 사항으로 넌지시 일러주게.”

“하이고, 사또. 참말로 큰 은혜이심메다. 고조 감사드림메다.”

“아니네. 이것은 상호 간의 거래일세. 게다가 아직 거래가 성사가 된 것이 아니니 인사는 거래가 성사된 후에 받기로 함세. 뭐, 그건 그렇고, 오늘은 밤이 늦었으니 관아에서 주무시게.”

“아님메, 사또. 소인 같은 장돌뱅이들이래 머무는 곳이래 따로 있슴둥. 동료들과도 따로 상의래 하여야 할 듯싶어서리 고조 이대로 돌아가갔슴메. 수일 내로 다시 찾아뵙갔슴둥.”

“이런, 그런가? 일이 있다니 하는 수 없지. 하면 잠시만 기다리게. 밖에 누가 있는가?”

“예, 사또. 한이옵니다.”

“한이는 가서 금괴 하나만 가져오너라.”

잠시 후 한이 금괴를 하나 놓고 나가자 정훈이 금괴를 장삼구 앞으로 내밀었다.

장삼구가 눈이 뚱그레져서는 금괴에서 눈을 못 뗀다.

“앞으로 사용될 거래 대금은 모두 이 같은 금괴로 지불이 될 걸세. 본관이 이 금괴의 정확한 가격을 모르니 자네가 이것을 가져가서 정확한 가격을 알아오게. 자, 잘 넣게.”

“예? 예, 예, 사또.”

장삼구가 얼이 빠져 말을 더듬더니 금괴를 허리춤에서 꺼낸 광목으로 잘 싸서 품에 넣고는 정훈에게 넙죽 절을 하고 물러갔다.

그 이튿날 한에게 직접 공방으로 가 학성 군수의 이름을 넣어 철로 된 직인을 만들고 나무로 손잡이를 달아오게 하고, 작청의 한옆에 상방(商房)이라 하여 사무소를 꾸며놓았다.

그로부터 사흘 후 저녁 무렵 장삼구가 네 명의 일행과 함께 정훈을 찾아왔다.

방의 입구에서 넙죽 절을 하고 그 자리에 앉는 것을 정훈이 서탁 앞으로 다가와 앉게 했다.

그중의 한 명이 삼십 중반 정도로 나이가 제일 많아 보이고 나머지 셋은 이십 중, 후반 정도로 장삼구와 비슷한 연배로 보인다.

"사또께 인사래 올림메다. 함경도 도접장이래 있는 마상도임메다."

"장사구임메다."

"장오구임메다."

"장칠구임메다."

역시나 나이 많은 이가 도접장이고, 나머지 셋은 장삼구의 형제들이다.

"다들 오시느라 수고하셨네. 한데 장 반수의 형제들 중 육구가 빠진 듯하이?"

정훈이 장삼구를 보고 물으니 장삼구가 대답을 한다.

"예, 사또. 일구와 이구, 육구래 어릴 때 죽어서리 소인들 사형제래 다임메."

"오, 이런. 그리된 것이로구먼. 미안하네. 본관이 괜한 것을 물은 듯하이."

"아니옴메다, 사또."

"흠, 그래, 그건 그렇고, 본관의 일로 도접장이 직접 예까지 오시다니 영광일세그려."

“아니옴메다, 사또. 소문으로만 듣던 훌륭하신 어른이래 이래 뵙게 된 거이 오히려 소인이래 광영이옴메다.”

“하하! 그래, 고맙네. 도접장도 장 반수의 얘기를 들었을 테니 본관이 두 번 얘기를 안 함세. 그래, 부상의 상단에서는 어떻게 결정을 하였는가?”

“예, 사또. 우선 답변이래 올리기 전에 몇 가지 확인이래 하갔습메다. 괜찮갔습메까?”

“그리하시게.”

“예, 하오면 우선 하시려는 사업이래 버섯 농장, 과수원, 가축 농장, 양식장 이 네 가지로 들었사옵고, 묘목과 종자의 구입에서리 판매까디 맡기신다 들었습메다. 맞사옴메까?”

“맞네. 흠, 나머지는 본관이 간단하게 설명하는 것이 낫겠군. 이 일을 부상에서 맡는다면 본관이 신패를 내어주겠네. 다른 군은 몰라도 학성군에서만큼은 신패를 지닌 부상에게는 신분 보장, 통행의 자유, 면세, 그리고 기찰권을 부여하네. 한데 이 기찰권에 대해서는 좀 민감한 사항이니 부상의 윗선에서 단속을 철저히 하여야 할 것이네. 그리고 관아에 상방을 신설하여 장 반수 이하 삼 형제를 방수 및 부방수로 임명하여 이 일에 대한 구매와 판매, 인부들의 관리 등 전반적인 감독을 맡길 생각이네. 장 반수가 상방의 방수가 되었으니 그 밑의 부상들도 자연 상방의 일원이 될 것이네. 자, 이제 질문을 하시게.”

“예, 사또. 감사하옴메다. 길고 그 신패에 관해서리 말씀이온데 학성군 외의 다른 군에서리 효과래 전혀 없는 거임메까?”

“글쎄… 뭐, 다른 것은 좀 힘들어도 일단 신분 보증은 되리라 보네. 그리고 먼 곳까지는 몰라도 인근의 몇 개 군에서라면 부상들의 신분을 본관이 보호할 수는 있을 거네. 그리고 또 아는가! 이 사업이 성공을 하여 다른 군에서도 따라 하게 된다면 자네들의 위상이 그만큼 오를 테고, 그때 가서는 다른 군에서도 많은 혜택을 받을 수 있게 되지 않겠나? 이 일은 자네들이 하기에 달린 것이니 부디 성공을 하여 자네 말대로 그 신패가 전국적으로 통용될 수 있게 되기를 바라네."

"감사하옵메다, 사또. 사또의 은혜래 참으로 백골난망이옵메다. 하옵고 이 금괴래 아주 정확한 수치래 아니오나 2,500냥이래 족히 나갈 것이옵메다."

"윽! 2,500냥?"

도접장이 금괴를 내어놓으며 하는 말을 들으니 갑자기 정훈의 머리로 울화가 치솟는다.

연천에서 사기당한 사건이 생각났기 때문이다.

그런데 그 사기당한 금액이 곱빼기로 불었으니 이 분함을 어찌 말로 표현할 수가 있겠는가?

정훈이 한참을 붉으락푸르락하더니 혹시나 하여 은의 가격을 물어본다.

"음, 하면 도접장, 이것과 같은 크기의 은괴라면 얼마나 하겠는가?"

"예, 은괴라면 170에서 180냥 정도는 될 것임메."

"허, 은과 금의 차이가 열네 배나 나는가?"

"예, 사또. 은이래 귀함메다만 금이래 은보다 그 귀함이래 더 함둥. 왕실에서나 구경이래 할 수 있을까 민간에서리 제대로 구경이래 하기래 힘든 거이 금임메."

“우선 거래를 맺기 전에 본관이 한 가지 부탁이 있네.”

“예, 사또. 하명하소서.”

“흠, 고맙네. 도접장도 알다시피 학성군의 군민이 예전에 비해 많이 줄었다네. 본관이 사업을 벌인다 해도 현재의 군민으로는 사업에 투입할 노동력을 구하기가 쉽지 않을 듯하이. 해서 말인데, 유민을 좀 받아들였으면 하네. 부상의 조직이 전국적이라 하니 전국에 떠도는 유민들을 좀 모아주게. 뭐, 홀몸이라도 좋겠지만 가족 단위라면 더 좋겠지. 농사를 짓겠다면 소작을 주선하여 주고, 과수원이나 농장에서 일을 하겠다면 숙소와 식사를 제공해 주며, 장정은 한 달에 세 냥, 부녀자는 한 달에 두 냥의 노임을 주겠네. 한데 유민을 모을 때 가급적이면 은밀히 하여야 하네. 유민을 모은다는 소문이 함흥의 감영이나 한성에 알려져서 좋을 것은 없겠지. 그저 소문 안 나게 가급적 관의 눈을 피해서 유민들을 모아주게. 그리고 유민을 모을 때 혹 떠도는 고아들이 있다면 같이 모아서 데려다주게. 오 세 이후로 12, 3세 정도 된 아이라면 괜찮을 듯하이.”

“예, 사또. 하온데 유민이래 알겠사온데 떠도는 고아래 모아서리 오데 쓰시려는지…….”

“아, 아이들이 불쌍하지 않은가? 해서 관 내에 고아원을 차려 육영 사업을 좀 해볼까 하네. 아이들에게 글도 가르치고 여러 가지 기술도 가르쳐 놓으면 성인이 되어서도 제 밥벌이는 하지 않겠나? 그것이 다 나라를 위하고 조선 사회의 발전을 위하는 것이라네.”

“예, 알겠사옴메다. 고조 각 임소(任所)에 알려 떠도는 유민과 고아들을 모아들이라 하겠슴메다. 하오시면 이제 계약이래 하시갔슴메까?”

“흠, 그리하세.”

　도접장이 품에서 종이를 꺼내는데 계약서라 하고는 미리 얘기된 사항을 일일이 적어가지고 왔다.

　그 계약서에 유민과 고아에 관한 내용을 첨부하고는 일 인당 두 냥의 소개료를 주기로 계약을 하였다.

　"자, 이제 계약이 되었네. 앞으로 금전의 출납은 장 방수를 통하여 하시고, 우선 계약된 물품 구입 비용의 선금으로 이 금괴 하나면 되겠는가?"

　"예, 사또. 우선 이 금괴래 쓰다가서리 혹 모자란다 싶으면 장 방수래 통하여 청구하갔슴메다."

　"흠, 그리하시게. 그리고 이것은 신표의 뒷면에 찍을 직인일세. 인의 표면이 쇠로 되어 있으니 불에 달구어 찍으면 될 걸세. 뭐, 신표의 앞면이야 소속과 이름을 적어 넣으면 되겠지."

　하며 서탁의 서랍에서 만들어놓은 직인을 꺼내어 주는데 그 면에 조선국 함경도 학성 군수 이정훈인이라는 열네 자가 양각으로 새겨져 있다.

　도접장이 금괴와 직인을 소중히 품속에 간직하고 하직 인사를 하였고, 장삼구와 그 형제들도 성진읍으로 이사를 오기로 하고 오 일간의 말미를 얻어 하직 인사를 한 후 도접장과 같이 물러갔다.

　이로써 정훈이 앞으로 벌일 사업이 시작의 궤도에 올랐다.

　다음날부터 정훈은 바빠졌다.

　우선 공방에 일러 공방 소속 대장간에서 벌목에 필요한 도끼와 곡괭이, 장톱 등과 건축에 필요한 끌과 대패, 삽과 작은 톱 등을 만들게 하고, 공병색의 전 인원을 동원해 인적이 뜸한 마천령 자락의 저지대를 밑에서부터 벌목해 들어가도록 했다.

벌목한 나무들은 집을 지을 재료로 쓰거나 버섯을 재배할 때 쓸 요량으로 대충 가지를 쳐 한옆으로 모아두게 하고, 작업장 주변 마을에 방을 붙여 일꾼을 모집했다.

중식 제공과 하루 노임 일전 닷 푼을 주되, 순(旬:열흘)으로 계산을 하여 한 냥 오 전씩을 준다고 하자 첫날 두 명이 와서 일을 하더니 이튿날엔 열 명이 넘게 모이고 삼 일째가 지나고 사 일째가 되니 일꾼의 수가 서른 명을 넘었다.

하여 일꾼들의 일부로 하여금 벌목한 나무를 옮기고, 벌목한 나무의 뿌리와 바위 등을 완전히 캐내어 주변의 흙을 고르는 일을 시켰으며, 나머지 일꾼들로 벌목하는 병사들을 대체하고, 문근배 초관과 그 밑의 병사들에게 감독을 맡겨 옆으로 300장(900m. 1장=3m), 안쪽으로 30장만 작업을 하되 벌목한 나무 중 참나무와 밤나무는 따로 모아두라 이르고는 나머지 병사들을 철수시켰다.

오 일째 되는 날, 장 방수가 세 아우와 식솔들을 거느리고 관아로 들어왔다.

식솔들을 보니 그때서야 집을 구하지 못한 것이 생각나 우선 관아의 행랑에 짐을 풀라 하고, 읍내에 집을 구해보라 하니 네 형제가 이틀을 돌아다니다 마땅한 집이 없다며 돌아왔다.

어쩔 수 없이 관아 옆의 공터에 새로 집을 짓기로 하고 공방에 일러 목수 두 명을 보내라 하여 공병색의 병사들을 붙여 집을 짓되 네 형제의 식솔들이 모두 모여 살 수 있게 마당을 가운데 두고 네 채의 집을 붙여 짓게 했다.

그런 후 장 방수의 네 형제와 한, 삼을 불러 사업에 대해 자세한 계획을 세우기 시작했다.

우선 과수원은 하나하나 묘목이 들어오는 대로 부지를 선정해 가기로 하고 혹 묘목을 구하기 어려우면 성수(成樹:다 큰 나무)라도 구하는 걸로 한다.

과수의 종류는 시수(柿樹:감나무)와 능금[林檎:사과], 행인(杏仁:살구)의 세 종류로 하고, 남쪽 지방에서 이미 시수를 재배하는 곳이 있으니 부상에 의뢰하여 그곳의 전문가를 몇 명 초빙한다.

가축은 일반 농가에서 다들 길러본 경험이 있으니 대규모라 해도 돌림병만 조금 조심을 하면 큰 무리는 없을 듯하여 과수원의 밑으로 물이 근접한 곳으로 우선 부지 선정을 먼저 하기로 하고, 사육할 종류로는 소, 돼지, 양, 닭, 토끼의 다섯 종류를 먼저 사육해 보기로 한다.

부지가 선정이 되면 우선적으로 축사와 사료 창고, 약욕장(약물 샤워장), 급수장, 퇴비 창고 및 농기구 창고 등의 시설을 갖추어야 하니 이 일을 삼에게 맡기고, 가축의 분만과 육성에 조예가 있는 사람을 초빙하기로 했다.

다음으로 양식에 관한 사항은 한이 어촌의 촌장들을 모두 불러 양식에 대한 개념을 알려주고, 어민들로부터 지원자를 받아 관의 보조로 양식을 시작하되 조개류는 굴과 전복을 밧줄에 부착판을 매달아 양식하고, 어류는 돔, 방어 등을 수중가두리식과 육상수조식을 병행하여 양식을 하게 한다(수중가두리 양식이란 바닷속에 타원형의 그물을 엮어 그 안에 어류를 가두어 기르는 것을 말하고 육상수조 양식이란 바닷가의 육지에 수조를 만들어 바닷물을 끌어 올려 채우고 치어(새끼)를 방사하여 키우는 것을 말합니다).

치어의 발생과 양식, 사료, 치패(새끼 조개)의 획득 과정과 부착, 양식 등 전반적인 부분을 한이 세세히 지도한다.

버섯의 재배는 종균도 쉽게 구할 수 있을뿐더러 재배하기도 쉬운 느타리와 표고버섯을 재배하기로 하고, 장오구와 칠구에게 이 일을 맡겼다.

느타리버섯은 폐면(면화) 재배와 볏짚 재배를 병행하고, 재배사(栽培舍:재배하는 건물)와 퇴적장을 만들어야 하기에 종균의 추출에서부터 폐면과 볏짚의 발효, 살균, 종균의 접종, 버섯의 발생과 관리, 수확과 건조에 이르기까지 세세한 사항을 오구와 칠구에게 설명하여 준다.

표고버섯은 밤나무, 참나무 등을 이용한 원목 재배를 하기로 하고, 그 과정을 설명해 주었다.

이로써 네 가지 사업의 책임자가 배정되고, 장사구가 휘하의 부상을 이끌고 각 사업에 필요한 자재를 조달하는 역할을 맡았으며, 장 방수가 이들을 총괄 감독하되 부족한 부분을 지원해 주기로 했다.

금전의 출납은 한을 통해 하되 일절 관아의 공금에는 손을 못 대게 했다.

장황한 계획이 어느덧 마무리가 되자 장 방수와 그 형제들은 그저 얼이 벙벙하다.

양식과 버섯 재배, 가축 사육의 시설 등 그 모든 것들이 부상으로 떠돌며 적지 않은 상식을 알고 있다고 자부하던 그들로서도 처음 듣는 것일뿐더러 전문적인 부분까지 사또와 군장, 호장의 입에서 술술 설명이 되어 나오니 그저 놀랄 뿐이다.

더구나 정훈과 그의 가솔들이 방역과 역병의 치료까지 상당한 수준의 의술도 지니고 있음을 알고 있는 그들로서는 이들이 과연 인세의 인물들이 맞을까 싶을 정도로 놀라는 중이다.

계획에 대한 설명이 끝나자 장 방수가 질문을 한다.

"하오면 사또, 판매래 부상에서리 알아서 할 일이갔디만 수확에서리 판매 전까디 보관이래 하는 방법이래 있슴메?"

"흠, 우선 버섯은 건조시켜 수분을 빼니 상당 기간 보관이 가능할 것이네. 그리고 과일은 감은 말리는 방법을 생각 중이야. 곶감으로 말일세. 살구는 그 씨가 약재로 쓰이니 이 또한 약방으로 판매가 될 것이네. 또한 식용으로 팔려면 약간 덜 익은 상태에서 수확을 하고 약간의 냉매제를 사용하여 그 온도를 맞추어준다면 과일상에게 넘기기 전에 과일이 익을뿐더러 그 신선도도 유지할 수가 있을 것이네. 뭐, 가축이야 고기는 백정에게, 가죽은 갖바치에게 넘기면 될 테고, 문제는 양식에서의 생산물인데, 뭐, 배에 수조를 만들어 활어로 운송할 수도 있겠고, 아니면 절이거나 냉매제를 사용한다면 어느 정도 신선도를 유지할 수 있을 테니 그런 방법도 있겠지. 판매가 되려면 아직 이삼 년의 기간이 남아 있으니 그동안 신선도를 유지하면서 운송할 수 있는 방법을 연구해 보세."

이렇게 정훈이 자신이 벌인 사업을 한과 삼, 장 방수 형제에게 떠넘겨 버리고 자신은 여유로운 나날을 보내게 되었다.

어느새 3월도 다 가고 4월도 중순을 넘겨 하순으로 치달으니 군민들은 밭에 파종하랴, 장 담그랴, 보릿고개의 굶주린 배를 움켜쥐고 일손들이 바쁜데 정훈은 한가로이 동헌에서 오수에 빠져 있었다.

침목에 기대어 한창 단잠에 빠져 있는데 밖에서 한이 고하는 소리에 정신이 번쩍 났다.

“사또, 송사(訟事)이옵니다.”

으잉? 송사라니? 송사라면 군민 중 누가 소송을 걸었다는 말이 아닌가?

갑자기 정훈이 바짝 긴장을 한다.

정훈이 법에 대해 자세히 알지도 못할뿐더러 자칫 잘못된 판결을 내렸다가는 무고한 백성이 다칠 수도 있다.

정훈이 부임한 이후로 처음 들어온 송사니만큼 정훈이 긴장을 하는 것이 어쩌면 당연한 일일 것이다.

“알았다.”

정훈이 의복을 단정히 하고 대청으로 나가니 이미 의자가 대청의 한가운데에 놓여 있다.

의자에 앉아 마당을 보니 한 삼십 세 정도 되어 보이는 장정이 꿇어앉아 있고 한과 이방, 호방, 형방과 사령 네 명이 창을 쥐고 장정을 사이에 두고 이 열로 서 있다.

“저자의 말을 소인이 먼저 듣고 그 소송의 내용을 적은 것입니다.”

한이 다가와 말을 하며 송장(訟章)을 내미는데 그 내용이 이러하다.

송사를 건 마당에 앉은 인물은 마천령 자락의 끝단에 위치한 20여 호 남짓한 평골이라는 마을의 우대천이라고 한다.

평골에는 우대천의 삼형제가 사는데 모두 평골의 유지 김 부자 댁의 소작을 하여 근근이 입에 풀칠을 하며 먹고산다.

하여 올해도 간신히 김 부자 댁의 소작을 얻어 일을 하려는데 둘째인 중천이 관에서 마천령 기슭을 개간하는데 하루 노임이 일 전 닷 푼에 쌀밥도 준다고 하니 이까짓 먹고살기도 힘든 소작은 때려치우고 관의 일꾼으로 들어가자고 제안을 해왔단다.

하지만 대천이 생각하기에 관에서 하는 일이 언제 끝날지도 모르는 일이고, 또한 김 부자의 눈치가 보여 망설이고 있는데 관의 일꾼으로 나가던 마을의 몇몇 사람들이 순(旬:열흘)으로 받은 노임이라며 엽전을 보여주고 중식으로 기장과 콩이 섞인 쌀밥을 두 그릇, 세 그릇씩 먹고 있다고 자랑을 하니 그만 형제들도 관의 일을 하기로 의견을 모았단다.

하여 김 부자 댁을 찾아가 소작으로 받은 땅을 반납한다고 하자 대뜸 김 부자가 노발대발하여 엄포를 놓으며 소작을 반납 못하게 했단다.

이에 집으로 돌아와 중천은 그냥 소작은 때려치우고 관의 일을 하자 하고, 대천과 막내인 소천은 머뭇머뭇 망설이는데 이를 본 중천이 이튿날 홀로 김 부자 댁을 찾아가더니 멍석말이를 당하여 곤죽이 되어 집으로 실려오고는 그날 밤 집에 불이 나 중천과 일가족 다섯 명이 불에 타 죽었단다.

이 일이 김 부자 댁의 소행이라 생각한 대천이 억울한 마음에 관아에 소송을 건 것이다.

정훈이 송장을 다 읽고 가만히 생각을 하니 이 일은 살인 사건으로 신중히 해결해야 할 사건이다.

앞뒤의 정황으로 볼 때 당연히 김 부자가 의심스러우나 김 부자의 머리가 돌이 아닌 다음에야 멍석말이를 하여 곤죽이 되도록 팬 다음 바로 불을 질러 자신의 소행임을 드러낼 리는 없지 않겠는가?

더구나 한 번 치도곤을 내었는데 그것도 부족해 불까지 질러 일가족을 죽인다는 것은 원한이 있다거나 웬만큼 독한 사람이 아니라면 하지 못할 짓이다.

하면 일단 그 불이 사람에 의한 방화인지 아니면 자연 발생적인 화재인지부터 알아내야 할 것이다.

　그리고 중천이 홀로 찾아가 김 부자로부터 멍석말이를 당한 사연과 삼 형제와 김 부자 사이에 오간 대화를 알아야 한다.

　한데 이리저리 생각을 하다 보니 이 일의 발단은 바로 자신이 아닌가?

　과수원을 개간하려고 일꾼을 모은 일이 발단이 된 것이라 정훈의 뒤꼭지가 은근히 캥긴다.

　여기까지 생각한 정훈이 대천을 향해 질문을 시작했다.

　"자네가 평골의 우대천이고 죽은 자들이 동생 우중천과 그 식솔들이 맞는가?"

　"예. 기러사옴메다, 사또. 아우와 그 일가족의 억울한 죽음이래 밝혀줍소. 아무리 소작이래 반납하겠다고 말이래 했기로서니 멍석말이래 당한 기도 억울함등 불까디 질러 일가족이래 몰살이래 시킨 거이 말이래 됨메? 고조 사또께서리 굽어 살피시어 아우 일가족의 억울한 죽음이래 밝혀줍소."

　정훈이 말을 걸자 기다렸다는 듯이 말을 쏟아내는데 얼굴은 눈물과 콧물로 범벅이 되고, 심중에 울분이 치솟는지 몸이 계속 부르르 떨린다.

　"그래, 본관이 동생과 그 일가족의 죽음을 명명백백하게 밝혀낼 것이니 자네는 진정을 하고 본관의 물음에 충실히 답을 하라. 먼저 죽은 동생이 멍석말이를 당하기 전날 자네들 삼 형제가 김 부자를 찾아가 나눈 대화를 소상히 고하라."

　"예, 사또. 고조 소인의 형제래 소작이래 반납하기로 마음이래 정하고서리 김 부자래 만나서리 관에서리 산기슭이래 개간할 일꾼이래 모집하기로, 소작하기로 하고 받은 땅이래 반납하고서리 관의 일이래 하

갔다고 말을 했슴메. 기러자 김 부자래 소인 형제들이래 살살 달래더
니 낸중엔 안 되갔는지 불호령에 엄포래 놓는 거이 아임메? 관에 고하
여서리 일꾼도 못하게 하겠다는 둥, 다시는 소작이래 못할뿐더러 학성
고을이래 발도 못 붙이게 하갔다는 둥 겁이래 줬슴등. 해서리 기냥 돌
아왔는데 죽은 아우래 안 되갔던지 다음날 홀로 김 부자래 찾아가서리
곤죽이래 되어서리 오래(마을) 사람들에게 들려서리 돌아왔지비. 오래
사람들이래 말하기를 김 부자 댁 앞에 버려져 있는 기를 업고 왔다 아
이 함메? 기러더니 그날 밤이래 불이래 난 것임메다.”

　“흠, 그래, 그건 됐고. 하면 불이 난 날 김 부자를 찾아가기 전이나
돌아온 후에 혹 죽은 동생이 한 말은 없는가?”

　“고조 별말이래 없었슴등. 오래 사람들이래 업혀와서리 그제야 김
부자 댁이래 찾아간 거이 알았지비. 길고 돌아와서리 멍석말이래 당했
담서 분하다이 하는 말이래 하였슴메.”

　“자네의 말을 들어보니 멍석말이를 당한 것까지는 이해를 하겠는데
불을 지른 것이 김 부자의 소행이라는 생각은 어찌해서 하게 된 것인
가?”

　“예? 아니, 사또 나으리, 이거이 김 부자의 소행이래 아이라면 누구
래 소행이갔슴메까? 비록 아우의 성질이래 괄괄하니 거친 면이래 있어
서리 김 부자에게 항변이래 하다 멍석말이래 당하였다고 해도 이리 불
까지 질러서리 죽일 거이 오데 있슴메까? 고조 김 부자래 아이라면 그
리할 사람이래 없슴등. 생각해 보시라요, 사또. 김 부자래 아이라면 누
구래 불이래 질렀갔슴메까?”

　“여봐라, 우대천, 그렇게 심증만 가지고서는 함부로 사람을 문초할
수 없다. 자네가 정히 김 부자가 범인이라고 생각한다면 심증보다는

물증을 내놓아야 할 것이야. 그리고 아까 자네 말에서는 항변을 했다는 말이 없더니 지금의 자네 말에서는 항변을 했다는 말이 나오는군. 자네가 본관에게 속이는 것이 있다면 이 일에 대해 정확한 판결을 내릴 수가 없음이야. 숨김없이 말을 하여야 할 것이네.”

“아이고, 사또 나으리, 소인이래 얼리각지(거짓말)하는 거이 아임메다. 고조 아우 성질이래 거칠어서리 멍석말이래 당한 기로 미루어서리 그리했을 것이라 추측하는 거임메. 속이는 거이 없슴둥. 믿어주시라요, 사또.”

“좋아. 일단 자네가 소송을 걸었으니 이 일에 대하여 조사를 해보겠네. 김 부자도 소환을 하여 대질을 할 것이지만 만일 자네가 말을 하지 않은 것이 있다거나 속이는 것이 있다면 자네도 관장을 능멸한 죄를 물어 중벌을 면치 못할 것이야. 어떤가? 할 말이 더 있는가?”

“아임메다, 사또. 소인이래 죄 말이래 했슴둥. 길고 얼리각지한 거이래 없슴메. 얼른 조사래 하시어서리 죽은 아우래 억울한 넋이라도 위로해 줍소.”

“좋네. 이 군장은 들어라! 금도색의 원 군교와 이명수 초관을 대동하고 평골로 가 이 사건을 철저히 조사하라! 화재가 난 장소와 마을 사람들에게 우대천의 형제들과 김 부자에 대해 설문하여 조사하고 김 부자 집을 방문해 김 부자를 정중히 관아로 데려오라!”

“예, 사또!”

삼이 원 군교와 이 초관, 금도색의 병사 열 명을 데리고 평골로 출발을 하고, 김 부자가 올 동안 우대천을 관아의 행랑에 묶게 했다.

‘영, 정찰기에 평골도 잡하나?’

‘글쎄요. 산자락의 몇 개 마을과 지금 개간하는 곳까지 잡히기는 하는데 그중에 어느 마을이 평골인지는 잘 모르겠습니다. 삼이 도착할 때까지 기다려 봐야 어느 마을인지 알 수 있겠습니다.'

'그럼 삼이 도착하면 알려.'

'예, 캡틴.'

이번 사건은 읍성에서 한참 떨어진 저 산자락 밑의 작은 마을에서 일어난 일이다.

정찰기에 평골이 잡히면 다행이지만 만일 그렇지 못한 곳이라면 정훈의 입장으로서는 참으로 난감한 지경에 빠질지도 모른다.

김 부자가 순순히 실토를 한다면 모르지만 김 부자가 바보가 아닌 다음에야 순순히 실토를 할 리도 없을뿐더러 만일 김 부자가 범인이 아니라면 이 사건은 오리무중에 빠질 수밖에 없을 것이다.

자칫 잘못하다간 무능한 군수로 군민들에게 인식이 되어버릴지도 모르는 일인 것이다.

학성군 전체로 스캔의 범위를 넓히지 못한 것이 뼈아프게 후회가 되는 정훈이었다.

'캡틴, 삼이 평골에 도착했습니다.'

'그래? 정찰기의 범위 안에 있는 마을이냐?'

'예, 최외각 지역으로 간신히 잡히는군요.'

'휴, 다행이다. 좋아, 정찰기의 영상을 전송해라.'

'예, 캡틴.'

정훈이 왼손 손목에 찬 팔찌를 두 번 건드리자 팔찌 위로 홀로그램 영상이 나타났다.

가운데에 밭과 산, 하천들이 보이고 그 사이로 군데군데 마을이 있는데 한쪽 끝은 바다요, 그 반대쪽 끝은 마천령 자락이다.

성으로 둘러싸인 성진읍이 바다 쪽에 붙어서 보이고 정훈이 부임할 때 걸어온 길이 구불구불 보인다.

‘평골이 어디야?’

‘예, 캡틴. 마천령 자락의 붉은 원으로 표시된 곳입니다.’

영상의 한쪽에 있는 마천령 자락의 밑을 보니 붉은색의 원 표시가 되어 있는데 거의 영상의 끝 부분이다.

정훈이 붉은 원을 손가락으로 건드리자 원 안의 모습이 영상 전체로 확대되어 나타나고, 20여 호 정도 되는 마을이 나타난다.

‘불이 난 시점의 영상을 잡아봐.’

‘예, 캡틴.’

영상이 그대로인 듯하더니 갑자기 산 쪽의 마을 외곽에서 불길이 솟는다.

정훈이 그 불길을 손가락으로 건드리자 불길이 확대되어 화면을 채우는데 영상이 희미하니 선명하지가 않다.

‘왜 이렇게 흐려? 좀 더 선명하게 해봐.’

‘캡틴, 죄송합니다만 전파의 끝 부분에서 잡힌 영상이라 여기까지가 한계입니다. 차라리 배율을 조금 낮추는 게 나을 것 같습니다.’

‘음, 할 수 없지. 그럼 배율을 조금만 낮춰.’

영상에 잡힌 불길이 약간 멀어진 듯 보이더니 불길 속에서 집의 윤곽이 희미하게 보인다.

그런데 아무리 살펴봐도 집 주위로 아무것도 안 보인다.

‘뭐야? 주위에 왜 아무도 없지? 방화가 아니라는 말인가? 영상의 시점을 천천히 역으로 돌려봐.’

‘예, 캡틴.’

영상의 시점이 천천히 과거로 돌아가며 불길이 작아진다.

불길이 점점 작아지며 지붕으로 모여지고, 거기서 더 작아지더니 한 순간에 불꽃이 되어 사라졌다.

'뭐야? 그렇다면 지붕에서부터 불이 났다는 얘긴데……. 주위엔 역시 아무도 없고…….'

불꽃이 사라지자 집 주위엔 어둠만이 가득한데 잠시 후 어둠 속에서 커다란 보따리를 든 사람 둘과 아이들인 듯 작은 형체의 사람 셋이 뒤로 걸어서 집으로 들어온다.

'어? 사람들이 뒤로 걷… 아, 맞아. 영상을 뒤로 돌리는 중이지?'

어른 둘, 아이 셋이 뒤로 걸어 들어와 툇마루에 보따리를 놓고 뒤로 걸어다니며 방에서 나뭇단을 들고 나오고, 보따리를 풀어 집 곳곳을 다니며 보따리 안의 물건을 나르고, 밥상이 방에서 나왔다 들어갔다 또 나오고 하니 보기만 해도 정신이 하나도 없다.

'아, 이거, 역으로 보니 사람들의 행동이 하나도 이해가 안 되고 정신마저 헷갈린다. 불이 난 날 우중천이 매를 맞았고, 그 전날 삼 형제가 김 부자를 찾아갔으니……. 영, 불이 나기 삼 일 전으로 영상을 돌려서 형제들이 만나는 장면부터 정상적으로 보자.'

'예, 캡틴.'

영상이 빠른 속도로 지나가더니 잠시 후 영상이 멈추고 정상적으로 천천히 움직이기 시작한다.

방 안에서 우중천이 나오자 밖에서 놀던 아이들이 중천에게 달려들어 매달리고, 잠시 아이들을 쓰다듬어 준 중천이 혼자 길을 걸어간다.

'호, 저 사람이 중천인 모양인데 성질이 거칠다더니 정말 한성질 하게 생겼네.'

어느 집에 도착하더니 아무 거리낌 없이 방문을 열고 들어가는데 툇마루 밑에 여러 켤레의 짚신이 놓여 있고, 방 안에서는 삼 형제가 모여 앉아 대화를 나누고 있다.

'흠, 형제 중의 한 사람 집인 모양인데……. 영, 저들의 대화가 들리게 소리 좀 높여봐.'

'예, 캡틴.'

삼 형제가 모여서 나누는 대화가 우대천이 진술한 내용과 별반 다르지 않다.

해가 지자 내일 김 부자를 찾아가기로 결정하고 서로 헤어진 후 이튿날 삼 형제가 모여 김 부자를 찾아가 대화를 나눈다.

이 부분도 우중천이 중간중간 성질을 부려 막말을 해댈 뿐 우대천의 진술과 비슷하다.

그리고 그 이튿날 우중천이 김 부자 집을 다시 찾아간다.

여기서부터가 중요한 장면이라 정훈이 정신을 집중하고 자세히 들여다본다.

중천이 마당에 서고 오십대 정도 된 김 부자가 대청마루에 앉아 대화를 나누는데, 처음에는 조근조근 말을 나누더니 중천이 막말을 하기 시작하고 김 부자가 호통을 치고 위협을 하자 중천이 달려들어 김 부자의 멱살을 잡는다.

그때 막 중문을 들어서던 김 부자의 아들인 듯한 자가 하인들에게 명하여 중천을 떼어내어 마당에 자빠뜨려 멍석을 말게 하고 하인들에게 두들겨 패게 한 후 집 밖으로 던져 버린다.

지나던 사람이 중천을 집으로 데려가고, 잠시 후 대천과 소천이 찾아와 한탄하며 김 부자의 욕을 실컷 하더니 돌아간다.

　그리고는 시간이 흘러 늦은 오후에 대천과 소천이 다시 찾아와 대화를 나누는데 중천이 김 부자에게 복수를 할 수도 있고, 잘만 하면 큰돈을 받아낼 수도 있는 계획이 있다며 형제들을 설득한다.

　즉, 중천이 밤에 몰래 집에 불을 놓고 식구들을 데리고 풍산의 이모님 댁으로 피신을 할 테니 대천이 나서서 중천의 식솔이 모두 불에 타 죽은 것으로 위장을 하고 김 부자의 짓인 양 관에 고발을 하면 김 부자가 죄를 면하기 어려울 것이다.

　그리고 혹 사또가 김 부자의 편을 들 수도 있으니 소천이 읍내와 마을 곳곳을 다니며 그럴듯하게 소문을 내고 백성들의 동정을 얻는다면 사또도 김 부자의 편만 들 수는 없을 것이다.

　김 부자가 궁지에 몰렸을 때 소송을 취소하는 조건으로 금전을 요구한다면 김 부자도 아니 들어줄 수 없을 것이니 돈을 받으면 형제가 모두 풍산으로 이사를 한다는 계획이다.

　대천과 소천이 중천의 설득에 넘어가 동의를 하고, 그날 밤 중천이 보따리를 싸고 늦은 밤에 방의 가운데의 지붕에 천을 매달아 늘어뜨리고 천 밑에 장작을 쌓아 불을 놓고는 식구들을 다독여 산을 이용해 마을을 빠져나갔다.

　'호, 이놈들 봐라? 아주 계획이 그럴듯한 것이 정찰기에 잡히지만 않았다면 이놈들의 계획대로 꼼짝없이 끌려다닐 뻔했구먼. 휴, 정찰기에 잡힌 것이 천만다행이다. 자, 이제 사건의 진상을 알았으니 이놈들의 죄상을 밝히는 일만 남았는데, 어떤 식으로 죄상을 밝힌다?

　저녁때가 다 되어 삼과 원 군교가 몇 명의 병사로 김 부자를 호위한 채 관아로 들어왔다.

　김 부자는 이름이 김희대로 평골의 유지이고 비록 윗대부터 벼슬은 못했지만 향안(향청의 구성원을 기록한 명단)에 올라 있는 어엿한 양반이다.

하여 맨바닥에 앉힐 수는 없는 노릇이라 마당에 의자를 놓게 하고 의자에 앉혔다.

그 옆에 우대천을 앉히고 좌우로 호장과 이방, 형방, 군장과 원 군교, 사령들이 이 열로 쭉 늘어섰다.

"이 군장은 보고하라."

"예, 사또. 먼저 불이 난 집에 들러보니 완전히 전소가 되어 남아 있는 것이 없더이다. 불이 난 시각이 한밤중인데다 집이 마을에서 조금 떨어진 외곽이었던지라 사람들이 모여들었을 때는 이미 완전히 전소가 된 후라고 합니다. 재 속을 뒤져 보았지만 인골은 찾을 수가 없었고 호미로 채워진 문고리만 발견을 하였습니다."

하며 호미 자루의 가느다란 부분으로 채워진 문고리를 호장을 통하여 정훈에게 올리고 다시 말을 잇는다.

"하옵고 마을 사람들의 설문을 종합하여 말씀을 드리면 중천은 성격이 난폭하다고 합니다. 화가 나면 위아래가 없이 아무에게나 달려들고 마을의 어린아이들도 많이 맞았다고 합니다. 하옵고 김희대 어른의 평판도 그리 좋은 편은 아니었습니다. 특히 그 아드님이 위세가 대단하여 마을의 사람들을 함부로 부리고 말을 안 들으면 하인들을 시켜 잡아다가 멍석말이를 한 예가 몇 번 있었다고 합니다. 우중천과도 그런 일로 사이가 안 좋았다며 어떤 이는 김희대 어른의 아드님을 의심하는 자도 있었습니다."

이미 한과 삼도 진상을 알고 있지만 모른 척하고 보고를 계속했다.

"하옵고 특이한 것은 이미 온 마을에 소문이 파다하게 퍼졌는데 모두 김희대 어른을 범인으로 지목하며 욕을 하고 있었고, 오는 길에도 몇몇의 백성들이 어른을 향해 침을 뱉는 자도 있었습니다."

저들 형제 중 막내인 소천이 임무를 충실히 하여 이미 학성 군 내에 소문이 파다하게 퍼진 모양이다.

이미 이 사건이 전 군민의 관심사가 되었으니 사건의 처리 과정이 전 군민에게 알려지는 건 순식간일 것이다.

정훈이 약간 긴장을 한 채 장내를 보니 삼이 말을 하는 동안 김 부자는 그저 고개만 수그린 채 의자에 앉아 있고, 우대천이는 연신 아이고 소리만 반복하고 있다.

"우대천이는 조용히 하라. 이곳이 어딘 줄 알고 감히 곡을 하여 장내를 시끄럽게 하는가? 그리고 호장은 김 공께 우대천의 진술을 작성한 송장을 보여 드려라."

정훈의 호통에 우대천이 입을 다물고, 한이 송장을 김 부자에게 보여준다.

김 부자가 송장을 다 읽기를 기다려 정훈이 김 부자에게 말을 한다.

"김 공께서 송장을 보셨고, 또한 이 군장의 보고를 들으셨으니 이 사건에 대해 하실 말씀이 계실 것이라 생각합니다. 김 공의 변을 듣겠습니다."

"사또, 제가 비록 오래(마을)의 백성들로부터서리 신망이래 얻고 있지는 못하오나 기렇다고 백성들이래 죽일 정도로 악하지는 않사옴메다. 송장에서리 적힌 바와 같이 멍석말이래 한 거이 사실임둥, 이는 반상의 법도래 어기고서리 감히 양반의 멱살이래 잡고서리 모욕이래 준 죄래 벌한 거이디 이 일로서리 일가족이래 죽이기까지야 하갔슴메까? 이 일이래 저는 모르는 일임메다. 억울함메다, 사또."

"흠, 송장의 기록은 사실이나 죽인 것은 김 공이 아니다. 하면 누가 죽였다고 생각하십니까? 혹 김 공의 아드님은 어떠한지 모르겠군요."

정훈이 은근슬쩍 김 부자의 아들을 짚고 넘어가자 김 부자가 펄쩍 뛴다.

"아니옴메다, 사또. 천부당만부당하신 말씀임메다. 길치 않아도 불이 나서리 중천의 일가족이래 죽었다는 말이래 듣고서리 아들놈이래 닦달이래 하여 보았지만 아들놈이래 한 소행이래 아이라 함메다. 아비로서 아들놈이래 모르갔슴메까? 아들놈이래 한 소행이래 결코 아님메다. 억울함메다, 사또."

"이보세요, 김 공. 자꾸 아니라고만 하시면 어떡하자는 말씀입니까? 김 공도 아니고 김 공의 아들도 아니라면 대체 누가 우중천의 일가족을 몰살시키는 짓을 하였다는 말입니까? 이 사건은 분명 원한 관계로 벌어진 일이라고 볼 수밖에 없겠는데, 사건의 앞뒤 정황으로 보건대 김 공이 가장 유력하고 김 공이 아니라면 김 공의 아들에게로 그 혐의가 갈 수밖에 없습니다. 김 공의 아들과 우중천과의 사이가 안 좋았다는 것을 마을의 모든 백성들이 증언하지 않았습니까? 또한 멍석말이를 한 자도 김 공의 아들이었습니다. 이는 정황과도 일치하는 것이라 김 공께서 범인이 아니라는 증거를 내놓지 못한다면 김 공의 부자에게 매우 불리한 상황이 될 겁니다. 잘 생각해 보십시오, 김 공. 범인이 누구일 것 같습니까?"

"사또, 억울하옴메다. 누구래 이런 몹쓸 짓이래 했는지는 모르오나 우리 부자래 아니옴메다. 믿어주소서, 사또."

처음에는 어느 정도 여유를 갖고 허리를 뻣뻣이 세워 말을 하더니 정훈이 김 부자의 부자를 범인으로 몰아가자 김 부자의 얼굴이 흑색으로 변하며 허리가 90도로 굽혀지고 엉덩이가 들썩들썩하는 것이 똥줄이 타는 모양이다.

더구나 우대천에게 간간이 말을 걸어 김 부자 부자를 범인이 확실한 것처럼 몰아가니 김 부자의 입장에서는 죽을 맛이었다.

우중천의 일가족이 죽기 바로 전에 아들에 의해 멍석말이를 당하였으니 자신의 부자가 의심을 받는 것은 이해할 수 있으나 범인으로 지목이 되어 몰린다는 것은 이해할 수가 없다.

게다가 범인이 아니라면 범인이 아닌 증거를 대라 하는데 범인이 아닌 증거를 어떻게 대란 말인가?

아닌 말로 자신들 부자가 불이 난 날 마을을 떠나 있었던 것도 아니고, 누구 한 사람 자신들의 편에서 말을 해주는 이가 없으니 김 부자의 속은 그저 답답하기만 할 뿐이다.

정훈과 김 부자, 우대천이 서로 실랑이를 벌이고 있는 사이 날이 저물어가자 정훈이 그날의 송사를 파하고 우대천과 김 부자를 집으로 돌려보내는데, 집 밖으로 출입을 못하도록 엄명을 내리고 각기 병사 열 명씩을 파견해 우대천과 소천, 김 부자의 출입을 감시하게 했다.

그리고 풍산현의 현감에게 서신을 써 협조를 요청하고, 금도색의 서우성 초관에게 열 명의 병사를 딸려 풍산으로 가 우중천 일가를 잡아오게 했다.

이튿날 아침, 정훈이 동헌으로 나가자마자 향청의 양반들이 들이닥쳤다.

좌수 장승만, 별감 정봉종, 박재욱을 비롯한 일곱 명의 향임이 몰려온 것이다.

"허, 향청의 향임 분들께서 이렇게 이른 아침부터 웬일들이십니까?
뭐, 일단 오셨으니 앉으세요."

분분히 인사들이 오가고 다들 자리에 앉는데 다들 표정들이 굳어 있
다.

"그래, 무슨 일로 이렇게들 몰려오셨는지요?"

인사가 끝나고 정훈이 바로 본론으로 들어가자 좌수가 헛기침을 하
며 대표로 말을 꺼낸다.

"험, 요즈음 가만히 관아래 돌아가는 사정이래 보니 사또께서리 꽤
나 공사다망하심메다그려. 관병들이래 모집하여 그 수래 늘리시더니
이제는 또 백성들이래 일꾼으로 써서리 산자락이래 파헤치고 계신다
들었습메다. 관병들의 수래 늘린 거이 무스그 뜻임메?"

호, 군관과 병사들의 수를 늘린 것으로 기선을 잡으시겠다?

"아, 그 일 말씀이시군요? 원래는 향청에 의논을 하여야 했겠지만
본관이 부임한 날 이후로 향청의 누구 한 사람도 찾아오질 않으니 의
논을 할 수가 있어야 말이지요. 향청에서 본관을 믿고 그저 일을 맡기
시는 것인지, 아니면 본관을 무시하여 두 달이 넘도록 인사조차 오질
않는 것인지 잘 모르겠지만 일단 의논할 대상이 없다 보니 어쩌겠습니
까? 해서 그저 본관이 임의로 일을 시작하였습니다. 뭐, 잘못된 것이라
도 있습니까?"

"험, 뭐, 그 일이래 사또께 송구스럽긴 하나 사또께서리 농사일이래
자르 모르셔서리 하시는 말씀임메. 농사일이래 준비하다 보면 2, 3월
이래 가장 바쁜 달임메. 길티 않아도 바쁜 시간이래 지나서리 사또래
한 번 모시려고 했었슴둥. 길치만 관병이래 늘리는 일이래 작은 일이
래 아니니 사또께서리 통첩이래 돌려서라도 향청에 알렸어야 하지 않

갔슴메?"

"하하하! 그렇습니까? 뭐, 좋습니다. 본관도 부임한 이래 관아의 일과 군민의 생활을 살피느라 정신이 없어서 미처 통보를 못했습니다. 하면 이렇게 다들 모이신 김에 지금이라도 설명을 드리지요. 본관이 부임하고 지난 두 달 동안 백성들의 삶을 살펴보니 그 사는 모습이 참으로 어렵더이다. 수령의 임무가 무엇입니까? 백성들의 삶의 질을 높이고 풍요롭게 살게 하여 호구 수를 증식하는 일이 아니겠습니까? 해서 군민들의 생활에 보탬이 될까 하여 본관이 사업을 좀 벌이고자 합니다. 아무도 살지 않는 산자락을 개간하여 과수원과 가축들을 사육해볼까 하는데, 뭐, 이삼 년간은 별다른 소득은 없겠지만 그동안 군민들을 일꾼으로 써서 노임을 지불한다면 군민들의 생활이 좀 나아지겠지요. 또한 수확이 되는 시기가 된다면 그 수확물로 인해 군민들이 혜택을 받을 수 있으니 이 또한 보탬이 될 겁니다. 이 일을 추진하기 위해 병사들을 모집하여 수를 늘린 것이니 그리 이해를 하여주시고, 이 일은 백성을 위하는 일이니 향청에서도 많이 도와주시기 바랍니다."

"허, 듣기로는 노임이래 주는 일꾼들이래 수십 명이고, 관병들에게도 봉급이래 준다고 들었슴둥. 이삼 년간이래 일꾼과 관병들에게 주는 돈이래 엄청날 긴데 관아의 재정이래 그리 넉넉한지 몰랐슴메."

뭐야? 이 양반이 지금 비꼬는 거야?

"아니지요. 다들 아시겠지만 관아의 재정이란 게 얼마 안 되더군요. 일 년을 버티기가 빡빡할 것 같슴다, 해서 관아의 재정에는 손을 못 대고 본관의 사재를 좀 내놓았습니다. 본관의 사재로 얼마나 버틸지는 모르겠지만 버틸 때까지 버텨보고 힘들면 향청의 여러 어른들께 도움을 청하지요."

“흠, 좋습메. 사또께서리 백성들이래 위하시는 마음으로 관병들의 수래 늘리고서리 사재로 충당이래 하신다니 믿고서리 지켜보갔습둥. 하고서리 이번 평골의 화재 사건 말임메. 사또께서리 누구래 범인으로 생각하심메?”

호, 이제야 본론으로 들어가시는구면.

“글쎄올습니다. 아직 조사가 종결이 난 상태가 아니라서 무어라 답을 드리기가 어렵습니다만 현재 가장 유력한 이는 평골의 김 공 부자가 아닌가 싶습니다. 허나 아직은 확실치 않으니 좀 더 조사를 해봐야 하겠지요.”

“사또, 평골의 김 공이래 향안에 오른 양반임메. 이 사건의 범인이래 김 공이든 아니든 조사 과정에서리 양반이래 이리저리 불려다니는 거이 좋은 모양새래 아임둥. 더하여 온 오래에 소문이래 난 사건이다 보니 김 공이래 범인으로 몰린다 카면 군 내 양반의 체모래 말씀이 아이게 됨메. 지금 백성들의 태도로 보아서리 자칫하면 기동안 이어져 온 질서래 무너질지도 모른다 이 말이지비. 기러니 사또께서리 이 사건이래 적당히 마무리해 주셨으면 좋갔습메. 무지렁이 백성들보다는 양반이래 더 중하디 않갔습둥. 이거이 향청의 뜻이니까네 사또께서리 잘 마무리해 주시리라 믿갔습메.”

어쭈! 양반이니까 봐줘라 이 말인데? 글쎄올시다.

“후후후, 좌수 어른, 이미 이 사건은 군 내의 모든 백성들이 다 아는 사건입니다. 모든 군민이 눈을 부릅뜨고 지켜보고 있는데 적당한 마무리는 곤란하지요. 게다가 이 사건은 일가족이 몰살한 살인 사건입니다. 살인한 자는 교수형에 처해지는 것이 국법이지요. 아무리 양반이라 해도 살인자를 용서할 수는 없습니다.”

“이보시라요, 사또. 아직 사또께서리 연치래 어리시어 마르귀티(말귀)래 잘 못 알아들으시는 모양임둥, 이 일이래 군 내 위계질서에 중대한 영향이래 미치는 일이지비. 자칫 잘못하여서리 풍속이래 흐려질 수 있다 이 말임둥. 수령의 임무래 풍속이래 바로잡는 거이 아님메? 이대로 풍속이래 무너지는 거이 두고 보시갔다 이 말임메?”

“이것 보세요, 좌수 어른. 수령의 임무 중 하나인 풍속 교정(風俗矯正)이 양반들의 위세를 세워주는 것이 아닙니다. 잘못된 풍속을 타파하고 올바로 가르쳐서 바로 세우는 것이 풍속 교정입니다. 아시겠습니까? 그리고 또 하나의 임무가 바로 소송간평(訴訟簡平)이지요. 송사를 보는 일에 공평하게 임하는 것 말입니다. 양반이나 평민이나 모두 주상 전하의 백성으로서 공평한 재판을 받을 권리가 있습니다. 아직 확정이 된 것은 아니지만 김 공 부자가 범인으로 확실시된다면 구속이 될 뿐만 아니라 위에 고하여 교수형을 시킬 수밖에 없습니다.”

정훈의 입에서 교수형이라는 단어가 나오자 좌수 이하 향임들의 표정에 노기가 서리는데 계속 이어지는 정훈의 말에 좌수와 두 별감의 얼굴이 갑자기 굳어진다.

“그리고 주상 전하의 말씀이 나와서 말입니다만 관기는 나라의 재산입니다. 즉, 주상 전하의 재산이라 이 말입니다. 한데 본관이 노비안을 조사하다 보니 예림과 성심, 금현과 유창이라는 관기 네 명의 행방이 묘연하더군요. 이는 누군가가 관기를 사취한 것으로 보여지는데 감히 주상 전하의 재산을 사사로이 탈취하다니요? 이는 반상의 구별을 떠나서 도저히 용서할 수 없는 일입니다. 그렇지 않습니까, 좌수 어른? 이 네 명의 관기를 사취해 간 자들이 누구인지 본관이 대충 짐작은 합니다만 그자들이 하는 짓을 봐서 용서를 해줄 것인지 말 것인지 어디 두고 볼 것입니다."

정훈이 별감과 좌수를 쳐다보며 말을 하자 별감과 좌수의 표정에는 변함이 없지만 눈동자가 살짝 흔들리는 것을 놓치지 않는다.

더구나 정훈이 이렇게 건방지게 말을 하는데도 다른 향임들은 얼굴이 붉어지는데도 두 별감과 좌수가 아무런 내색이 없다는 것은 정훈의 말투를 미처 알아듣지 못할 정도로 머리 속이 복잡하다는 뜻일 테니 지금까지의 태도로 보아 수상쩍은 일이 아닐 수 없다.

"이 사건은 내일까지 조사를 마무리 짓고 모레 아침에 전 군민이 모인 가운데 공개 재판을 할 것입니다. 그날 향안에 오른 전 양반들이 모두 참석을 하셔야 할 겁니다. 하실 말씀들이 있으시면 그날 하시도록 하고 오늘은 이만 돌아들 가십시오. 본관이 업무가 밀려서 말입니다."

정훈이 축객령을 내리자 다른 양반들이 노기를 띠고 좌수에게 눈짓을 하는데, 좌수와 두 별감이 정훈을 한 번 힐끗 보더니 그냥 일어선다.

"알갔슴둥. 기러면 그날 뵙갔슴메."

좌수와 두 별감이 인사를 하고 나가자 다른 양반들이 잠시 멍한 표정이더니 곧 무언가 눈치를 챈 듯 분분히 일어나 인사를 하는 둥 마는 둥 하며 급히 나간다.

'영, 좌수와 두 별감, 이방이 확실한 거지?'

'예, 캡틴. 제가 관기들의 얼굴을 모르니 뭐라고 장담할 수는 없지만 군 내에 첩을 둔 몇 군데의 집 중 금음과 노랫소리가 울려 나오는 곳은 그 네 집밖에 없습니다. 그래도 혹시 모르니 직접 시목은 하시 마시고 은근히 유도를 하세요. 그게 더 안전할 것 같습니다.'

'그래, 알았어. 그건 내가 알아서 할 테니 걱정 말고, 근데 꼭 모레

열리는 공개 재판에서 영상을 선보일 필요가 있을까?'

'그냥도 사건을 해결할 수는 있겠지만 그리되면 양반들의 불만은 어찌 잠재우려 하십니까? 캡틴께서는 이미 양반을 건드려 놓으신 겁니다. 이왕에 손을 댔으면 확실하게 힘의 우위를 보여 마무리를 잘해야 합니다.'

'그건 그렇지만 이 시대에 우중천의 영상을 보여준다면 사술로 치부를 하지 않을까 심히 걱정이 돼서 말이야.'

'그러니 캡틴께서 연극을 잘하셔야지요. 그리고 조선의 민중에 무속이 많이 퍼져 있는 상황이더군요. 캡틴께서만 잘하시면 양반들의 위세도 잡고 백성들의 신망도 얻을 수 있는 절호의 기회가 될 겁니다.'

'휴, 알았다. 그럼 계획대로 어디 한번 잘해보자.'

'예, 캡틴.'

정훈이 영과의 대화를 끝내고 사령초관 박정운을 불러 사령 한 명을 풍산으로 통하는 경계로 보내 서우성 초관을 기다렸다가 잡아오는 우중천 일가를 군민들이 못 보게 몰래 데려오게 하라 이르고는 나머지 사령들을 각 마을로 파견해 모레 아침 사시(9시~11시) 초에 우중천 일가의 화재 사건에 대한 공개 재판이 열릴 것이니 각 마을의 유지와 다섯 명의 마을 대표를 뽑아서 재판 전에 관아로 집결하도록 알리라 명했다.

사령들이 사방으로 흩어지고 다시 정훈에게 한가한 시간이 찾아왔다.

다음날 새벽에 우중천 일가가 보자기를 뒤집어쓴 채로 끌려와 아이들은 행랑에, 두 부부는 옥에 투옥시키고, 다음날 공개 재판의 날이 밝았다.

정훈이 동헌에 앉아 있다가 아홉 시가 되어 대청으로 나가 의자에 앉아서 보니 약 400여 명의 인원이 동헌 앞마당에 꽉 찼다.

대청의 바로 앞에 사령들이 좌우로 이 열씩 창을 들고 서 있고, 그 옆으로 아전들과 군관들이 역시 줄을 맞춰 서 있다.

사령들의 안쪽에는 우대천과 소천이 무릎이 꿇려 앉혀져 있고, 그 뒤에 김 부자의 부자가 의자에 앉아 있다.

그 뒤로 양반들 50여 명이 의자에 앉아 있고, 각 마을의 대표들이 그 뒤로 웅성거리며 서 있는데, 병사들이 창을 들고 사람들을 빙 둘러 서 있다.

군민의 대표들이 모두 모여 있는 자리라 정훈은 은근히 긴장이 되었다.

정훈이 한에게 눈짓을 하자 한이 읍을 하고는 가운데로 나서서 대중을 향해 말을 시작한다.

"모두들 조용히 하고 자리에 앉으시오!"

웅성웅성하던 소음이 딱 그치고 주민들이 그냥 맨바닥에 앉는데 멀리서 보니 마당 전체에 멍석이 깔려 있다.

호, 한과 삼이 준비를 철저히 했구먼.

"지금부터 평골 화재 사건의 공개 재판을 진행하겠소. 우선 화재를 당한 우중천의 형 우대천이 관아에 진술한 송장을 낭송하겠소. 본인 평골의 우대천은… 하여 고을의 수령이신 학성 군수께 고하여 진상을 밝혀주시기를 바라나이다. 여기까지가 송장의 내용이오. 평골의 우대천은 이 송장이 본인이 작성한 송장임을 인정하시오?"

"예, 맞슴메."

"뒤에 있는 군중들에게 다 들리도록 크게 말하시오."

"예에, 맞슴메다아!"

"좋소. 평골의 우대천은 우중천의 집에 난 화재의 범인으로 한 사람을 지목하였소. 그 사람이 누구요?"

"예에, 김 부자 어른이심메다아!"

"좋소. 평골의 우대천이 평골의 김희대 어른을 화재의 범인으로 지목하였소. 하지만 만일 김희대 어른이 화재의 범인이 아닌 것이 밝혀진다면 그대 우대천은 양반을 모함한 죄로 중벌을 면치 못할 것이오. 그래도 계속 김희대 어른을 범인으로 지목하겠소?"

한의 말에 우대천이 잠깐 멈칫했으나 곧 큰 소리로 대답을 한다.

"예에, 기렇슴메다아!"

"좋소. 평골의 김희대 어른께서는 들으십시오. 우대천이 어른을 화재의 범인으로 지목했습니다. 어른께서는 하실 말씀이 계시온지요?"

한의 말이 끝나자 김 부자가 득달같이 말을 잇는다.

"사또, 억울하옴메다. 본인의 부자래 비록 우중천이를 멍석말이래 한 적이래 있어도 죽이려고 불이래 지른 적이래 없사옴메다. 믿어주시라요, 사또. 진정 억울하옴메다."

김 부자의 말이 이어지는 동안 군중 속에서 웅성거리며 야유가 터져 나오기 시작한다.

"모두들 조용히 하라! 감히 뉘 안전이라고 시끄럽게 떠드는가? 김희대 어른께서 억울함을 호소하셨습니다. 하면 뒤에 앉아 계시는 분들 중 김희대 어른의 무죄를 주장하시거나 증명할 분은 앞으로 나오시오."

또다시 군중 속이 웅성웅성 시끄러워지는데 아무도 앞으로 나서는 이가 없다.

"모두 조용히 하시오. 하면 지금부터 사또께서 직접 재판을 시작하시겠습니다. 모두 조용히 경청하시오."

한이 뒤로 물러나자 정훈이 김 부자에게 말을 건넨다.

"김 공께서는 김 공 부자의 억울함을 호소하시는데 하면 김 공 부자의 무죄를 증명하실 수 있으시오?"

"아이고, 사또. 무죄래 어찌 증명하라 하시옴메까? 진정 억울하옴메다. 본인의 부자래 진정으로 불이래 지른 적이래 없사옴메다. 이는 하늘이래 아시고 땅이래 아심메다. 천지신명께 맹세하옴메다. 진정 억울하옴메다, 사또."

'캡틴, 김 부자가 천지신명을 언급했으니 우리의 계획 중에 하늘님을 천지신명으로 바꾸는 게 나을 것 같은데요?'

'알았어, 짜샤. 나서지 말어. 잘못하면 외운 것 다 잊어버리니까.'

"좋소. 김 공께서 천지신명께 맹세를 하신다고 하였으니 본관이 천지신명께 여쭈어보리다. 그전에 우중천이 김 공께 무례를 범하여 김 공의 아들이 우중천을 멍석말이를 하였다고 하였는데 어찌하여 관에 고하여 죄를 다스리게 하질 않고 김 공의 임의대로 죄를 다스린 것이오? 이 일은 명명백백 김 공에게 잘못이 있으니 그것에 대한 죄를 인정하시겠소?"

"예?"

정훈이 갑자기 살인 사건은 뒤로 미루고 멍석말이한 죄를 물으니 김 부자가 잠시 멍한 표정이 되고, 뒤에 앉아 있는 양반들의 입가에 슬며시 미소가 떠오른다.

아마도 사또가 김 부자의 죄를 가볍게 몰고 가려고 하는 걸로 생각들을 하는 모양이다.

김 부자는 계속 멍한 상태로 우물쭈물 대답을 못하는데 좌수가 갑자기 일어나 김 부자에게 다가가며 한마디 한다.

"김 공, 비록 우중천이 반상의 법도를 어기고 무례를 저질러 김 공께서 체벌을 가하였다고는 해도 관에 고하지 않은 것은 김 공의 잘못이오. 이는 영명하신 사또의 말씀대로 명명백백한 사실이니 김 공은 죄를 시인하시오."

하고 김 부자에게 눈짓을 하고 미소를 지어 보인 후 자리로 돌아온다.

이에 김 부자도 눈치를 채고는 짐짓 죄를 시인하는데,

"사또, 우중천이래 비록 반상의 법도래 어기고서리 본인이래 능멸하여 죄를 범하였으나 본인이래 관에 고하지 않고서리 사사로이 우중천에게 체벌이래 가한 거이 본인의 잘못임메다. 기 죄래 인정함둥 벌이래 내려주시라요."

"좋소. 김 공이 인정을 한다니 본관이 그 죄의 값으로 태형(가벼운 죄로 볼기 10~50대)이 마땅하나 양반의 신분과 연세가 높은 점을 감안하여 벌금형으로 대신하겠소. 김 공은 관에 고하지 않고 사사로이 체벌을 가하여 관의 위신을 추락시킨 죄가 인정되니 관에 50냥의 벌금을 납부하시오. 또한 사사로이 마을의 백성들을 체벌한 원인이 소작한 땅에 있으므로 그 죄를 인정하여 김 공의 땅을 소작하는 모든 이에게 소작료의 일 할을 내려 소작료를 사 할만 받을 것을 명하오. 이 소작료는 올 추수부터 적용이 되어 본관이 재임하는 기간 동안 이어질 것이오. 어떻소, 이행하시겠소?"

김 부자의 얼굴이 붉으락푸르락해지지만 살인죄를 뒤집어쓰는 것보다는 낫다 싶은지 한참 만에 겨우 대답을 한다.

"알갔습메. 이행하갔습둥."

"좋습니다. 김 공께서 약조를 하셨으니 강제 집행은 하지 않으리다. 벌금은 오 일 안에 납부하시오. 그리고 뒤에 계신 여러 어른들께서도 들으셨을 겁니다. 오늘 이후로 아무리 양반이라 하더라도 사사로이 백성들에게 체벌을 가한다면 위의 벌금형을 가하겠소이다. 반드시 관에 고하시어 관의 명에 따라 행하시거나 죄인을 관에 넘겨야 합니다. 약조하실 수 있겠습니까?"

정훈의 말이 끝나자 좌수와 별감은 가만히 있는데 한 양반이 벌떡 일어나더니 항변을 한다.

"이보라요, 사또! 기거이 너무하시는 거이 아임메? 하면 백성들이래 아예 건드리지 말라는 말씀이 아임둥? 이거이 양반의 체통이래 무시해도 유분수디 너무하시는 거이 아임메? 나래 약조래 못하갔습둥!"

"허, 그렇습니까? 하면 관이라는 곳이 무엇을 하는 곳입니까? 다들 관을 무시하고 사사로이 백성들에게 체벌을 가하고, 백성들을 부린다면 수령이 무슨 소용이고 관병이 무슨 소용이 있습니까? 백성들의 체벌에 관한 것은 관이 할 일이지 양반들이 나서서 할 일이 아닙니다. 다른 어른들께서도 그리 생각들을 하시는지 어디 들어봅시다. 좌수 어른, 좌수 어른께서는 어찌하시겠습니까? 그냥 살인 사건의 재판을 진행할까요?"

정훈의 이 말은 협조하지 않는다면 김 부자의 살인 사건은 물론이고 앞으로의 사건, 즉 관기에 대한 사항도 정훈의 임의대로 그냥 진행한다는 말과 다름이 없는 말이다.

즉, 관기의 일을 곧이곧대로 처리하여 그 죄를 묻겠다는 말인 것이다.

좌수가 얼굴이 일그러지더니 가만히 눈을 감고 앉아 있다가 마지못한 듯 대답을 한다.

"본인이래 약조함메. 기런 일이래 생기면 체벌이래 하기 전에 관에 넘기갔소."

좌수가 약조를 하자 항변한 양반을 포함한 모든 양반들이 눈이 동그래지며 좌수를 쳐다본다.

"감사합니다, 좌수 어른. 하면 두 분 별감께서는 어찌하시겠습니까?"

두 별감도 어찌할 수 없는지 한숨을 쉬고는 약조를 하자 양반들의 분위기가 술렁술렁해진다.

"좋습니다. 좌수 어른과 두 분 별감께서 약조를 하시었으니 향청에서 논하여 문서로 작성을 하여 연명장으로 만들어 올리도록 하십시오."

이로써 학성군에서만은 양반들이 함부로 백성들에게 체벌을 가할 수 없게 되었다.

정훈이 말을 마치고 군중들을 둘러보자 감히 말들은 못하지만 다들 불만이 많은지 인상들을 쓰고 앉아서 정훈을 노려보고 있다.

쯧쯧, 지들 좋으라고 애써 연기하는 줄은 모르고. 그저 불쌍한 백성들이로다.

"자, 하면 이제 재판으로 돌아와서, 김 공께서 천지신명께 무죄를 맹세하였으니 본관이 천지신명께 김 공의 무죄를 여쭈어보리다. 모두들 위를 보시오."

정훈의 말을 이해하지 못하고 어리둥절해하던 사람들이 정훈이 위를 보라 하자 모두 고개를 들어 하늘을 바라본다.

"천지신명이시여! 대조선국 학성 군수 이정훈이 고하노니 평골 우중천 일가의 화재 사건에 대한 전말을 보여주소서!"

정훈이 하늘을 향해 양팔을 벌리고 그럴듯하게 연기하며 고함을 치자 갑자기 마른하늘에 천둥 번개가 치기 시작한다.

우르릉! 꽝! 번쩍! 번쩍!

동헌의 앞뜰에 모인 모든 사람들이 깜짝 놀래어 정훈과 하늘을 번갈아가며 쳐다보는데 돌연 허공에 알록달록 빛이 생기더니 빛이 빙글빙글 돌며 어떤 영상이 만들어지기 시작한다.

허나 환한 햇빛으로 인해 잘 구분이 안 되자 정훈이 사령을 시켜 대청의 의자를 한옆으로 치우고 손짓으로 대청을 가리키자 영상이 스르르 이동을 하여 대청의 약간 어두운 부분으로 옮겨진다.

사람들이 모두 놀래어 넋이 나간 듯 입을 헤벌리고 영상만을 바라보는데 영상이 대청에 꽉 차며 우중천이 멍석말이를 당하여 사람들에게 업혀오는 장면부터 시작이 됐다.

"모두들 잘 보시오! 이는 본관이 천지신명께 요청하여 우중천의 집에 불이 나기 전의 모습을 보여주는 것이니 다들 범인이 누군지 잘 보시오!"

정훈이 말을 하자 그때서야 다들 정신이 돌아오는지 놀래서 고함을 치는 사람, 머리를 땅에 박고 엎드리는 사람, 심지어 바지에 지리는 사람까지 나오는데 양반들은 무슨 요물을 바라보듯이 정훈을 쳐다본다.

"으아악! 귀신임메! 귀신이래 조화래 부린다이!"

"으으으! 이 무스그 일임메! 대낮에이 귀신이래 조화래 부리다이……!"

"헉! 어드렇게 저런 일이래? 으으!"

"모두들 조용히 하시오! 위험한 것이 아니니 모두들 조용히 하고 이 모습을 잘 보시오!"

정훈이 다시 한 번 고함을 치자 사람들이 조금 안정이 되며 영상을 쳐다보는데 그래도 얼굴에 두려움이 가득하다.

'영, 저 뒤에까지 들리게 소리를 더 높여라.'

'예, 캡틴.'

영상에서 중천이 집 앞에 당도하자 그 부인이 호들갑스럽게 뛰쳐나와 곡을 하며 중천을 안으로 들이고 왔다 갔다 하며 중천에게 치료랍시고 하는 풍경이 다 보인다.

대천과 소천이 나가고 잠시 후 다시 들어와 모의하는 장면이 나오자 마당에 모인 모든 사람들이 '아!' 소리를 내며 놀란다.

잠시 후 중천이 방 안에 불을 놓고 일가족이 산으로 올라가며 영상이 끝나고는 스르르 사라진다.

영상이 끝났는데도 사람들의 표정은 얼이 빠진 그대로다.

정훈이 다시 사령을 시켜 의자를 대청 가운데에 놓게 하고 의자에 앉아 우대천에게 호통을 친다.

"여봐라, 우대천! 네놈이 감히 형제들과 저런 몹쓸 모의를 하여 감히 양반이신 김 공과 고을의 수령인 본관을 능멸하려 하였느냐? 네놈은 네놈 형제들의 죄를 인정하느냐?"

정훈이 호통을 치자 우대천과 소천이 사시나무 떨듯이 떨면서도 그래도 바닥에 엎드리어 항변을 한다.

"아, 아이고, 나으리! 아, 아니옴메다! 소인이래 저런 모의래 한, 한 적이래 없슴메다! 살펴주시라요, 나으리!"

"허허, 저놈이 그래도! 네놈이 정녕 하늘님을 속이고 천지신명께서 보여주시는 모습을 부정하겠다는 말이더냐? 번갯불에 튀겨 죽을 놈 같으니라구! 하면 우소천이는 어찌하겠느냐? 네놈도 죄를 인정하지 못하겠느냐?"

우소천이 한참을 떨더니 땅에 폭 고꾸라져 흐느끼며 운다.

"으흐흐흑! 사또! 용서래 하시라요! 소인이래 고조 형님들이래 따라갈 수밖에 없었슴메다! 용서해 주시라요, 사또!"

"우대천은 듣거라! 소천이 죄를 인정하였다! 한데도 네놈은 아직도 네놈의 죄를 인정하지 못하겠다는 것이냐?"

우대천이 그저 떨기만 할 뿐 흐느끼며 말을 안 한다.

"허, 지독한 놈이로고! 좋다! 네놈이 이래도 이실직고를 안 하는지 두고 보자. 여봐라! 우중천과 그 아낙을 끌고 오라!"

사령초관 박정운이 대답을 하고는 병사들을 이끌고 옥으로 가 우중천과 그 아낙을 끌고 오니 우중천을 본 모든 사람들이 놀라 탄성을 지른다.

우대천도 중천을 보더니 포기했는지 울며 용서를 빈다.

우중천을 대천의 옆에 앉히고 정훈이 재판을 마무리한다.

"우대천과 중천, 소천은 듣거라! 너희들은 음흉한 모의를 하여 관장을 속여 능멸하고 반상의 법도를 어겨 양반을 능멸하려 하였다! 또한 만백성을 속여 민심을 흉흉하게 한 죄가 크니 중형으로 다스려 도형(중한 죄로 곤장 60~100대를 맞고 1~3년간 관에 노역을 함)에 처하며, 장 60대와 3년간 관에 노역함을 명한다! 또한 중천의 아낙은 서방을 따른 그 마음은 가상하나 그것이 범죄로 이어짐을 알고도 서방의 뜻에 동조한 죄가 있으니 장은 폐하고 그 서방을 따라 3년간 관에 노역함을 명한다! 중천의 아이들과 대천, 소천의 식솔들은 그 모의에 가담

한 증거가 없으므로 방면한다! 대천과 중천, 소천은 형을 집행하기 전에 할 말이 있으면 하라!"

대천의 형제들이 그저 흐느끼기만 할 뿐 아무런 말이 없자 정훈이 형 집행을 명한다.

"할 말이 없는 듯하니 이제 형을 집행한다! 사령들은 형틀을 준비하고 나장(곤장을 치는 병사)으로 하여금 형을 집행하게 하라!"

"예이! 명이래 받자옴메다!"

사령들이 부지런히 움직여 형틀을 준비하고 대천의 삼 형제를 형틀에 묶어 볼기를 까 내리니 나장이 장을 들고 옆에 와 선다.

"형을 집행하라!"

"예이! 형을 집행하랍신다!"

한이 정훈의 명을 받아 나장들에게 명하니 나장들이 구령에 맞춰 볼기를 치기 시작한다.

관아에 사람 패는 소리와 비명 소리가 진동을 하니 양반이고 주민이고 구경을 하던 모든 사람들이 인상을 찌푸리며 얼굴에 두려운 빛이 어린다.

어느덧 형이 끝나고 곤죽이 된 대천 형제를 행랑으로 옮겨 삼에게 치료하게 한 후 정훈이 군중을 향해 일장 연설을 한다.

"그대들도 보았듯이 하늘에는 하늘님을 비롯한 천지신명이 계시어 그대들을 굽어 살피고 계시오! 그대들은 앞으로 죄를 범하거나 혹은 마음으로라도 죄를 짓지 마시오! 죄를 범하는 자는 본관이 용서치 않을 것이오! 저 하늘에서 천지신명께서 굽어 살피시고 계시다는 것을 잊지 마시고 항상 정갈한 몸가짐과 온화한 마음을 지니고, 이웃과 화목하고, 부모 형제에게 그 효를 다하시오! 그리하면 천지신명께서 그대들

에게 복을 내려주실 게요! 그대들은 이만 마을로 돌아가 마을의 다른
이에게도 말을 전하시오! 그동안 죄를 지은 자들은 모두 속죄하고 모
두 원래대로 돌려놓으라고 말이오! 만일 그리하지 않고 계속 악한 마
음을 품고 산다면 천지신명이 살피시어 벌을 내릴 것이니 본관의 말을
명심하여 꼭 전하시오! 모두들 돌아가시오! 그리고 좌수 어른과 두 분
별감께서는 잠시 본관과 환담을 나누시고 가셨으면 합니다. 잠시 동헌
으로 오르시지요. 이방도 잠시 들어오라.”

　정훈이 방으로 들어가고 좌수와 두 별감, 이방이 줄줄이 대청으로
오르자 한이 나서서 군중들을 돌려보낸다.

　정훈이 보료 위에 앉아 좌수와 두 별감의 표정을 살피니 약간의 두
려움을 띠면서도 요상한 눈초리로 정훈을 바라본다.
　이방도 정훈을 힐끗힐끗 살피며 앉은 자세가 불안해 보이는데 정훈
과 영의 연기가 이들에게 제대로 먹혀들어 간 것 같다.
　“하하, 많이들 놀라신 듯하오이다. 자자, 긴장들을 푸시고 편안한 마
음으로 본관의 말씀을 들으시면 됩니다. 며칠 전에 한 번 말씀을 드렸
지만 본관이 없어진 관기 네 명을 찾고 있소이다. 이는 나라의 중요한
재산으로 본관도 함부로 사취할 수가 없는 민감한 사항입니다. 짐작하
시겠지만 그 관기들이 누구의 집에서 어떤 형태로 기거를 하고 있는지
본관은 알고 있소이다. 하여 관기를 사취한 자를 대신하여 향청의 세
분 어른과 이방에게 말씀을 드리는데 본관이 열흘의 기간을 드리리다.
그 안에 관기의 수를 채워놓으라고 하시오. 아, 사취한 관기를 돌려놓
으라는 소리가 아니고 사취한 관기 대신 여아를 사거나 계집종으로 하
여금 기적에 올려 관기의 수를 채워놓으라는 말입니다. 그리한다면 본

관이 이번만은 특별히 눈을 감아주려고 하는데, 어떻습니까? 네 분께
서 관기를 사취한 자를 찾아 말을 전해주실 수 있겠습니까?"

정훈이 네 명의 관기가 누구의 집에 있는지 알고 있다고 하자 네 사
람의 얼굴색이 흑빛으로 변하더니 눈을 감아준다고 하자 안도의 한숨
이 절로 나오는 표정이다.

좌수가 정훈의 말을 받는다.

"알갔슴메. 본인이래 그자래 찾아서리 열흘 이내에 관기의 수래 채
워놓으라 말이래 전하갔슴둥. 아마도 사또의 관대하신 처분이래 감격
하여서리 고마워할 거우다."

"하하, 그리된다면야 다행이지요. 그리고 보통 수령이 바뀌면서 좌
수와 별감도 새로 임명되는 것이 관행이지만 본관은 세 분이 아주 마
음에 듭니다. 다시 좌수와 별감에 임명하여 드릴 테니 앞으로 향청을
잘 이끄시고 본관의 일도 많이 도와주시길 바랍니다."

"허허, 감사함메다. 사또께서리 그리 말씀이래 하여 주시니 본인의
마음이래 흡족함메다. 여러모로 부족한 사람들이지만 사또께서리 잘
이끌어주시고 본인이래 충심으로 사또래 돕갔슴메다."

"하하, 감사합니다. 모든 군민이 풍요롭게 잘사는 고을로 만드는 것
이 본관의 바람입니다. 세 분 어른들께서 모쪼록 잘 도와주시어 한번
살기 좋은 고을로 만들어보십시다. 일이 마무리되면 언제 한번 본관이
향임 분들을 모실 테니 그때 왕림을 하여주십시오. 오늘 여러모로 수
고가 많으셨습니다."

"허허, 아님둥. 사또의 신기래 구경한 우리들이래 오히려 새로운 경
험이래 한 날이지비. 기러면 사또께서리 하실 말씀이래 더 없으시면
우리들이래 이만 물러가갔슴메다."

“예, 그리하시지요. 멀리 안 나가겠습니다. 살펴가십시오.”

좌수를 따라서 일어서는 이방을 정훈이 불러 도로 앉혔다.

“이방은 잠시 기다리시게.”

정훈이 기다리라고 하자 이방이 찔끔하며 도로 자리에 앉는데 불안한 표정이다.

“이방은 지금부터 한 시진 이내로 관아의 아전들과 초관 이상의 군관들을 모두 동헌 앞으로 모이게 하시게. 그만 나가보시게.”

“예, 사또. 하오면……..”

이방이 나가고 잠시 동헌에 적막이 감돈다.

‘어떠냐, 영? 내 연기가 제대로 먹힌 것 같냐?’

‘글쎄요. 뭐, 일이 제대로 풀렸으니 잘됐다고는 볼 수 있겠는데 캡틴께서 원하는 결과와는 다르게 어째 이상한 방향으로 흐르는 것 같습니다.’

‘이상한 방향으로 흐르다니?’

‘계획대로라면 캡틴을 존경하고 우러러봐야 하는데 사람들이 돌아가며 하는 말이 존경은커녕 무슨 귀신 보듯이 무서워하니 말입니다.’

‘흐흐흐, 괜찮아. 군민들의 뜻만 하나로 모을 수 있다면 존경을 하든 무서워하든 상관이 없다.’

‘캡틴, 상당히 위험한 생각을 하시는군요. 그것은 독재자의 발상이십니다.’

‘쨔샤, 지금 이 시대에 독재자가 어디 있어? 지금 이 시대는 국왕이 다스리는 시대라고. 민주주의도 독재자도 그런 개념이 전혀 없는 시대라 이런 말이다. 그리고 이 자식아, 내가 군민들의 자유를 억압했냐, 아니면 무자비한 착취를 했냐? 뭐, 독재자라고? 말을 하다 보니까 은근히 열받네. 그래, 이 자식아. 나는 독재자다. 됐냐? 니 주인을 독재자로 몰아가니 속이 시원하냐, 이 고철 덩어리 자식아?

'아니, 캡틴, 제 말은 그런 뜻이 아니라……'

'시끄러, 이 자식아. 한 번만 더 고딴 식으로 주둥아릴 놀리면 확 코드를 뽑아버릴 거니까 알아서 처신해. 고철 덩어리 같은 자식이. 알았어?'

'쩝……'

'이 자식이? 너 지금 항명하는 거야?'

'아, 아닙니다. 알았습니다, 캡틴.'

'에잉, 거지 같은 자식이 잘하다가 꼭 한 번씩 성질을 돋우고 있어. 정찰기로 탐색이나 확실히 해. 아, 그리고 군 전체로 탐색 범위를 넓힐 수 있는 방법이나 강구해 보고. 알았어?'

'예. 알았습니다, 캡틴.'

정훈이 괜히 혼자 열받아 씩씩거리고 앉아 있는데 밖에서 한이 보고를 한다.

"사또, 모두 모였습니다."

"그래, 알았다."

정훈이 대청으로 나가 의자에 앉으니 왼쪽으로 삼을 위시한 군관들이 서 있고 오른쪽으로는 한을 위시한 아전들이 서 있다.

모두들 모여서 무슨 일인지 궁금하다는 표정인데 몇몇은 아까 전의 일로 경외의 표정으로 바라보는 이도 있다.

"모두들 잘 들어라. 오늘부터 우리 학성 관아는 청렴하고 부정부패가 없는 관아를 지향한다. 오늘 이후로 그대들의 부정과 군민에 대한 수탈은 용서하지 않는다. 그리고 과거를 청산하는 의미로 과거에 저지

른 부정이나 백성들에게 불법으로 수탈한 것이 있으면 원래대로 돌려
놓거나 원 주인에게 돌려주거라. 사소한 것은 그냥 넘어가겠지만 본관
이 보기에 속죄하는 기미가 보이지 않으면 탐관오리로 인정하고 그 죄
상을 낱낱이 밝혀 중벌로써 엄히 다스릴 것이니 잘 생각하여 신속하게
과거를 청산하라. 모두 알아듣겠는가?"

"예, 사또."

"좋아, 본관이 지켜보겠다. 모두 해산하도록."

모두를 해산시키고 방으로 들어가니 이로써 관아의 모든 부서와 향
청의 임원들을 정훈이 휘어잡게 되었다.

우대천 형제의 소송으로 뜻하지 않게 부임한 지 삼 개월도 안 되어
서 자리를 잡게 된 것이다.

요란했던 재판이 끝나고 고요했던 학성 고을에 한 가지 소문이 떠돌
기 시작했다.

'우리 고을 원님은 천지신명을 부린다!'

재판에 참석했던 마을의 대표들로부터 그날의 사건을 묘사한 소문
이 부풀려 나오기 시작하더니 삽시간에 전 고을에 퍼져 우리 고을 원
님에게는 수천, 수만의 귀신이 붙어 있어서 그 귀신들을 부려 고을을
관찰하며 백성들을 살핀다는 소문이 덧붙여져 일파만파로 퍼지기 시작
했다.

집 뒤에 정한수를 떠놓고 천지신명께 서방의 무사 귀환을 빌던 상인
의 아낙도, 그저 대를 이을 아들을 비리던 양반 댁의 며느리도, 풍어를
기원하며 사고가 없기를 기원하던 어부들과 그 아낙들도 차츰차츰 천
지신명과 더불어 정훈을 향해 기원을 드리기 시작했다.

무지한 백성들이 생각하기에 천지신명은 멀리 있어 그 바라는 소원의 성취를 확신할 수 없지만 천지신명과 통하는 원님이 바로 지척에 있으니 천지신명과 더불어 원님을 통하여 소원을 빈다면 확실할 것이라는 생각을 하게 된 것이다.

심지어 몇 달이 지나자 무당들의 굿판에서도 천지신명의 옆 자리를 정훈이 차지할 정도가 되어버렸으니 소문이란 참으로 무서운 것이다.

게다가 4월이 넘어 5월이 되면서 관아의 약방을 통해 전 마을에 방역을 실시한 후 부상들의 주선으로 유입되기 시작한 유민들의 입을 통해 경기도와 황해도, 평안도에 소문이 자자한 성인이 학성 군수일 것이라는 말이 돌기 시작하고, 상인들의 입을 통해 사실로 확인되자 천지신명보다 더한 존재로 군민들의 뇌리에 자리를 잡고 만다.

그나마 다행인 것은 유민들의 유입이 시작되면서 정훈이 외부로 통하는 모든 길목에 유민을 안내할 목적으로 초소를 설치하여 드나드는 사람들을 살피게 하였는데 마침 소문을 접하고는 외부로 나가는 군민에게 소문을 발설치 못하도록 단단히 입단속을 하여 외부로는 그저 학성 군수가 신통력을 부리고 경기, 황해, 평안도에 소문이 자자한 성인이라 알려졌을 뿐 크게 소문이 퍼지지는 않았다는 것이다.

이 소문이 외부로 퍼지지 않아 정훈에게는 실로 다행한 일이면서도 또한 이 소문의 도움을 받은 바가 크니 양식업을 이해하지 못하고 시큰둥하던 어민들이 적극 동참하여 조개를 잡아 그 치패(새끼 조개)를 배양하고, 육지에 양어장을 만들고, 바다에 그물을 짜 가두리 양식을 시작한 것이다.

뿐만 아니라 과수원과 목장의 부지 공사도 유입된 유민들과 근처 마을의 주민들의 협조로 빠른 속도로 완성이 되어가고 있으니 정훈에겐 참으로 고마운 소문이 아닐 수 없었다.

그러나 이문을 본 자가 있으면 반드시 손해를 본 자도 있는 법이라, 정훈에겐 고마운 이 소문으로 오히려 각 마을의 유지들은 손해를 보게 생겼다.

농사를 짓던 마을의 주민들이 소작을 반납하고 공사장으로 몰려들기 시작하니 마천령 자락의 주변 마을에 차츰 노는 땅들이 생겨나기 시작한 것이다.

마을 주민에게 강제력을 행사하지 못하게 된 유지들이 두 눈을 뜨고 멀쩡히 자신의 땅이 휴농이 되는 것을 지켜보며 일 년 농사에 커다란 손해를 입게 되자 불만이 쌓이지 않을 수 없었다.

그렇다고 신통력을 부리는 사또에게 대놓고 따지기도 겁이 나고 하여 그저 향청을 통해 불만을 토로하였는데 향청을 통해 이 소식을 전해 들은 정훈이 마천령 자락의 주변 마을 유지들을 불러들여 과수원과 버섯 농장, 가축 농장의 계획을 설명하여 주고 사업에 동참할 것을 권했다.

더불어 소작료를 4할로 내려주면 유입되고 있는 유민들에게 소작을 부치며 마을에서 일 년을 살아야 원하는 직종에 종사할 수 있는 자격을 부여하여 마을로 보내주겠다는 조건을 걸고, 밤골의 경우와 같이 소를 일괄 구입하여 소작인에게 나누어 주고 수입 증대를 꾀한다면 마을 주민들이 소작을 떠나지 않을 것이라 일러주었다.

정훈의 설득에 마을 유지들이 자의 반 타의 반으로 찬성을 하고 동참을 하니 유지들의 불만도 잠재우고 소작인들의 수입 증대도 꾀하며 정훈이 벌이는 사업에 새로운 자금도 들어오게 되었다.

유민들의 수도 차츰 늘어나 잠시 휴농되었던 농토에 소작이 시작되

고 부상들에 의해 개성의 능금나무들이 들어오기 시작하자 차츰 과수
원도 제대로 된 모습이 갖춰지기 시작했다.

　더불어 새끼 돼지들과 송아지, 병아리, 오리 등이 들어오기 시작하
여 일부는 농장으로, 일부는 군 내의 전 농가로 분배하여 기르게 하니
6월이 되면서 학성군 전체가 분주해지기 시작했다.

◆제7장◆
부상(負商)

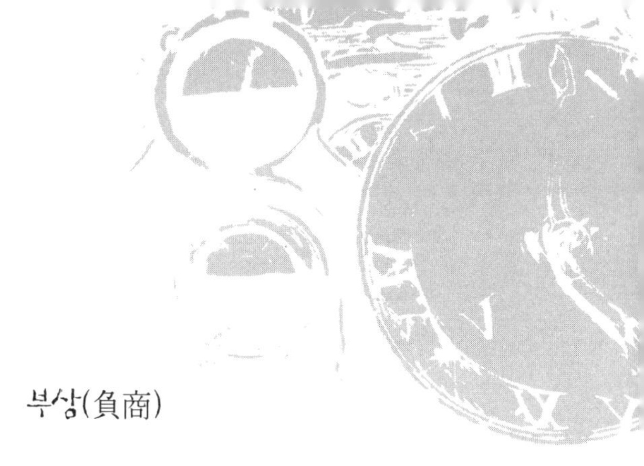

부상(負商)

날씨가 후텁지근해지기 시작하는 6월의 어느 날, 부상의 도접장이 정훈을 찾아왔다.

"사또께 인사래 올림메다. 기동안 강녕하셨습메까?"

방 안에 들어서며 문간에서 넙죽 절을 하는 도접장을 안쪽으로 오라 하며 정훈도 인사말을 건넨다.

"어서 오시게. 도접장이 수고가 많네그려. 자네가 애써주는 덕분에 우리 고을에 활기가 넘친다네. 그래, 바쁘신 분이 여기까진 어쩐 일이신가?"

"예, 사또. 이번에 감나무래 좀 들여오면서리 하시는 일이래 어느 정도니 진척이래 되었는지 실펴볼 겸 해시리 같이 들어왔습네. 잠시 둘러보니까네 일이사 잘되고 있습둥 오래(마을)에 요상한 소문이래 돌고 있디 않갔습둥. 아시고 계십메까?"

"응? 하하하! 귀신 붙은 원님이란 소문 말인가?"

"아시고서리 계셨습메? 하오면 어드렇게……?"

"하하하! 별일 아닐세. 전에 송사가 한 건 있었는데 그 송사를 처리하면서 본관이 수작을 조금 부렸더니 그것을 보고 고을에 그리 소문이 난 모양일세. 뭐, 그리 걱정할 일은 아니니 염려 놓으시게."

"예. 사또께서리 그리 말씀이래 하오시니 그리 알겠습메. 길고 먼저 함경도 전역이래 고아래 모았더니 지원자만 해서리 80여 명이래 넘는 듯함메다. 인원이래 너무 많지 않은가 싶습둥 어드렇게 하실런디 사또께 여쭤보는 거이 나을 듯싶어서리 소인이래 부러 찾아뵌 거임메."

"호, 함경도에서만 80여 명이라……. 생각했던 것보다 많기는 하구먼. 뭐, 하지만 상관없으니 다들 데려오시게."

"예, 알겠사옴메다. 기런데 사또, 아이들이래 관의 눈이래 피하자이 큰길이래 데불고 오기래 뭣해서리 말임메. 마천령 자락에 산이래 가로지르는 길이래 내었으면 함메다."

"산길을 말인가?"

"예, 사또. 산자락이래 밑으로 길이래 내면 하룻길이래 산이래 넘을 수 있지비. 기러면 단천이래 거치지 않아도 됨둥 아이들이래 학성 고을이래 오는 거이 알 수래 없을 기우다."

"흠, 산을 가로질러 길을 낸다? 하면 어느 쪽으로 길을 내는 게 좋겠는가?"

"풍산 쪽이면 좋갔습메."

"일있네. 그리하도록 하지. 이참에 고이 원도 이에 버섯 농장 위로 지으면 되겠구먼."

"길고 사또, 과실수 말씀임둥, 묘목이래 취급하는 곳이 없어서리 구하기래 매우 에럽슴메다. 해서리 영덕의 망한 과수원이래 부상에서리 아예 사버렸지비. 기런데 과실수래 옮기려다 보네 육로로 옮기기래 매우 에럽은 모양임메다. 해서리 해상으로 배편이래 이용하여서리 옮겼으면 함둥 사또께서리 과실수래 요청하시는 요청서와 해상 통행 허가서래 내어주셨으면 함메다.”

“허, 과수원을 아예 통째로 사서 과실수를 보급하겠다? 허허, 참. 한데 해상을 이용하려면 배편을 구하기도 어려울뿐더러 위험하지는 않겠는가?”

“배래 구하는 거이 그리 에럽지는 않슴메. 한성으로 미곡이래 운반하는 상인이래 있지비. 그네들과 상호 친분이래 있슴둥 마침 그리 바쁘지 않은 계절이라 운송이래 맡길 수 있었슴메. 배래 자르 아는 시나이들이라 그리 위험한 거이 없을 기우다. 기런데 그네들의 통행증이래 강릉까지만 되어 있어서리 그 이상이래 에럽다 아이 함메. 해서리 사또의 요청서와 허가서래 필요한 거임메.”

“알았네. 본관의 허가서가 다른 고을에서도 통용이 될지 잘 모르겠지만 운반에 필요하다니 써줌세.”

정훈이 학성 군수의 이름으로 과실수를 요청하는 요청서와 해상 통행 허가서를 쓰고 학성 군수의 직인을 찍어 도접장에게 주니 도접장이 받아 넣고는 바로 돌아갔다.

도접장이 가고 나서 바로 영에게 지시하여 여러 대의 배가 정박할 수 있는 선착장과 아이들 삼사백 명 정도 수용할 수 있는 시설을 설계하도록 시키고는 기숙사와 운동장, 아이들이 공부할 학당을 갖추게 하고, 자그마한 과수원과 돼지와 닭을 기를 수 있는 축사도 만들게 했다.

설계도의 완성에 따라 삼에게 수군색의 병사들을 일부 동원해 바닷가의 마을 중 은호리에 배가 닿을 수 있는 선착장을 여러 개 만들라 지시하고, 한에게 마을의 전 목수와 공병색의 병사들을 동원해 버섯 농장 위로 조용한 곳을 골라 터를 닦고 고아원 시설을 짓도록 했다.

그리고 목수와 병사들이 터를 닦는 동안 한이 직접 나서서 고아원의 터에서부터 풍산 쪽으로 길을 내도록 하고, 몇 명의 병사들로 그 뒤를 쫓아 길을 다지게 하니 삼 일 만에 산에 길이 뚫렸다.

보름에 걸쳐 계단 형태로 터를 닦아 고아원의 부지가 완성되자 상방의 장 방수가 부상들을 통하여 부지런히 목재 등의 자재들을 투입하고, 기숙사의 공사가 시작될 때쯤에 아이들이 들어오기 시작했다.

마침 여름으로 접어드는 계절이라 기숙사가 완공될 동안 한쪽에 천막을 치고 아이들을 기거하게 하고, 한 동씩 기숙사가 완공이 되어가자 아이들을 차례로 완공된 기숙사로 들여보냈다.

기숙사로 들이며 인원을 살펴보니 여자 아이가 열여섯 명인데, 열 살 이상이 네 명이고 나머지 열두 명이 일곱, 여덟 살이다.

사내아이들이 예순여덟 명이고, 이 중 열두 살이 여섯 명, 열한 살이 아홉 명, 열 살이 열네 명, 아홉 살이 열일곱 명, 여덟 살이 열세 명, 일곱 살이 아홉 명이다.

이 아이들이 모두 각 읍의 거지패에 속해 있던 아이들인데, 부모가 부잣집의 머슴으로 팔아넘겨 머슴살이를 하다가 도망친 아이, 먹고살기 힘드니 그냥 버려진 아이, 계집종으로 팔렸다 밤마다 주인에게 윤간을 당하는 게 무서워 도망친 아이도 있었다.

그동안 거지패에 섞여 생활을 한 탓인지 아이들의 몰골이 말이 아닌지라 한과 약방의 의원들로 하여금 진료케 하고 새옷을 구해 모두 갈아입혔다.

앞으로 팔도의 거지패에 섞여 있던 아이들이 모두 모이면 족히 삼사백 명 이상은 될 것이니 이 아이들만이라도 잘 돌보고 가르친다면 후일 이 아이들로 인해 조선의 사회가 많이 달라지게 되리라.

이 아이들이 조선의 의식을 바꾸는 정훈의 첫 사업인 것이다.

주위로 야생의 동물들에 대비하여 울타리를 든든히 하고, 사방으로 초소를 세워 금도색의 병사들로 하여금 교대로 경비를 서게 했다.

유입되어 오는 유민 중 몇 가족에게 자원을 받아 아이들의 식사와 빨래, 옷을 만드는 등 아이들의 뒤를 봐주게 하고, 소희와 현을 기숙사에 같이 기거하게 하여 아이들을 돌보게 한 후 삼에게 고아원의 원장직을 같이 맡게 하여 계획을 세워 소희와 현으로 하여금 서서히 아이들에게 밤골에서와 같은 교육을 시키게 했다.

또한 틈틈이 시간을 내어 아이들에게 가축과 과수원을 돌보게 하면 차츰 시간이 지나 고아원도 안정을 찾아가리라.

6월이 지나면서 학성군에 차츰차츰 눈에 띄는 몇 가지 변화가 일기 시작했다.

그것은 정훈이 벌인 사업으로 인해 부상들의 출입이 잦아지며 상인들이 차츰 몰려들고 장이 활성화되더니 아예 몇 군데에 새로운 장이 신설된 것이다.

3월부터 시작한 부지 공사에서부터 받은 노임을 모아 여덟 냥 이상을 모은 알부자(?)들이 생기기 시작하고, 정훈이 가축의 사료로 쓰기 위하여 볏짚과 목초의 생초, 건초, 쌀, 보리, 콩 등의 껍질, 수수, 기장, 옥수수 등의 곡식류와 어분, 깻묵, 생선류 등을 고을의 전 마을을 통해 몇 푼씩이나마 돈을 주고 꾸준히 구매를 하자 비록 작은 돈이지만 돈을 만지게 된 농가와 어민들이 몰려드는 상인들에 의해 전에 없었던 소비욕을 자극받게 된 것이다.

그러다가 6월 말에 병사들과 아전들의 반년치 봉급이 일괄 지급되니 소비 수치가 오를 수밖에 없게 되었다.

처음엔 읍내 두 곳밖에 안 서던 장이 한곳이 더 늘어 세 곳이 되고, 7월에 들어서며 읍내 외 큰 마을에 소규모 장이 열리더니 차츰 그 수가 늘어 다섯 마을에 장이 열리게 되었다.

하나둘씩 개장되는 장이 늘어나고 군 내에 서서히 활기가 돌기 시작하자 이에 고무된 정훈이 장 방수의 휘하 부상들을 풀어 시장 조사를 하게 했다.

조사 결과 장에서 주로 유통되는 물품들이 곡식과 옷감, 식기구, 가구, 침선 등과 빗, 거울 등의 몇 가지 노리개에 한정이 되어 있고, 가축들의 매매도 차츰 이루어져 가는 모양이다.

그동안 돈이나 소비를 잘 모르고 살아온 군민들이다 보니 아직은 실생활에 필요한 물품들 위주로 매매가 이루어지고 있는 것이다.

우선은 이 수준으로 시장의 규모를 고정시키는 것이 낫겠다고 생각한 정훈이 각 길목의 초소에 명을 내려 사치품이나 고가의 물품에 대한 단속을 강화하게 하고, 부상과 보상들에게도 고가의 물품이나 사치품 등의 반입을 자제해 줄 것을 요청했다.

학성군이 이러한 상태로 1, 2년만 지난다면 큰 도시만큼은 아니더라도 웬만한 작은 도시 정도의 수준에는 오를 것이다.

군민들의 생활에 활기가 띠기 시작한 것과 더불어 또 하나의 눈에 띄는 변화는 인구의 증가였다.

처음 정훈이 부임하여 기록으로 살펴본 학성군의 인구가 1,738호에 8,000명이 안 되는 인구였다.

그러던 것이 군기색의 병사들을 동원하여 화전민까지 꼼꼼히 조사를 하여 보니, 2,960호에 13,317명이라는 인구가 조사된 것이다.

자그마치 1,222호에 5,500명 정도가 호적에 누락이 되었을 뿐만 아니라 그들로부터 걷은 세금이 모두 전 사또와 이방, 호방을 비롯한 몇몇 아전들에 의해 착복이 되고 있었던 것이다.

정훈이 이들을 모두 호적에 기록하고 몇몇 집들이 모여 산에서 화전을 일구고 살던 사람들을 모아 과수원과 목장, 버섯 농장 주위로 마을을 형성시켜 살게 했다.

그리고 유입되는 유민들에게 호적을 만들어주고 각 마을에 분배하여 살게 하니 불어난 유민의 호수가 76호로 342명이나 되었다.

자그마치 네 개 마을의 인구가 늘어난 것이다.

조금씩 유민들이 계속 유입되고 있으니 한 해가 지난다면 그 수가 꽤 많이 불어날 것이고, 한의 지휘 하에 약방의 의원들을 풀어 주민들의 방역과 위생 관리에 신경을 쓰되 아이들이 홍역이나 천연두에 걸리면 지체하지 말고 즉시 관아에 알려 치료하게 하였으니 아이들의 사망률도 많이 감소하게 될 것이다.

정훈이 벌인 사업에도 차츰 변화가 오기 시작했다.

학성군은 마천령 자락을 따라 이어지는 백두산 화산대로 인해 지열이 따뜻하고 온천이 많다.

또한 서북쪽의 마천령산맥과 소장백산맥이 솟아 있어 북서풍을 막아주고, 푄 현상이 일어나 겨울 평균 기온이 −10도 정도이고 여름 평균 기온이 20도 정도로 중부 지방과 크게 차이가 나지 않는 온난한 기온이다.

교구반도 안쪽으로 형성된 U자 형의 만도 화산대의 영향을 받아 지

열이 따뜻하고 수온이 높아 플랑크톤이 많고 해조류가 많이 서식하는 편이다.

이 U자 형의 만 안쪽으로 어민들이 전복, 대합 등의 조개들을 양식하여 치패의 부착에 성공한 것이다.

6, 7월에 조개들이 새끼인 치패를 산란하고 3, 4일간 이 치패들이 어미 주위를 부유하다가 바위나 바닥에 부착을 하여 성패로 성장을 하는데, 이때 굵게 꼰 밧줄이나 나뭇조각 등을 밧줄에 달아 치패의 부착을 유도하여 인공 양식을 하는 것이다.

밧줄을 뗏목에 매달아 바닷가 근처에 뗏목을 고정시키고 키우면 2, 3년이면 성패로 자라 수확이 가능한 것이다.

또한 화산대의 따뜻한 지류를 따라 육상 수조를 만들고 치어를 생산하여 깻묵이나 어분, 쌀, 보리 등의 등겨와 해조류를 사료로 하여 양식을 하니 이 또한 2, 3년 후면 어민들의 수입 증대에 지대한 공헌을 하게 될 것이다.

가축의 사육도 우선 토끼와 양계, 양돈을 시작으로 임명천의 지류인 마천령 자락의 밑을 흐르는 중평천을 중심으로 오리를 사육하고, 소량으로 들어오기 시작하는 송아지들을 모아 기르게 했다.

축사와 사료실에 자주 방역을 실시하고, 무당벌레와 풀잠자리 등을 계속 사로잡게 해서 축사에 풀어 진딧물을 구제하고, 유아등(誘蛾燈: 주광성(빛을 보고 덤벼드는 성질)의 해충들을 등불을 이용하여 구제하는 장치)을 곳곳에 설치하여 해충의 구제에 힘썼다.

가축의 배설물을 한데 모아 짚, 잡초, 인분 등을 섞어 썩힌 후 과수원의 배양토로 사용하니 과실수의 영양분을 공급하는 데 충분한 도움을 주었다.

과수원은 우선 화산대의 따뜻한 지류를 따라 영덕에서 운송해 온 감나무를 심고 그 주변으로 개성 등지에서 운송해 온 능금나무와 중부 이북 지방에서 많이 재배하는 살구나무와 대추나무를 심었다.

농장에서 만들어진 배양토로 땅을 고른 후 그 위에 나무를 심고, 천연 비료를 계속 공급케 하니 다들 성수라 올해는 좀 힘들다 하더라도 다음 해부터는 과실의 수확을 기대할 수 있을 것이다.

영덕의 과수원에서 일하던 사람들을 초빙하여 나무들을 관리하게 하니, 그들의 말로 다음 해에는 묘목의 생산도 가능하다고 한다.

버섯 농장도 면화를 들여오고 밤나무와 참나무의 통나무를 준비하여 산에서 캔 느타리와 표고버섯에서 그 종자를 채취해 양식에 들어가니 몇 달 후면 그 수확을 볼 수 있게 되었다.

이렇듯 정훈이 벌인 사업이 자리를 잡아가자 부상에서도 학성군의 일을 전담하는 상단을 따로 만들어 자재 및 재료의 조달과 판매에 대한 사전 작업에 나서게 되었고, 각 사업의 전담 부서와 종사자들의 지식과 경험이 쌓이게 되어 이제는 그들만으로도 운영이 가능하게 되자 정훈이 슬슬 손을 떼었다.

정훈이 다음으로 신경을 쓴 곳이 고아원이다.

이삼 일에 한 번 꼴로 고아원에 들러 아이들이 먹는 부식과 교육, 건강 등에 대해 살피고, 고아원에 종사하는 사람들과 경비를 서는 초병들에게 당부의 말을 잊지 않으니 모두들 바짝 긴장을 하여 세심한 손길로 고아들을 돌보았다.

가뜩이나 군장으로 있는 삼이 원장을 겸직하고 있는지라 초병들과 종사자들 모두가 평소 긴장을 하고 있는데 사또마저 자주 드나드니 초병과 종사자들이 거북해하는 표정들이 역력하다.

이를 눈치챈 정훈이 고아원으로의 발길을 줄이고 관아에 칩거하여 가급적 외부로의 발걸음을 줄였다.

7월 중순을 넘긴 어느 날 오전, 봄의 한철 동안 이리저리 분주히 움직이던 정훈이 며칠째 관아에 틀어박혀 있으려니 날도 덥고 슬슬 조갑증이 생기기 시작한다.

'아씨, 이거 밖으로 나가 기웃거리기도 뭣하고, 가만히 처박혀 있으려니 답답하구먼. 뭐 좀 시원한 일이 없으려나?'

'캡틴, 그냥 편히 계시면서 전체적인 지휘나 하시지 왜 또 조갑증을 내십니까?'

'야, 이 짜샤, 날도 더운데 너도 가만히 앉아서 보고서나 뒤적거려 봐. 엉덩이에 땀띠 안 나나. 아참, 너는 엉덩이가 없으니 엉덩이에 땀띠 나는 기분을 알 리가 없겠지. 아, 이거 정말 갑갑하구먼.'

'그렇게 못 참으실 정도로 갑갑하시면 민정 시찰을 나가보시는 건 어떻습니까?'

'민정 시찰?'

'예, 캡틴. 왜 나라의 임금님도 가끔 백성들의 사는 모습을 살피기 위해 변복을 하고서 민정 시찰을 핑계로 대궐을 나와 성내를 돌아다녔다는 기록이 있지 않습니까? 캡틴도 직접 백성들의 사는 모습을 살펴보실 겸 민정 시찰을 하시는 것도 괜찮을 것 같은데요.'

'흠, 민정 시찰이라? 그래, 관아에만 있기도 갑갑하니 백성들의 사는 모습도 살필 겸 밖으로 나가보는 것도 괜찮겠다. 삼은 지금 뭐 하냐?'

'예, 군사청 뒤의 훈련장에 있습니다.'

'그러면 삼에게 초관 한 명과 변복을 하고 동헌 앞에서 대기하라고 그래. 나도 얼른 내아로 들어가서 옷을 갈아입어야겠다.'

'예. 알았습니다, 캡틴.'

정훈이 내아로 들어가 내아 관노의 도움을 받아 옷을 갈아입고 나오자 삼과 금도색 초관 이명수가 동헌 앞에 대기하고 서 있다.

"사또래 뵙습메다."

"어, 그래. 수고하네, 이 초관. 본관이 잠시 마을을 둘러보려 하는데 이 초관이 안내를 좀 해주게."

"예, 사또. 알갔습메다. 기러면 오데래부터서리 가시갔습메까?"

"아, 뭐, 일단 성 밖으로 나가서 근처 마을부터 돌아보지. 그리고 변복을 한 만큼 관아 밖에선 사또란 호칭은 말고 그저 나으리로 부르게."

"예. 알갔습메다, 나으리. 기러면 소관이래 앞장서갔습메다."

이 초관의 뒤를 따라 성내를 벗어나 서문으로 나가니 눈앞이 확 트이는 게 가슴이 시원하다.

저 앞에 보이는 향고산에 짙푸른 녹음이 드리워져 청량한 감이 들고, 길옆의 밭길이나 군데군데 보이는 야산에 핀 부용화와 금매화가 참으로 아름답다.

이렇게 좋은 자연을 뒤로하고 관아에만 들어앉아 있었더니 새삼 자연의 향기가 정겹게 느껴진다.

관아에서 들리던 매미 소리보다 더 큰 매미 울음소리를 들으며 야산을 따라 길을 도는데 저 앞에서 아이들이 다투는 소리가 들린다.

"이 아새끼래 카르 마자스믄 디져야 아이함둥. 어케 돼서 사라서리 기어오름메?"

“무스그 소리래 하고 있슴메? 내래 맏쟁군이지비. 고조 카르 마자도 아이 죽슴메.”

“아새끼래, 왜노므 쭉재이 가름시로 맏쟁군으 무스그 맏쟁군이.”

길을 완전히 돌아서니 열 살 남짓한 네 명의 아이가 보이는데 각자 손에 작대기를 들고서는 서로 입을 내밀고 말다툼을 벌이고 있다.

“아이들이라 억양이 거세서 그런지 무슨 말들을 하는지 도무지 못 알아듣겠구먼. 이 초관, 아이들이 왜 싸우고 있는 건가?”

“예, 나으리. 아해들이래 병사놀이래 하는갑슴메다. 한 아해래 칼이래 맞고서리 아이 죽고 대장군이라 칼이래 맞아도 아이 죽는다 하자 왜놈 졸병 주제래 무스그 대장군이냐면서리 상호 다투고 있는 거임메다.”

“호, 병정놀이를 하는 것이로구먼.”

정훈이 잠시 서서 지켜보니 아이들이 서로 서서 말다툼을 하다 그중 한 녀석이 화가 났는지 냅다 달려들더니 한 녀석을 잡아 자빠뜨리자 넘어진 아이가 울음을 터뜨리고는 싱겁게 싸움이 끝나 버렸다.

“이런, 동무들끼리 사이좋게 놀아야지 이렇게 거칠게 싸워서야 되겠느냐?”

지켜보던 정훈이 다가가 우는 아이를 일으켜 세워주며 한마디 하자 아이들이 정훈 일행을 힐끔힐끔 쳐다보며 뒷걸음질을 하더니 ‘와!’ 하며 냅다 뒤돌아서 뛰어간다.

“허허, 고 녀석들.”

정훈이 아이들을 따라 10여 분을 걸어가자 길이 야산을 끼고 굽이돌며 마을이 보이는데 족히 40여 호가 넘을 정도로 큰 마을이다.

마을 뒤쪽으로 기와집이 한 채 보이고 나머지는 다 초가집인데 집들이 엉성하니 춤이 낮고 다 삭아 보이는 게 참으로 초라해 보인다.

"이 마을의 유지는 누구인가?"

"예, 나으리. 향청의 별감이래 계시는 박재욱 어른 이심메다."

"아, 박 별감 어른이었구먼. 하면 향임 분들이 사는 마을이 읍내에서 모두들 가까운가?"

"예. 고조 큰 마을들이래 읍내에서리 가깝다 보네 아마도 그럴 거임메다."

"흠, 알았네. 몇 군데 마을을 더 돌아보세."

"예, 나으리."

마을을 벗어나 밭길로 걷다 보니 밭에서 일을 하는 아낙들의 모습도 보이고 그 옆에서 뛰어놀며 일손을 거드는 아이들의 모습도 보인다.

"아직 오시(낮 11시~1시)도 되지 않았는데 아이들이 밭과 산에서 뛰어노는 모습이 보이니 서당이 벌써 끝난 건가, 아니면 아이들이 서당을 다니지 않는 건가?"

"나으리, 이런 말씀이래 드리기 송구함둥 우리 오래래 서당이래 한 곳도 없슴메다."

"아니, 서당이 한곳도 없다니? 그게 무슨 말인가?"

"예, 고거이 옛부터 북쪽 지방 사람들이래 관리로 등용이래 안 되어서리 크게 학업이래 열중하는 아해들이래 없슴메다. 많이 배워서리 뭐 합메까? 관직이래 얻기래 불가능한 거이 현실이니 말입메다. 해서리 기나마 소인이래 에렸을 때 몇 개 있던 서당마저 죄 없어지고 읍내에 향교 하나만 남아서리 양반댁 자제들만이 배우고 있슴메다."

"허, 하면 군 내의 대다수 아이들이 글을 모른다는 말이 아닌가?"

"고거이 부모래 가르치기도 하고서리 몇몇 뜻있는 분들이래 아해들

을 모아 가르치기도 함둥 기런 거이 지금이래 거의 없슴메다. 이거이
아마도 함흥이나 영흥처럼 큰 도시래 제외하고서리 함경도 전역이래
차일반일 거우다. 설혹 마을에 서당이래 있다 해도 고조 먹고살기래
힘든 거이 어드렇게 아해들이래 가르치갔슴메까?"

"허, 이거 오늘 마을을 둘러보러 잘 나왔구먼. 그렇지 않았다면 전혀
모르고 있었을 뻔하지 않았는가? 허, 이것 참, 문제로구먼."

몇 개의 마을을 더 둘러보고 관아로 돌아오며 성내에 있는 향교에
들러 살펴보니 읍내에 사는 양반 댁 자제 몇 명만 훈장으로부터 한문
을 배우고 있을 뿐 그저 썰렁하기만 하다.

남쪽 지방에서는 향청과 향교를 둘러싼 구향과 신향의 세력 다툼이
치열하다 들었는데 함경도 지방에서는 그런 면에서는 별천지처럼 보인
다.

하긴 나라에서 함경도와 평안도 출신들의 등용을 꺼려하고 있기는
하지만 그렇다고 아예 기본적인 글공부조차도 시키지 않는다는 것은
좀 너무한 처사가 아닌 듯싶다.

정훈이 관아로 돌아와 동헌에 앉아 곰곰이 생각해 보는데 정훈이 어
떻게 손을 써보기에는 군 내에 있는 아이들의 수가 너무 많다.

그렇다고 모르면 몰랐으되 이러한 사실을 알고 난 후에야 어찌 가만
히 있을 수 있단 말인가?

서당을 열어 아이들을 가르치자니 마을의 수가 너무 많고 그냥 있자
니 정훈의 성격이 가만있지를 못하니 한참 고민에 빠지는 정훈이었다.

이리저리 생각을 하던 정훈이 자신이 살던 시대의 생활 모습에 대하
여 생각해 보기 시작했다.

자신이 살던 시대에는 문맹이라는 것이 없다.

태어나 말문이 트이면서부터 접하는 것이 미디어를 통한 문화요 음악이고, 한글은 기본이요, 몇 개 나라의 간단한 회화를 구사하는 아이들이 부지기수였다.

십오 세에 논문이 통과하여 석, 박사의 학위를 취득하는 아이들도 많았고, 생활 자체가 과학으로 이루어져 좀 더 편한, 좀 더 나은 생활을 추구하는 것이 그 시대 사람들의 당연한 생각이었다.

새롭고 편리한 도구들이 속속 개발되어 사람들의 편리한 생활을 도왔고, 그것이 과학이 되고 문명이 된 것이다.

정훈이 현재 살고 있는 조선 사람들의 생활 모습과 비록 이 시대에서는 먼 미래이긴 하지만 정훈이 살았던 32세기의 생활 모습과는 너무 큰 차이가 난다.

아무리 1,300년이라는 시간의 차이가 있다지만 너무도 차이가 나는 문화와 문명을 생각할 때 전혀 다른 세계에 와 있는 듯한 착각이 들기도 한다.

이것이 1,300년 동안의 발전 과정의 차이인가?

그렇다면 현재 정훈이 살고 있는 조선 시대에서 1,300년 전인 고구려나 백제, 신라의 삼국 시대의 생활 모습은 어떠했을까?

1,300년만큼의 발전 과정이 뒤처진 상태일 테니 조선보다는 월등히 미개한 생활 모습이어야 할 것이다.

하지만 역사나 기타 과학의 상태를 보더라도 삼국 시대의 생활 모습이 조선의 생활 모습과 비슷하거나 더 과학적이고 풍요로운 모습일망정 못하지는 않아 보인다.

같은 1,300년의 차이인데 발전 과정이 이렇게 다르게 나타나는 이유는 무엇인가?

정훈의 생각이 여기에 이르다 보니 문득 삼국 시대와 조선, 32세기의 생활 모습에서 확연히 눈에 띄는 하나의 차이점을 발견할 수 있었다.

컴퓨터!

그렇다. 그 차이점은 바로 컴퓨터의 사용 여부에 있었다.

조선과 삼국 시대는 모든 것이 수동이다.

각종 물품의 생산도 수동으로 이루어지고 생활 그 자체도 수동으로 이루어진다.

그러니 1,300년의 시간이 흘러도 생활 모습에 별다른 변화가 없는 것이다.

하지만 32세기에는 어떠한가?

컴퓨터로 모든 공정이 자동화되어 야채의 생산도, 가축의 사육도, 심지어는 문화의 발전과 사람의 생활 자체도 컴퓨터로 통제되고 컴퓨터에 의지하여 살아가며 또 발전되어 간다.

만약 32세기에 컴퓨터가 없다면 어떠한 생활 모습이 될까?

산업혁명으로 인해 조선보다는 발전을 했겠지만 그리 큰 차이는 보이지 않았을지도 모른다.

그렇다면 두 발전 과정의 차이는 바로 산업혁명과 컴퓨터의 발명에 그 차이가 생기는 것이다.

산업혁명과 컴퓨터의 발명이라……

만일 조선 사회에 산업혁명을 일으키고 컴퓨터의 발명을 꾀한다면 어떻게 될까?

과연 지금 시대에 이 두 가지가 가능하기는 할까?

‘영, 인류 역사에 산업혁명이 일어난 시기가 언제지?’

‘저, 캡틴, 캡틴의 생각은 알겠지만 산업혁명이란 것이 그리 간단하게 생각할 문제가 아닙니다. 상당히 오랜 시간에 걸쳐 이루어진 발전의 과정이라고 볼 수 있겠는데요. 간단히 설명을 드린다면 16세기 중엽 영국에 목재 사용의 남발로 목재가 고갈되어 연료 사용에 위기가 오자 석탄을 대체 연료로 사용하게 됩니다. 그러다 이 석탄을 조직적으로 이용하게 되면서 여러 관련 산업의 발전이 촉진되고 생산성의 확대를 불러오게 되는데 이것이 산업혁명의 시초가 됩니다. 이 관련 산업의 발전으로 18세기에 방적 기계와 증기기관이 개발되고, 19세기 초에 석탄의 운송을 위한 증기기관차가 개발이 되어 1825년에 처음으로 철도가 개통이 됩니다. 이후로 기계식 공업에 의한 대량 생산이 이루어지고 전기가 개발되면서 산업혁명의 꽃을 피우게 되는 것이죠. 장장 삼사백 년에 걸쳐서 이루어지는 것이라 캡틴께서 생각하시는 것처럼 그렇게 간단히 일구어낼 수 있는 문제가 아닙니다.’

‘흠, 삼사백 년에 걸친 발전 과정이라……. 정말 그렇겠는데? 근데 18세기에 방적 기계와 증기기관이 개발되고, 1825년에 철도가 개통이 되었다면 지금부터 불과 7년 전이잖아?’

‘예, 그렇습니다. 1840년대가 되어야 유럽에서도 철도 개통의 붐이 일어나게 됩니다. 전기의 사용도 19세기 후반이 되어야 가능하게 될 거구요. 캡틴께서 조선 산업의 발전을 생각하시는 바는 알겠습니다만 조선은 아직 준비가 안 되어 있는 상태입니다. 지금 유럽에서 한창 산업혁명이 이루어지고 있는 것은 16세기부터 준비하여 장장 300년에 걸쳐 이루어진 결과입니다. 단시일에 만들어진 것이 아니지요.’

‘그럼 산업혁명은 그렇다 치고 컴퓨터는 언제 만들어진 거야?’

'휴, 캡틴, 이제 산업혁명이 일어나는 초기 단계인데 컴퓨터가 지금 시대에 만들어지겠습니까? 뭐, 물으셨으니 간단히 설명을 드리자면 20세기 초에 컴퓨터라 볼 수는 없지만 기계식 계산기의 발명을 시초로 20세기에 데이터의 저장과 자동 제어 방향으로 약간의 발전을 이룹니다. 21세기에 정보통신과 인공지능의 기초를 세우고, 그 이후로 발전을 거듭하여 23세기에 인공지능 컴퓨터의 초기 모델이 개발되고 점차 발전을 거듭하여 32세기의 제가 있는 겁니다. 그러니 지금부터 200년이 더 지나야 컴퓨터라 불릴 수 있는 컴퓨터가 개발되는 것이죠.'

'허, 20세기 초가 되어야 컴퓨터도 아닌 기계식 계산기가 발명된다니, 그나마도 지금부터 70년 이상이 지나야 된다는 거잖아? 그럼 컴퓨터는 아직 멀었으니 포기하고 단시일에 조선 사회에 산업혁명을 일으키려면 어떤 준비가 있어야 하겠냐?'

'어려운 부분입니다만 굳이 정리를 하자면 유럽의 준비 과정부터 살펴볼 필요가 있습니다. 먼저 살펴볼 부분은 도로와 운하의 건설입니다. 석탄이 사용되면서 석탄 운송에 대한 편리를 도모하게 되었는데 그때 도로의 정비와 운하가 건설되어 선박의 발전이 이루어지게 됩니다. 이 선박의 발전이 후일 식민지의 개발로 이어지고 막대한 부를 가져오게 되는 겁니다. 그 다음이 상공업의 발전입니다. 면 제품의 생산을 위해 방적기가 개발되고, 기계제 공장 생산이 가능하게 되면서 공작기계의 발명으로 이어지고, 생산의 확대가 이루어집니다. 이 공산품의 대량 생산이 상업적으로 무역의 발전을 가져오게 됩니다. 대량 생산과 무역이 발전되니 자연 산업혁명이 오게 되는 것이구요. 조선에서도 산업적인 발전을 꾀한다면 먼저 도로의 정비가 선행이 되어야 합니다.

지금처럼 사람이나 간신히 다닐 수 있는 길로는 공산품이 생산된다 하더라도 유통이 어려우므로 발전이 무척 더디게 될 수밖에 없습니다. 그리고는 선박의 발전이 있어야 되겠지요. 지금 시대에 무역은 거의 뱃길로 이루어집니다. 또한 나라의 부를 쌓는 것에는 공산품과 농산물의 대량 생산도 중요하지만 나라 간의 무역도 중요한 한 축을 담당하는 것이거든요. 또 한 가지 빼놓을 수 없는 것이 국민 개개인의 의식 수준의 향상입니다. 지금처럼 국민 대다수가 문맹이라면 산업 발전의 연구가 이루어지질 않습니다. 소수에 의해 유도되는 산업은 그 발전의 속도도 느리겠지만 반대 세력에 의해 성사 여부도 불투명해집니다. 전 국민이 참여해야 발전의 속도가 빨라지겠지요.'

'후아! 이건 뭐 혀를 내두를 정도로 어려운 일이로구면. 도로의 정비, 선박의 발전을 통한 무역의 활성화, 국민의 문맹 탈출. 이거 나랏님이라도 하기가 쉽지 않은 일일 것 같은데?'

'그렇습니다, 캡틴. 조선의 백성들이 불쌍한 것은 사실이지만 캡틴 혼자서 어찌해 볼 수 있을 만큼 간단한 문제가 아닙니다. 더구나 조선의 위정자들부터가 이런 방면으론 전혀 문외한인 데다가 자신들의 세력 확장에 혈안이 되어 있는 판국이니 캡틴께서 나서신다고 해도 빠른 변화는 기대하시기 어려울 겁니다. 괜히 캡틴께서 나서시다 크게 잘못될 수도 있구요. 그러니 그저 지금처럼 서서히 아이들을 가르치면서 인재들을 육성하시는 것이 미래를 준비하는 안전한 방법입니다.'

'그래, 나도 괜히 앞에 나서서 설치고 싶지는 않아. 괜한 고생을 자초할 생각은 없으니까. 하지만 사람들이 고생스럽게 사는 모습을 보면 왠지 답답한 심정이 되고 그냥 모른 체 보아 넘기기가 힘들어. 조선 문명에 비해 최첨단이라 볼 수 있는 32세기의 과학 문명을 가지고도 이들에게 어떤 도움도 되지를 못한다는 게 씁쓸한 느낌이 든다. 이들은 모두 나와 같은 한민족이고 내 조상들인데 말야. 에이, 뭐, 그건 그렇다 치고, 우선 군 내의 아이들을 가르칠 만한 방법이 없겠냐?'

'캡틴, 지금 고아원의 아이들을 가르치는 일만도 쉽지 않습니다. 아이들은 자꾸 늘어만 가고 돌보는 사람은 부족한 상황인데 군 내의 아이들에게까지 손을 뻗치시면 어떻게 감당을 하시려고 하십니까? 설혹 어떻게 해서 아이들을 모은다고 해도 우선 가르칠 교사가 없질 않습니까? 그러니 군 내 아이들 문제는 나중에 천천히 생각을 해보시는 게 나을 듯싶습니다.'

'교사라……. 그렇지. 맞어. 한문과 한글은 교사를 구해서 아이들을 가르치면 되잖아. 아, 내가 왜 여태 그런 생각을 못했지? 기숙 시설을 갖추고, 학교 형태로 건물을 짓고, 교사를 모집하여 기초 과정을 가르치면 되겠다. 그리고 한이 틈틈이 과학 상식을 가르치면 될 테고 말이야. 역시 슈퍼컴퓨터라 뭐가 달라도 다르구나, 영.'

'아니, 캡틴, 제 말은 그런 뜻이 아니라…….'

'자식이 그냥 좋게 넘어가려고 하는데도 꼭 기어오르려 드네? 짜샤, 수령의 임무가 뭐냐? 경국대전에도 나와 있듯이 칠사(七事) 아니냐? 농상성(農桑盛), 호구증(戶口增), 학교흥(學校興), 군정수(軍政修), 부역균(賦役均), 사송간(詞訟簡), 간활식(奸猾息). 군 내의 아이들을 가르치는 일도 교육 장려의 일환으로 수령의 임무 중 하나라 이거야. 알아들어? 자식이. 그건 그렇고, 밤골 아이들의 일 년 과정이 얼추 끝날 때가 되지 않았나?'

'쩝. 예, 거의 끝나갑니다. 원준이와 석이, 종구는 계속해서 사서삼경을 배우고 있고 다른 아이들도 동몽선습을 거의 다 배우고 곧 소학

을 배우게 됩니다. 그리고 조만간 실습으로 탈곡기를 만들어볼 계획입니다.'

'그래, 잘됐네. 내년쯤엔 그 아이들 중 나이 먹은 아이들을 교사로 데려다 써야겠다. 두리와 사에게 부지런히 가르치라고 해.'

'예, 캡틴.'

다음날 아침부터 관아의 사령들이 전 마을을 돌면서 방을 붙이고, 글을 모르는 사람들을 위해 마을 주민들을 모아 일장 연설을 하고 갔다.

연설의 내용을 들어보면 관아에서 일반 서민들을 위한 서당을 읍내 옆의 향고산 밑에 기숙사 시설을 갖추어 새로 지을 예정인데 이 서당에 입학할 학생들을 모집한다는 것이다.

입학 연령은 여덟 살에서 열세 살 사이의 아이라면 남녀 불문하고 해당이 되며, 수업료는 없고 기숙에 필요한 모든 비용은 관아에서 부담한다.

또한 이 서당에 입학하는 아이들의 부모에게는 아이들 일 인당 교육 장려비로 일 년에 닷 냥씩을 지급할 것이니 그리 알고 많은 신청을 바란다는 내용이다.

한 집에 해당 연령에 드는 아이들이 3, 4명이라도 모두 신청이 가능하다는 말에 잘하면 돈을 만질 수 있다는 희망에 온 마을이 술렁거리며, 이 소문이 학성군 전체에 삽시간에 퍼져 때 아닌 관아 앞에 신청자들로 인산인해를 이루었다.

이에 정훈이 장 방수에게 일러 서당을 지을 자재를 조달하라 이르고 공병색의 병사들에게 영이 설계한 설계도를 내어주고 향고산 아래에 공사를 시작하도록 명했다.

그리고 부상에게 서당에서 아이들을 가르칠 만한 몰락 양반으로 수고료를 후하게 주는 조건으로 이십 명을 섭외해 줄 것을 요청하고, 이주를 원한다면 가족들이 살 집도 제공하겠다는 조건을 걸었다.

장장 열흘에 걸쳐 관아 앞에서 사령들이 모두 나서서 신청을 받았는데 신청한 아이들의 수가 600명을 넘어섰다.

600명이 일 년에 먹을 곡식을 계산하니 어마어마한 양이 되는지라 장 방수에게 밤골에 비축된 곡식을 모두 수송하라 이르고, 수시로 곡식과 부식을 구매하여 창고에 채워놓으라고 일렀다.

서당의 설계도를 잠시 살펴보면 건물의 배치를 ㄷ 자 형태로 하여 모두 2층으로 짓게 하고, 한 층에 아이들 스무 명이 들어갈 수 있는 방을 열여섯 개씩 만들어 1층을 기숙사로 한 방에 스무 명씩 내무반 형태로 잠을 자게 꾸미고, 2층을 공부방으로 사용하게 하였다.

한쪽은 식당으로 층마다 입구에 조리실을 두어 아이들이 배식을 받아 들어갈 수 있게 꾸몄다.

식기로는 군대식을 본따 두꺼운 목판에 밥과 국, 반찬들을 담을 수 있게 홈을 파고 옻칠을 하여 튼튼하게 만들고 주방과 서당의 잡일을 할 사람들을 주변 마을에서 모집을 했다.

기숙사 뒤로 채마밭과 가축을 키울 우리를 만들어 아이들이 직접 기르며 부식을 조달하게 하고 학관 뒤로 작은 기숙사를 만들어 교사들의 숙소로 사용하게 했다.

정훈이 부임한 후 갖가지 사업을 벌이며 사용한 돈이 엄청난 액수인데, 이는 모두 영이 바다에서 죽어라 하고 캐낸 금괴로 벌써 세 개의 금괴가 정훈의 손에서 부상에게로 옮겨졌다.

서당의 일로 군 내의 전 마을이 한동안 술렁거리고, 정훈도 서당의 건축에 신경을 쓰느라 거의 향고산 밑의 건축 현장에서 시간을 보내며 바쁜 나날을 보내고 있는데 어느 날 관아의 사령이 급히 뛰어오더니 감영에서 사람이 나왔다고 아뢴다.

"감영에서? 누구라고 하더냐?"

"예, 사또. 감사 본아(本衙)의 도사(都事)라 합메다. 길고 초관 두 명과 병사 열 명이래 동행이래 했습둥."

도사라면 종5품의 품계로 관할 수령의 부정을 규찰하고 그 지방의 과거를 관장하는 임무를 맡고 있는 감사의 보좌관이다.

"감사 본아의 도사가 병사들을 데리고 무슨 일이지?"

정훈이 일손을 놓고 급히 관아로 들어가니 푸른 융복에 허리에 금도를 찬 삼십대 중반 정도 된 군관이 십여 명의 병사들을 거느리고 동헌 앞에 서 있는데 그 옆으로 한과 삼이 금도색의 군교와 초관들을 거느리고 서 있는 게 보인다.

"사또께 인사 여쭈옵니다. 감사 본아의 도사 이관범이라 합니다."

정훈이 들어서자 도사가 찬찬히 바라보더니 예를 갖추어 인사를 한다.

"아, 예. 학성 군수 이정훈이외다. 한데 도사께서 갑자기 어쩐 일로 본관을 찾아오셨습니까?"

"예, 관찰사 영감의 명을 받잡고 왔습니다. 학성 군수를 감영으로 모시고 오라는 분부십니다. 소관이 모시겠습니다."

"허, 무슨 일인지는 모르겠으나 관찰사 영감의 명이라니 가긴 가야겠지요. 한데 지금 가야 하오?"

"서두르라는 명이신지라 바쁜 정사가 없으시다면 지금 출발하였으면 하오이다."

"흠, 알았소이다. 잠시만 기다리시오. 금방 준비를 하리다. 군장만 본관을 호종하고 다른 이들은 본관이 없는 사이에 맡은 바 임무에 충실하라."

"예, 사또."

정훈이 내아에 들러 홀 씻고 새옷으로 갈아입은 후 삼을 대동한 채 말을 타고 도사를 따라 감영으로 출발했다.

정훈이 함흥에 도착하여 읍내에서 느낀 분위기는 뭔가 불안하고 어수선한 분위기였다.

거리가 한산하고 간간이 보이는 사람들의 모습도 왠지 모르지만 초췌해 보인다.

'무슨 일이 있나? 왠지 분위기가 이상한데……'

감영에 들어서며 살펴봐도 마을의 분위기와 그 느낌이 다르지 않다.

정훈이 본아의 선화당 앞에 도착하자 도사가 대청 앞으로 나아가 안에다 고한다.

"사또, 학성 군수께서 오셨습니다."

"오, 그래. 안으로 뫼시게."

"예, 사또. 안으로 드시지요."

도사가 안으로 들기를 권하자 정훈이 삼에게 기다리라 눈짓을 해 보이고는 대청으로 올랐다.

방문을 열고 안으로 들어서며 방 안을 살펴보니 감사가 붉은 융복에 반백의 수염을 쓰다듬으며 혼자 앉아 있다.

“영감을 뵈오이다.”

정훈이 문간에서 읍을 하며 인사를 하고 한 칸을 나아가 앉으려 하자 감사가 다가와 앉기를 권한다.

“어서 오시오. 아, 이리로 다가와 앉으시구려.”

정훈이 서탁 앞으로 다가앉으며 감사의 표정을 살피는데, 감사의 표정이 그리 밝아 보이지가 않다.

“학성 군수께서 부임하시며 인사차 들렀을 때 뵙고 이번이 두 번째군요. 부임하시자마자 백성들을 위해 이것저것 하시는 일이 많다고 들었습니다. 역시 젊으신 분이라 추진력이 대단하십니다그려.”

“과찬이시옵니다, 영감. 하온데 안색이 그리 밝아 보이지를 않사옵니다. 오다 보니 마을의 분위기도 어수선해 보이던데 무슨 안 좋은 일이라도 계시옵니까?”

“아, 고을의 분위기가 느껴지시더이까? 흠, 고을에 좀 골치 아픈 일이 생겨서 말이오. 거기다 학성 군수의 일로 민원이 들어온 것도 있어서 겸사겸사 군수를 부른 것이오.”

“민원이라 하셨소이까? 무슨……?”

부임한 지 몇 달 되지도 않은 정훈에게 민원이 들어왔다는 소리에 정훈이 놀라 되묻자 감사가 아무런 말도 없이 서랍에서 서신을 한 장 꺼내어 서탁 위에 올려놓는다.

“한번 읽어보시오.”

정훈이 서신을 들어 읽다가 깜짝 놀랐다.

서신은 학성군 평골의 김 부자가 함흥에 사는 사촌 형에게 보낸 것인데 우중천 일가의 방화 사건에 얽힌 내용과 자신이 받은 재판 결과의 억울한 심정을 하소연한 내용이 적혀 있다.

"평골 김 공의 서신이군요."

"그렇소. 그 평골 김 공이라는 양반의 사촌 형님이 바로 함흥 향임의 한 분이시라오. 김 진사라고 하는 양반인데 열흘 전에 그 서신을 들고 찾아와 동생 분이 억울하다고 하니 사건의 진상을 조사해 줄 것을 요청하더이다. 해서 도사청에 일러 학성군 우중천 일가의 방화 사건과 재판 결과를 조사하도록 시켜 알아보다 지금 학성군에서 벌이고 있는 민생 사업과 군수에 대한 소문을 듣게 되었소."

"허, 그런 일이 있었소이까? 하면 조사 결과에 따라 소관을 호출하신 것이외까?"

"좀 전에도 이야기를 하였지만 민원이 들어왔으니 민원도 해결을 하여야 할 것이고, 또 다른 일도 있어서 겸사겸사 군수를 호출한 것이오. 도사청의 조사 내용을 보니 우중천의 방화가 자작극으로 판결이 난 걸로 되어 있더이다. 풍산으로 도망한 우중천 일가를 잡아들여 재판을 하는 과정에서 군수가 귀신을 부렸다는 둥, 군수가 천지신명과 통한다는 둥, 군수가 신통력을 부린다는 둥 해괴한 소문이 전 고을에 퍼졌다고 합디다. 뭐, 우매한 백성들이라 명쾌하게 사건을 해결한 군수의 신기를 보고 과장되이 소문이 퍼진 것이 아닌가 여겨지기도 하오만 사실 본관도 보고를 받으며 참 신기하게 생각을 하였소. 국문도 없었다 들었는데 어찌 알고 풍산으로 도망한 우중천 일가를 잡아들인 것인지, 소문대로 정말 군수에게 신통력이 있는 건지 잠깐 궁금해하기도 하였다오. 허허허."

소문이 감사의 귀에 들어갔는데도 꼬투리를 잡지 않는 걸 보니 질책할 의사는 없는 듯하다. 하면 무슨 이유로 불렀을까? 도사의 태도로 보아서는 꽤나 급한 일인 것 같았는데…….

"소관도 모르는 사이 이미 조사가 마무리된 모양이옵니다."

"허허, 원래 이런 일은 은밀히 조사를 하여야 하는 일인지라 그리된 것이니 군수가 섭섭하시더라도 이해를 해주시오. 하고 본관이 재판 결과에서 이해가 안 되는 부분이 있는데 이 부분에 대한 군수의 변을 좀 들어야겠소. 우중천의 자작극으로 판결이 났으면 평골의 김 공은 무죄로 방면이 되어야 마땅한 일인데 벌금형을 받았다고 들었소. 이것은 무슨 이유요?"

김 진사라는 향임의 민원이라 다른 것은 그냥 넘어가더라도 김 부자에 대한 것은 자세히 살펴보고 넘어가겠다 이 말이로군.

"영감께서 하문하시니 소관이 간단하게 변을 올리겠소이다. 사건의 발단은 김 공의 아들이 우중천에게 행한 멍석말이에 있었소이다. 평소 김 공 아들의 행실이 좋질 못하여 마을 백성들에게 패악을 저지르기를 자주 한다고 하여 백성들에게 신망을 얻지 못하고 있더이다. 마을의 유지들이 관에 알리지도 아니 하고 마음대로 백성들에게 태질을 가하고 패악을 부리니 이 일로 관의 체면이 말이 아니게 되었소이다. 또한 백성들도 관을 믿지 못하여 스스로 이런 일을 꾸밀 정도가 된 것이라 이참에 아예 마을의 유지들이 백성들에게 함부로 손을 대는 것을 없애고, 관에 대한 백성들의 신망도 얻을 요량으로 김 공의 동의를 얻어 벌금형을 내린 것이외다. 재판 과정에서는 본인이 살인자로 몰릴 위기에 처하자 소관의 청을 받아들여 흔쾌히 벌금을 내겠다 하여놓고는 뒤로는 이런 일을 벌이다니 도시 상종 못할 위인이로소이다."

"히히, 군수의 변을 듣자 하니 참으로 군수의 지혜가 빛이 납니다그려. 하나의 사건으로 백성들의 신망도 얻고 유지들의 패악도 막았으니 일석이조의 효과가 아니겠소. 하하하, 알겠소이다. 본관이 군수의 변을 참조하리다. 허나 이 군수, 이번 사건은 작은 사건이라 본관이 어떻게 마무리를 하여 보겠으나 앞으로는 고을의 유지들과 너무 격을 두지 않도록 하시오. 군수가 젊은 혈기로 너무 올곧게 행동할까 두려워 본관이 충고를 하는 것이니 새겨들어 주셨으면 좋겠소."

"영감의 금언에 감사드리오이다. 가슴 깊이 새겨 명심하오리다. 하옵고 이 사건은 이렇게 해결이 되었으니 또 다른 일이 무엇인지 궁금하오이다. 이제 말씀을 하여주시지요."

정훈이 궁금하여 묻자 감사의 표정이 다시 어두워지더니 어렵게 말문을 연다.

"지금 함흥과 영흥에 역병이 창궐을 하였소. 발병한 지 열흘 정도 되었는데 벌써 백여 명이 죽었다고 하오. 함흥에 용한 의원이 있어 역병을 잡도록 명을 내렸는데도 별다른 성과가 없는 듯하여 본관의 걱정이 작지 않다오. 지금도 계속하여 주변으로 역병이 퍼지고 있다 하니 이러다간 함흥과 영흥의 백성들이 모두 떼죽음을 당할까 심히 우려가 되기도 하고 말이오."

"허, 그렇사옵니까? 용한 의원으로도 역병을 잡지 못하고 계속 퍼지고 있다면 큰일이 아닐 수 없겠군요. 하면 역병의 일로 소관을 부르신 것이옵니까?"

"그렇소. 우중천 방화 사건을 조사하던 중 학성 군수가 연천에서 발병한 역병을 잡고, 경기 이북에 성인으로 소문이 자자한 당사자인 것을 알게 되었지요. 군수라면 이미 역병을 잡은 경험이 있으니 혹 함흥과 영흥에 발병한 역병을 잡을 수 있을까 하여 급히 군수를 청한 것이라오. 어떻소? 이곳의 역병을 잡는 데 도움을 주실 수 있겠소?"

어째 조선에는 역병이 너무 자주 발생을 하는 것 같다.

물론 대다수의 백성이 위생 관념이 없이 사니 그럴 수밖에 없겠지만 이거 군수가 되었는데도 역병에 매달려 병자들을 치료해야 한다니 왠지 처량한 생각이 든다.

"역병의 원인이 무엇이오이까?"

"군수가 아직 지난달 수해 소식을 접하지 못하신 모양이오. 지난달에 내린 큰비로 함흥의 성천강과 호련천, 영흥의 용흥강이 넘쳐 많은 백성들이 수해를 입었지요. 해마다 있어온 일이라 수해가 잦은 마을에서는 어느 정도는 미리 준비를 하여 두었다고 하는데도 연일 큰비가 내려서인지 함흥평야와 영흥평야 주변 마을의 대다수가 그만 수해를 입고 말았다오. 감영에서도 어느 정도는 준비가 되어 있었기에 즉각 나서서 수재민들을 보호하고 수해 복구에 총력을 기울여 어느 정도 안정을 찾아가고 있었는데 그만 열흘 전부터 수해를 입은 지역을 중심으로 백성들 사이에 역병이 돌기 시작했다고 하오. 처음에는 별일 아닐 것으로 생각을 하여 방치해 두었더니 며칠 사이에 강변의 전 마을로 번지기 시작하더이다. 하여 의원을 파견하였더니 역병이라고 하지 않겠소? 우선 급한 대로 발병한 마을에 격리 조치를 하여놓았는데도 느린 속도로 계속 번지고 있다고 하오. 이러다간 함흥과 영흥의 전 백성들이 죽어나갈 것 같아 걱정이 이만저만이 아니라오."

"허, 그렇사옵니까? 아마도 수해의 영향으로 역병이 창궐한 것 같사옵니다. 알겠소이다. 백성들의 생명이 달린 일이니 소관이 도움이 될 수 있도록 노력을 해보겠소이다."

"허허허, 과시 성인으로 소문이 난 분답소이다그려. 하면 감영에서 지원을 아끼지 않을 터이니 군수가 수고를 좀 해주시오."

"예, 그리하지요. 그리고 이번에 발병한 역병의 증세를 좀 알았으면 좋겠는데 자세히 아는 의원이 있소이까?"

"함흥에서 제법 이름이 알려진 용한 의원이 한 명 있지요. 아마 지금쯤 현장에 있을 터이라 현장으로 가보시면 만나실 수 있을 게요. 어차피 현장으로 가보아야 할 터이니 직접 가보시겠소?"

"알겠소이다. 그리하지요."

"밖에 누가 있느냐?"

"예, 사또. 관범이옵니다."

"학성 군수께서 직접 역병이 발병한 마을로 가보신다고 하니 천 의원에게 안내할 안내자를 붙여 드려라."

"예, 알겠사옵니다."

"일단 오늘은 성천강과 호련천의 주변 마을을 둘러보시고 내일은 영흥으로 가주시오. 본관이 영흥 부사에게 파발을 띄워 알려놓을 테니 곧바로 관아로 가시면 될 것이오."

"알겠사옵니다, 영감. 하오면 소관은 이만."

"부탁하오, 이 군수."

"예, 영감."

정훈이 밖으로 나오자 이 도사가 군교 한 명과 병사 네 명을 붙여준다.

"도사청 군교 홍관석임메다. 소관이래 안내하갔슴메다."

정훈이 홍 군교의 안내로 삼을 대동한 채 말을 타고 성천강 입구인 중리로 나갔다.

마을 근처에 다가가기도 전에 벌써 수해로 인해 무너진 집들 하며 여기저기 썩은 내가 진동을 하고, 공기 자체가 퀴퀴하니 역병이 도질 만한 환경이다.

홍 군교의 안내로 오십 줄에 들어선 의원을 만났는데 이 사람이 그 용하다는 의원인 모양이다.

날카로운 눈매에 입막음 수건을 하고 있는데 몇몇 젊은 의원들이 분주히 돌아다니며 환자들을 돌보고 있는 것이 제자나 되는 모양이다.

홍 군교가 정훈을 의원에게 소개하자 의원이 인사를 하는데 학성 군수가 웬일인가 하고 의아한 표정이다.

"천 의원, 학성 군수이심메. 인사 여쭈시라요."

"의생 천대하올습메."

"아, 학성 군수 이정훈이오. 이번에 감사 영감의 명으로 역병에 관한 일을 총괄하게 되었소. 천 의원이 실력이 훌륭하다고 감사 영감의 칭찬이 대단하시더이다. 천 의원의 많은 도움을 바라오."

"아, 예. 기렇습메까? 알겠습둥. 기러면 소인이래 이만……."

별 시답잖은 놈이 역병의 일을 총괄한다고 생각을 하였는지 그저 인사만 하고 돌아서는 것을 정훈이 붙잡았다.

"아, 천 의원, 이번에 발병한 역병에 대해 자세한 사항을 좀 듣고 싶소. 발병 원인이나 중세, 치료 방법 등에 대해서 말이오."

천 의원이 잠시 머뭇거리더니 얼굴에 살짝 짜증이 일어나는 표정이 된다.

하지만 어쩌리오. 군수가 설명을 요구하는데 대답을 아니 할 수 없으니 억지로 설명을 시작한다.

"알겠시오. 지난달 수해 소식이래 들으셨디요? 아마도 수해로 인해서리 수질이래 오염된 거이 아닌가 싶습메. 역병이래 발병한 디 열흘쯤 될 기고, 병자들의 중세래 두통이래 동반한 온몸의 통증, 오한, 고열이래 있고서리 세띄(혀)래 황갈색의 설태래 있습둥. 길고 의식이래 불명임메."

　'캡틴, 설사의 여부와 병자의 가슴과 배에 발진(두드러기처럼 붉게 일어나는 증상) 여부를 물어보세요.'

　"하면 천 의원, 혹 병자에게 설사는 없었소? 그리고 병자의 가슴과 배 부분에 발진이 생기지는 않던가요?"

　천 의원이 깜짝 놀라더니 고개를 갸우뚱하며 대답을 한다.

　"설사는 없슴메. 길고 뱃북(배꼽) 위로 깨알만한 담홍색의 발진이래 예닐곱 개에서리 많게는 서른 개까디 있슴둥. 보셨슴메?"

　"아니오. 본관이 혹 아는 역병인가 해서 물어본 것이오."

　'캡틴, 장티푸스가 아닌가 의심스럽습니다. 수질 오염에 의한 전염과 온몸의 통증, 오한, 40도를 웃도는 발열과 설사가 없고 황갈색의 설태, 의식 불명, 담홍색의 발진 등 증세가 장티푸스와 거의 흡사합니다. 장티푸스라면 조선의 의학으로는 치료가 어렵습니다. 치료제로는 클로로마이세틴을 장기간 투약하여 해열을 시킨 후 강심제와 영양을 보급하고 장출혈에 대비하여 절대 안정을 시켜야 합니다. 그리고 보균자에게는 아미노벤질페니실린을 쓰고 병자의 자리와 화장실, 의류, 식기, 병자가 사용한 물건들을 일체 소각하고 페놀 수용액으로 소독을 해야 합니다.'

　'치료는 가능하겠냐?'

　'연천의 일로 아미노벤질페니실린과 페놀 수용액은 충분히 보유를 하고 있는데 해열제로 쓸 클로로마이세틴이 문제입니다. 우선 아미노벤질페니실린을 병자에게 투약하고 페놀 수용액으로 주변을 소독한 후 병자의 물건을 일체 소각한다면 전염과 병의 진행은 막을 수 있을 겁니다. 그리고 제가 클로로마이세틴과 비슷한 성분으로 해열제를 만들

어볼 테니 병자들에게 복용을 시키면 아마 좀 더디더라도 치료는 될 것 같습니다.'

'그래, 그러면 지금부터 약을 최대한 많이 만들어놓고 내일 한에게 건네서 이리로 보내라.'

'예, 캡틴.'

"천 의원, 치료는 어찌하고 계시오?"

"예, 우선 발병이래 한 오래래 격리 조치하고서리 병자래 손이 닿은 물건이래 죄 소각하고 있슴메. 길고 병자의 열이래 내릴 요량으로 계피(桂皮), 마황(麻黃), 갈근(葛根), 방풍(防風), 자소엽(紫蘇葉) 등이래 해열제로 써서리 복용시키고 있슴메다."

"흠, 효과는 좀 있소?"

"기거이 딱히 이거다 할 약재래 찾디 못해서리 기런디 별 효과래 보디 못하고 있슴메. 우선 격리 조치에 신경이래 쓰고서리 소각과 치료래 병행하고 있슴등, 고저 병이래 시나브로 가라앉기래 바랄밖에 별 뾰족한 수래 없는 거이 같슴메다."

"치료제는 본관이 어떻게 만들어볼 테니 천 의원은 다른 의원들과 함께 발병한 마을의 격리와 소각, 병자의 해열에 신경을 써주시오. 그리고 이 군장은 병자들의 정확한 증세를 살펴보라."

"예, 사또."

삼이 대답을 하고는 병자들 속으로 스며들고, 천 의원은 정훈이 치료제를 만든다고 하자 어안이 벙벙해져 의아스런 눈초리로 정훈을 흘겨본다.

천 의원이 요상한 눈초리로 흘겨보거나 말거나 정훈이 환자들을 살피는 삼을 물끄러미 바라보고 있는데 영의 전음이 들어온다.

‘캡틴, 삼을 통해 살펴보니 장티푸스가 맞습니다. 발병한 지 2주 정도 된 것 같고요. 기관지염, 폐렴 등의 합병증도 같이 왔네요. 3주째부터 장 출혈이 오니까 그전에 얼른 치료에 들어가야 할 것 같습니다.’

‘그래, 알았다.’

정훈이 삼을 불러들여 방역기의 제작도를 몇 장 그리게 한 후 홍 군교에게 다른 마을을 안내하게 하여 몇 군데의 마을을 더 둘러본 후 감영으로 돌아왔다.

“그래, 둘러보니 어떻소? 역병을 잡을 수 있을 것 같소?”

감사가 기대에 찬 표정으로 마을을 둘러보고 온 정훈에게 급하게 질문을 한다.

“예, 영감. 함흥에 발병한 역병이 연천에서 발병한 역병과는 그 증세가 좀 다르기는 하오나 천 의원이 역병에 대응을 잘하고 있고, 소관이 치료제와 방역제를 공급하여 치료와 방역을 병행한다면 그리 수월하지는 않겠사오나 역병을 잡을 수도 있을 듯하옵니다.”

정훈이 역병을 잡을 수 있을 듯하다고 하자 감사의 표정이 금세 밝아진다.

“오오, 역병을 잡을 수 있다니 참으로 다행한 일이오. 역시 이 군수외다. 성인이란 소문이 무색하지 않으니 말이외다. 허허허, 한데 연천에서 발병한 역병과 그 증세가 다르다고 하시는 걸 보니 역병에도 그 증세가 다양한 모양이오?”

“하하! 예, 영감. 연천의 역병은 무더운 날씨에 청결하지 못한 환경이 원인이 되어 발병한 역병으로 그 증세가 고열과 설사, 탈수로 인하여 사망에까지 이르옵니다. 하여 소관이 연천에서는 설사와 탈수에 집

중하여 병을 치료하였사온데 지금 이곳에 발병한 역병은 수질 오염이 그 원인이라 할 수 있사옵니다. 그 증세도 달라 온몸의 통증과 오한, 발열, 발진과 설태 등이 나타나고 있고, 호흡 질환과 폐열증의 합병증과 더불어 장 출혈이 있을 수도 있으며 심하면 의식 불명의 상태가 되기도 하옵니다. 이 역병의 치료에는 철저한 방역과 해열, 합병증으로 오는 호흡 질환과 폐열증의 치료에 심혈을 기울인다면 역병을 물리치는 것은 물론이고 병자들의 치료도 가능할 것이옵니다.”

“허허허허, 잠깐 살펴보고 온 것으로 역병의 증세와 치료법까지 내놓으시다니 과시 천의시구려. 소문이 괜한 헛소문이 아니었소이다그려. 그래, 본관이 도울 일은 없겠소?”

감사가 기분이 좋아 돕겠다고 나서자 정훈이 방역기의 제작도를 꺼내놓으며 말을 잇는다.

“예, 영감께서 몇 가지 도와주실 일이 있사옵니다. 이것은 방역기의 제작도입니다. 방역을 하는 기구이온데, 이 방역기를 급히 제작하여야 하오니 대장간에서 일을 하는 공인들과 가죽을 다루는 갓바치들을 지금 모아주셨으면 하오이다. 하옵고 현장에 투입할 의원들과 병사 백 인을 내일 아침 감영으로 소집하여 주셨으면 하옵니다.”

“호, 이런 기구를 만들어 방역을 하는 것이구려. 알았소. 그리하리다. 밖에 누가 있느냐?”

감사가 신기한 듯 방역기의 제작도를 들여다보다 밖의 사람을 부른다.

“예, 사또. 관범이옵니다.”

“잠시 들어오라.”

잠시 후 문이 살며시 열리며 이 도사가 들어와 문간에 앉자 감사가 명을 내린다.

"도사는 지금 즉시 전 고을의 공인들과 갖바치들을 감영으로 불러들이고, 내일 아침에 고을의 전 의원과 부관청 소속 병사 백 명을 선화당 앞에 집결시키도록 하라. 어서 시행하라."

"예, 사또."

이 도사가 감사의 명을 받아 나가고, 정훈도 잠시 쉬겠다고 하고 물러나와 행랑으로 들었다.

그리 힘든 일은 없었지만 피곤을 느낀 정훈이 방으로 들어서며 양손으로 얼굴을 쓸어내렸다.

감사의 호출을 받고 이 도사를 따라 감영으로 오면서 겉으로는 태연한 척 내색을 안 했지만 속으로는 많이 긴장을 했었다.

군의 수령을 이렇듯 사전 연락도 없이 갑작스럽게 호출하는 것에 왠지 좋지 않은 느낌이 들었고, 또한 관할 수령의 부정을 규찰하는 임무를 가진 도사와의 동행이라 더 더욱 불안한 느낌을 떨쳐 버릴 수가 없었던 것이다.

말을 타고 달린 피로도 있겠지만 만 하루를 긴장 속에 있다가 이제야 사정이 밝혀지자 긴장이 풀리며 피로가 몰려들었다.

반닫이에 기대어 잠시 쉬고 있던 정훈이 깜빡 잠이 들었는가 싶었는데 밖에서 얼핏 자신을 부르는 소리가 들려 퍼뜩 잠이 깨었다.

"사또, 주무시옵니까? 삼이옵니다."

"어, 그래. 무슨 일이냐?"

"공인과 갖바치들이 모두 모였습니다."

어? 벌써 다들 모였다는 말인가? 하면 반닫이에 기대어 앉아 족히 두세 시간 이상은 졸았단 얘기로군. 허참.

정훈이 밖으로 나가자 삼이 서 있다 걱정스런 표정으로 물어온다.

"피곤하신 듯한데 몸은 괜찮으십니까?"

"음, 좀 피곤했던 모양이야. 잠깐 졸았던가 본데 괜찮아지겠지."

정훈이 삼의 안내로 외삼문 안의 부관청 앞으로 가니 오십여 명의 사람이 웅성거리며 몰려 서 있는 것이 보인다.

그 앞에 홍 군교가 서 있다가 정훈이 나오자 읍을 해 보이고는 사람들을 나누어 정렬을 시키는데, 한쪽이 삼십여 명이고 다른 한쪽이 이십 명 정도로 나누어졌다.

"홍 군교가 이들을 통제하고 있었구먼. 바쁜 사람이 본관으로 인해 시간을 뺏기는 게 아닌가 모르겠네."

"아임메다, 사또. 사또께서리 이곳에 계시는 동안 호종하라는 명이래 받았슴메다. 앞으로 지시하실 거이 있으면 소관에게 하명하시라요."

"아, 그런가? 다행이구먼. 알았네. 그리하지."

정훈이 함흥에서 일을 보면서 홍 군교를 통해 지시를 전달할 수 있게 편의를 봐준 감사의 배려인 모양이다.

공인과 갖바치들을 앞으로 다가오게 하여 삼으로 하여금 방역기의 제작도를 보여주며 제작 원리를 설명하게 하고, 밤사이에 하나씩을 만들라 하니 모두들 난색을 표한다.

"왜? 이것을 만들기가 어렵겠는가? 허, 여기서 이 방역기를 만들지 못한다면 문제가 심각해지는데……. 다시 한 번 생각들 해보게. 무엇이 문제인가?"

정훈이 다그치자 머뭇거리던 공인 중 한 명이 어렵게 입을 연다.

“저, 사또 나으리, 고조 농기구래 만들던 소인 놈들이래 요런 정교한
물건이래 만들기 에렵슴둥. 무쇠래 이리 얇게 펴서리 통이래 만들기도
쉽디 않을 기고, 가죽 관이래 통하는 개폐 장치나 물의 압력이래 조절
하는 장치래 몇 날이래 연구하여서리 만들어야 할 거임메.”

“아니, 제작도대로 만드는 데도 연구가 필요하단 말인가?”

“고거이 워낙 정교한 물건이래 되어서리 하루 밤새로 만들기래 에렵
다 이 말임메.”

“그래? 하면 며칠 정도면 만들 수 있겠는가?”

“고거이 삼 일이래 주서야 하디 않갔슴둥.”

허, 이 사람들이 지금 무슨 말을 하고 있는 건가?

제작도대로 그냥 뚝딱뚝딱 만들면 몇 시간도 안 걸릴 것 같은데 무
슨 삼 일씩이나 걸린단 말인가?

“좋아. 이번에는 갖바치들에게 물어봄세. 자네들은 이 방역기에 들
어가는 가죽으로 된 물품들을 오늘 안으로 다 만들 수 있겠는가?”

“예, 사또 나으리. 고거이 그리 에렵디 않슴둥. 새벽녘까디 두 개씩
이래 만들 수 있슴메다.”

“좋아, 자네들은 지금 돌아가서 부지런히 만들게. 만들어지는 대로
가져오되 관은 물이 새어서는 안 된다는 걸 명심해서 만들게.”

갖바치들이 인사를 하고 돌아가자 정훈이 이번에는 공인들을 향해
돌아섰다.

“자, 이번에는 자네들인데, 다시 한 번 묻겠네. 내일 새벽까지 하나
씩 만들 수 있겠는가?”

정훈이 인상이 안 좋아지고 윽박지르듯이 말을 하자 공인들이 주춤
하면서도 좀 전에 나섰던 공인이 다시 나서서 말을 한다.

"저, 사또 나으리, 삼 일의 말미래 주시면 만들어서리 올리갔습메
다."

"연천에서는 이 방역기를 하루에 몇 개씩 만들어내는 공인이 있네.
그렇다고 그 공인이 아주 뛰어난 실력을 갖고 있냐면 그렇지도 않다네.
그저 자네들처럼 농기구나 만들어 팔던 사람이거든. 그런데 자네들은
이 바쁜 와중에 삼 일의 말미를 달라고 하니 그 연유를 모르겠구먼. 도
대체 삼 일의 말미를 달라는 이유가 뭔가?"

정훈이 하루에 몇 개씩 만들어내는 공인이 있다고 하자 대꾸를 하던
공인이 당황을 하였는지 우물쭈물하더니 그래도 변명을 하려 든다.

"저, 사또 나으리, 고거이 지금 쇠래 부족하여서리 구해올 시간이래
필요함둥. 길고 소인들이래 선주문 받은 물건이래 있어서리 지금 당장
만들기래 곤란함메다."

"뭐야? 고작 선주문 받은 물건 때문에 삼 일의 말미를 달라고 했단
말이냐? 이런 돼먹지 못한 인간들 같으니라구! 지금 전 고을에 역병이
돌아 죽어가는 백성들이 수백을 헤아리는데, 그래, 너희들은 고작 돈을
버는 것에만 혈안이 되어 이 죽어가는 백성들을 외면하겠다는 소리가
아니냐? 고얀 놈들 같으니라고! 내일 새벽 첫 닭이 울기 전까지 물건을
만들어오라! 만일 그렇지 못할 경우에는, 홍 군교!"

"예, 사또."

"내일 새벽 첫 닭이 울기 전까지 물건을 만들어오지 않는 자는 그 가
족까지 모조리 나포하여 역병이 가장 심하게 발병한 마을에 감금하라!
이놈들이 그 역병 속에서도 병을 피하여 돈을 벌려고 드는지 본관이
두고 볼 것이다! 그리고 물건을 제대로 만들지 않고 건성으로 만들어
불량이 난다면 그렇게 만든 자도 역시 똑같이 행하라! 알겠는가?"

"예, 사또. 명심하여서리 봉행하겠슴메다."

"너희들도 똑바로 들어둬라! 기한은 내일 새벽 첫 닭이 울기 전까지다! 너희들의 목숨이 달린 일이니 부지런히 만들어야 할 것이다! 만일 밤사이 도망을 하려는 자는 가족과 함께 똑같은 벌을 받게 될 것이니 허튼 생각 말고 부지런히 만들어야 할 것이야! 모두 알아들었느냐?"

정훈의 기색이 서릿발 같고, 홍 군교가 실실 웃으며 노려보자 간담이 서늘해진 공인들이 모두 두려움에 떨며 분분히 대답을 한다.

병사에게 종이를 가져오게 하여 공인들에게 방역기의 제작도를 베끼게 한 후 모두 돌려보냈다.

'캡틴, 갑자기 과격해지신 것 같습니다? 무서워지네요, 캡틴.'

'이 자식이? 뭐가 과격해, 짜샤? 역병이 돌아 사람들이 죽어가는데 지들 돈 버는 데만 혈안이 되어 협조를 안 하는 그런 놈들이 나쁜 놈들이지. 저 방역기 하나 만드는 것이 삼 일씩이나 걸릴 일이냐?'

'뭐, 그렇긴 하지만⋯ 캡틴의 이런 모습은 처음이라서요.'

'선주문 때문에 못 만든다고 하니 갑자기 열이 받잖아. 나쁜 놈들 같으니라고. 그나저나 약 만드는 일은 잘돼가냐?'

'예, 이미 다 만들어놨습니다. 내일 새벽에 함흥 인근의 야산에서 한에게 넘겨주기만 하면 됩니다.'

'호, 벌써 다 만들었어? 잘됐네. 그럼 한 혼자서 오나?'

'예. 그런데 양이 제법 많아서 아까 전에 미리 삼에게 수레 두 대를 준비하여 두라고 일러놓았습니다. 새벽에 삼이 수레를 끌고 한을 마중나가서 약을 수레에 싣고 같이 돌아오면 됩니다.'

'뭘 약을 수레 두 대씩이나 준비할 만큼 많이 만들었냐?'

'한 대는 함흥에서 쓸 약이고 또 한 대는 영흥에서 쓸 약입니다. 약은 모두 세 가지인데 폐놀이 함유된 방역제가 각 한 가마니씩이고, 아미노벤질페니실린이 함유된 보균자에게 먹일 약이 각 두 가마니씩, 그리고 해열제로 쓸 약이 각 네 가마니씩인데, 해열제는 이 주 이상 장기간 복용을 해야 하기 때문에 양이 좀 많습니다. 내일 보시면 아시겠지만 흰색이 방역제이고 황색이 보균자에게 먹일 페니실린, 검정색이 해열제입니다. 이 약에 삼소음(蔘蘇飮)과 시경반하탕(柴梗半夏湯)을 합병된 증세에 맞춰 적절히 사용하여 치료를 하면 될 겁니다. 자세한 사항은 이따 한가한 시간에 알려 드리겠습니다.'

'그래, 알았다. 수고했어.'

'하하, 뭘요. 새삼스럽게 칭찬을 다 하시네요, 캡틴.'

'너만 잘해봐, 짜샤. 하루에 열 번이라도 칭찬해 줄 수 있어.'

'예? 하하! 거참.'

정훈이 저녁을 먹고 배정된 행랑방에 들어와 영에게 장시간에 걸친 교육을 받고 잠이 들자 새벽에 삼이 수레 두 대를 끌고 한을 마중 나가 한 수레에 일곱 가마니씩 약을 싣고 들어오며 정훈을 깨운다.

"사또께 인사 올립니다. 무사히 가져왔습니다."

"오, 그래. 수고했다. 한, 고을엔 별일없지?"

"예, 걱정하실 만한 일은 없습니다."

"그래? 다행이군. 삼, 공인과 갓바치들이 물건을 만들어왔나?"

"갓바치들은 모두 만들어왔는데 공인들은 아직 아무도 안 왔습니다. 아직 시간이 남아 있으니 좀 기다리면 오겠지요."

"그래, 그러면 공인들이 가져올 물건은 좀 기다려 보고, 갓바치들이 만든 물건은 어때? 잘 만들어진 것 같으냐?"

"예, 제가 보기에 잘 만들어진 것 같습니다."

"잘됐네. 근데 공인들이 물건을 만들어오면 가죽하고의 조립은 누가 하지? 공인들을 또다시 시켜야 하나?"

"아닙니다. 조립은 저희들이 할 수 있으니 공방의 대장간을 잠시 빌려 하면 됩니다."

날이 밝아오자 하나둘씩 공인들이 물건을 만들어서 가져오는데 확실히 역병이 무서웠던지 모두 정성을 들여 만든 흔적이 보인다.

자식들, 진작에 이렇게 했으면 험한 말을 안 해도 됐잖아.

한과 삼이 물건들을 조사하여 보고 좋다는 표시를 하자 공인들을 모두 돌려보내고, 홍 군교를 깨워 공방의 대장간을 빌리게 한 후 한과 삼이 조립에 들어갔다.

아침을 먹고 수레 한 대를 끌고 선화당 앞으로 나가자 감사가 벌써 대청에 나와 앉아 있고, 그 앞으로 의원들과 병사들이 줄을 지어 서 있는데 천 의원을 위시한 의원들의 수가 족히 백 명은 되는 듯하다.

"영감, 밤새 평안하셨소이까?"

"오, 이 군수, 어서 오시오. 새벽부터 바쁘셨다고 들었소이다. 수고가 크십니다그려. 한데 수레에 실린 것은 무엇이오?"

"예, 방역제와 병자에게 먹일 약이옵니다."

"아니, 하룻밤 사이에 그 많은 약을 만들었다는 말이오? 아니, 어떻게……?"

감사가 뜨악한 표정으로 깜짝 놀란다.

"하하, 아니옵니다. 어제 역병의 증세를 살펴보고 바로 학성군으로 사람을 보내 만들어놓은 약을 밤새 실어 나른 것입니다."

정훈이 말을 하자 이번에는 홍 군교가 고개를 갸웃한다.

자신이 계속 옆에 붙어 있었는데 자신도 모르게 언제 사람을 보냈단 말인가?

"영감, 소관이 잠시 의원들에게 할 말이 있사옵니다. 소관이 앞으로 나서서 말을 하여도 괜찮겠습니까?"

"아, 그리하시오."

"예, 하오면."

정훈이 앞으로 나서며 먼저 홍 군교에게 명을 내린다.

"홍 군교는 병사 삼십 명을 데리고 대장간으로 가보시게. 가서 방역기가 만들어졌으면 병사들을 시켜 이리로 가져오게."

"예, 사또."

홍 군교가 모여 있는 병사들 중 삼십 명을 데리고 사라지자 정훈이 의원들 앞으로 나서서 일장 연설을 한다.

"흠, 본관은 학성 군수로 있는 이정훈이오. 본관이 뒤에 계신 감사 영감의 명을 받아 이번 역병에 관한 전반적인 일을 총괄하게 되었소. 먼저 이번 역병에 대해 잠깐 살펴보면 역병이 발병한 지 약 보름 정도 된 듯이 보이고, 중세로 온몸의 통증과 오한, 발열, 설태와 발진이 있는 병자들이 곳곳에 보이오."

학성 군수란 자가 발병의 기간과 중세를 낱낱이 꿰뚫고 있자 듣고 있는 의원들이 모두 깜짝 놀란다.

"이 역병의 무서운 점은 중세가 여기에서 조금 더 심해지면 귀가 먹고 의식 불명이 되며, 장에 출혈이 있어 사망에 이르게 된다는 것이오. 또한 호흡 질환과 폐열증이 동반하는 것이 이 역병의 특징이라 증세에 따라 시경반하탕과 삼소음을 적절히 처방하여 치료에 임해야 할 것이며, 병자들의 절대 안정이 매우 중요하다 할 수 있소."

정훈이 잠시 말을 끊고 옆의 병사에게 수레를 끌고 오게 하여 가마니를 풀게 하는 동안 의원들이 서로 웅성거리며 정훈을 힐끗거린다.

정훈이 세 개의 가마니를 풀게 하니 하나엔 수박씨만한 크기의 흰색의 환약이 들어 있고 두 가마니엔 콩알만한 크기의 황색과 검정색의 환약이 들어 있다.

"본관이 가져온 약은 모두 세 가지요. 이 흰색 환약은 방역제로 물에 타서 쓰게 될 것이오. 이 약의 사용법은 잠시 후 완성된 방역기가 오면 그때 설명하리다. 그리고 이 황색의 환약은 아직 발병은 아니 하였으나 역병의 감염이 의심되는 자에게 먹이는 예방제요. 지금 발병한 역병은 병에 감염되어 바로 발병을 하는 것이 아니라 열흘에서 보름 정도의 잠복기를 거쳐서 발병을 하는 것이 특징이오. 하니 비록 발병은 하지 않았지만 병의 감염이 의심되는 자에게 이 환약을 한 정씩 먹이시오. 그리고 이 검은색의 환약이 발병한 병자에게 먹일 치료제요. 이 약의 효능은 해열, 진통, 강심, 영양 보급에 탁월한 효과가 있소. 병자에게 하루 한 정씩 보름 정도를 먹이면 효과를 볼 것이오. 여기 모인 의원과 병사들은 병자를 보기 전에 예방제와 치료제를 미리 한 정씩 복용하도록 하시오. 자, 궁금한 것이 있는 분들은 지금 질문을 하시오."

정훈이 말을 마치고 질문을 하라고 하자 의원들이 잠시 웅성거리더니 천 의원이 앞으로 나서며 말을 건넨다.

"저, 사또 나으리, 저 환약이래 잠시 살펴보고서리 여쭤봐도 되갔습메?"

"아, 그리하시오."

천 의원과 넛넛의 의원늘이 앞으로 나와 예방제와 치료제를 으깨어

냄새를 맡아보고, 맛을 보고, 먹어보고 하더니 천 의원이 자리로 돌아가 말문을 연다.

"사또께 질문이래 드리갔슴메다. 고조 저 약이래 의원이래 만들었슴메?"

"아니오. 저 약은 본관과 본관의 가솔들이 만든 약이오."

"기러면 사또께서리 혹 전직 의관이셨슴둥?"

"흠, 정확히 얘기하자면 아니오."

"좋슴메다. 기러면 저 약의 성분이래 말씀해 주실 수 있갔슴메까?"

"그것은 좀 곤란하오. 이 약의 제조 방법은 사문의 비법이라 공개할 수 없소."

"사또 나으리, 나으리께 죄송스런 말씀이나 소생들이래 의원들임메. 의원도 아니신 사또께서리 만든 약이래 기 효능이래 증명치 않고서리 고조 말씀만으로 어드렇게 병자들에게 투약이래 하갔슴둥. 사또께서리 저 약의 효능이래 증명하실 수 없다면 소생들이래 저 약이래 함부로 쓸 수 없슴메다. 길고 소생이래 의원질 30년 동안 역병에 잠복기래 있다는 거이 처음 들었슴둥. 고조 납득이래 할 만한 설명이래 있어야 할 기구마요."

'뭐? 잠복기를 처음 들어? 무식한 것도 자랑이다. 싸가지없는 자식들 같으니라구. 아, 그나저나 페니실린이나 페놀 수용액을 어떻게 설명을 한다?'

'정말 설명하기가 난감한데요, 캡틴. 조선에는 아직 없는 약이니.'

'할 수 없다. 대충 말로 때워야지 뭐.'

잠시 생각을 하는 듯하던 정훈이 말을 시작하자 장내 의원들의 눈이 정훈의 입으로 향한다.

"뭐, 좋소. 정히 그렇다면 본관이 간략하게 설명을 하여주겠지만 그대들이 30년 동안 몰랐던 것을 지금 설명해 준다고 해도 쉬이 납득하기는 어려울 게요. 역병에도 여러 종류가 있소. 무더운 날씨에 비위생적인 환경에 의해 발병하는 역병이 있는데 이를 이질이라고 하며 설사와 고열, 탈수의 증상이 나타나오. 잠복기는 하루에서 삼 일이오. 그다음에 수질 오염으로 인하여 발병하는 역병이 있는데 오한, 고열, 설태와 발진, 장 출혈에 의한 사망에 이르는 역병으로 지금 이곳에서 발병한 역병이오. 잠복기는 열흘에서 보름이오. 그리고 쥐에 의하여 옮기는 역병으로 흑사병이라고 하는데 오한, 고열, 구토, 의식 불명 등의 증세가 있고, 잠복기는 이틀에서 오 일이오. 또 호역(虎疫:콜레라)이라는 역병이 있는데 급작스런 구토와 하루 이삼십 회의 설사로 인해 체액이 탈실되어 이틀 안에 사망에 이르게 되고, 잠복기는 하루에서 삼일이오."

정훈이 쫙 나열을 하며 설명을 하자 천 의원을 비롯한 모든 의원들의 입이 딱 벌어진다.

"이 외에도 몇 가지 종류가 더 있으나 현재 조선의 의술로는 이 중 한 가지도 제대로 치료할 수 없을 것이오. 본관이 어려서 도를 닦는 기인을 만나 그분께 여러 가지 선술을 배웠는데 역병에 대한 치료법과 약 제조법도 본관이 배운 선술 중의 하나요. 또한 이미 증명이 된 바가 있으니 믿고 사용하여도 될 것이오."

정훈이 영의 힘을 빌어 유식을 뽐내자 의원들이 감사와 군수의 앞인지라 감히 반박은 못하나 그래도 믿지는 못하고 그저 웅성웅성거리기만 할 뿐이다.

그때 뒤에서 정훈과 의원들이 하는 양을 지켜보던 감사가 껄껄 웃으며 말을 보탠다.

"허, 어쩐지 군수의 의술이 남다르다 하였더니 기인께 배운 선술이었구려. 허허허, 천 의원, 학성 군수의 말씀은 사실이네. 군수의 의술이 이미 증명된 바가 있다네. 지난해에 연천에서 발병한 역병을 잡고 많은 병자를 살렸으며 경기 이북의 많은 병자들을 돌봐준 성인에 대한 소문을 자네는 들은 바가 없는가?"

감사의 말이 떨어지자 천 의원을 비롯한 모든 의원들이 눈이 뚱그레져 일제히 정훈을 쳐다본다.

"아니, 기러면 영감마님, 기 성인으로 소문난 분이래 바로……."

"하하, 그렇네. 학성 군수가 바로 그 장본인이시네. 연천의 역병을 잡은 일은 자네들도 다 아는 사실이니 이미 증명이 되었다고 볼 수 있네. 그런 연유로 본관이 청하여 역병에 대한 처리를 부탁한 것이기도 하고. 하니 더 이상 설왕설래하지 말고 군수의 명을 따르게."

의원들 사이에서 잠시 술렁이더니 천 의원이 나서서 정훈에게 정중히 인사를 올린다.

"송구하옴메다, 사또 나으리. 소생들이래 감히 사또래 몰라뵈었슴메다. 고조 용서하시라요."

"하하, 아니오. 서로 오해가 있었던 것이니 그냥 넘어가십시다."

그때 한과 삼이 방역기의 제작을 마치고 병사들에게 방역기를 들려 나타나자 정훈이 병사들을 선발하여 방역기의 사용법을 알려주고, 의원들과 함께 조를 나누어 각 마을로 파견하여 방역과 함께 병자들을 치료하게 했다.

연후 한과 삼에게 다른 한 대의 수레를 끌게 하여 영흥부 관아로 찾아가 똑같은 조치를 취하니 삼 일 만에 더 이상의 전염을 막고 치료에 효과가 보이기 시작한다.

하여 영흥부의 치료에 낙관을 하고 다시 함흥으로 올라와 치료의 경과를 살핀 후 감사에게 인사를 하고 학성군으로 돌아오니 관아를 비운 지 칠 일 만에 돌아오게 된 것이다.

정훈의 귀환을 군관들은 반가이 맞는데 이방을 비롯한 몇몇의 아전들과 향임들의 표정에는 실망의 빛이 확연히 나타난다.

정훈이 감영으로 불려갔다는 말을 듣고 은근히 잘못되기를 바라고 있었던 모양이다.

그로부터 열흘 후 김 부자가 대리인만 남겨 소작인들을 관리하게 한 후 함흥으로 이사를 가버리고, 고을의 업무가 정상으로 돌아오며 조용한 나날이 시작됐다.

향고산 밑의 서당을 짓는 건축 현장도 그동안 꾸준히 일을 계속하여 부식 창고와 2층으로 된 식당이 완공되었고, 학관의 일층도 거의 다 지어져 가고 있었다.

7월을 막 넘기고 무더운 8월 초순의 어느 날, 정훈이 건축 현장에서 시간을 보내고 있는데 영의 전음이 들려온다.

'캡틴, 밤골에서 탈곡기(脫穀機)의 제작이 성공했습니다. 족답식(足踏式:발로 밟는 방식)으로 만들었는데 제법 그럴듯하네요.'

'그래? 드디어 아이들이 일 년 과정을 마치고 탈곡기를 만들어냈구나. 몇 대나 만들었냐?'

'한 대지요. 아이들 실습용으로 만든 것이니까요.'

'그러면 오늘밤에 정찰기를 통해 이리로 보내라. 어디 한번 보자.'

‘예, 캡틴.’

다음날 새벽, 관아의 내아 안뜰에 밤골에서 만든 탈곡기가 놓여졌다.

높이 80㎝, 길이 120㎝ 정도 되는 크기에 양옆의 지지판 안에 드럼통같이 생긴 원통이 가로로 들어 있는데 원통의 양옆은 쇠 판으로 가운데 축으로 고정이 되어 있고 통의 둥근 면은 나무판을 덧대어 만들고 굵은 철사를 삼각형의 형태로 촘촘히 박아놓았다.

통의 밑으로 발판이 있고, 발판과 통의 옆면에 쇠막대로 연결이 되어 있어 발판을 밟으면 통이 돌아가게 되어 있다.

정훈이 내아의 노비에게 일러 갈대를 한 아름 꺾어오라 시킨 후 정훈이 직접 발판을 밟으며 갈대를 통의 나무판에 대고 털어보니 삼각형의 굵은 철사에 걸려 털리기는 잘 털리는데 통을 계속 돌려주기 위해서 발을 계속 눌러야 하니 꽤나 힘이 들었다.

‘휴, 이거 꽤나 힘드는데 이걸 혼자서 어떻게 돌리지?’

‘아닙니다, 캡틴. 기록에 의하면 장정 둘이 나란히 서서 발판을 밟아 돌리며 볏단을 탈곡하고, 옆에서 한 사람이 볏단을 대어주는 일을 하여 모두 세 사람이 한 조로 일을 하는 것으로 나옵니다.’

‘세 사람이 한 조로 일을 한다……. 그러면 탈곡기로 탈곡을 하는 것과 도리깨로 탈곡을 하는 것과는 얼마만큼의 차이가 있지?’

‘예, 도리깨로는 하루에 얼마나 탈곡을 하는지 모르겠지만 탈곡기로는 하루 40섬 정도를 탈곡할 수 있다고 되어 있네요.’

‘호, 하루 40섬이면 굉장한 양이네? 이거 괜찮아 보이는데 만들어서 팔면 잘 팔릴까?’

‘글쎄요. 탈곡기에 대한 기록을 보면 농가의 필수품 중 하나라고 나오기는 합니다만 그것은 보급이 어느 정도 이루어졌을 때의 경우이겠고, 제품의 초창기 때야 사람들의 인식이 부족할 테니 판매가 쉽지는 않을 겁니다. 더구나 매스컴이나 전파에 의한 광고를 전혀 할 수가 없는 시대이니 상인이 일일이 발품을 팔며 홍보를 해야 한다는 결론인데 그게 그리 쉽지만은 않을 겁니다.'

'흠, 그렇긴 한데 조선에도 나름대로 상인들이 상거래를 하고 있으니 부상의 도접장을 불러서 상의를 해보면 무슨 수가 나오겠지. 근데 이거 공인들에게 하청을 주어 부품을 분할 제작하게 하고 그 부품들을 모아 조립하는 것이 가능하겠나?'

'예, 쉽게 조립할 수 있게 설계를 변경하면 가능합니다.'

'좋아. 설계를 변경해서 한에게 부품별로 설계도를 만들고 조립도도 만들라고 해.'

'예, 캡틴.'

상방의 장 방수를 통해 도접장을 호출하고, 한이 그린 부품별 설계도로 공방의 공인과 목수에게 부품을 만들게 한 후 정훈이 한의 도움을 받아 직접 조립하여 보니 그리 어렵지 않게 탈곡기 한 대가 만들어졌다.

그로부터 사흘이 지나자 도접장이 관아로 들어왔다.

"사또, 기동안이래 강녕하셨습메까?"

도접장이 문간에서 절을 하고 앉으려는 걸 정훈이 인사를 받으며 가까이 부른다.

"어서 오시게. 바쁜 사람을 오라 가라 하여 미안하구먼. 이리 가까이 다가앉게."

“예, 사또. 사또께서리 찾으심둥 고조 만사래 제쳐 두고서리 달려와
야 하디 않갔슴메.”

“하하하, 이 사람. 그리 말을 해주니 고맙네. 자네를 청한 이유는 다
름이 아니라 자네 혹시 탈곡기라고 들어보았는가?”

“탈곡기라 함둥 도리깨 같은 곡식이래 탈곡하는 도구래 말씀하시는
겁메까?”

“흠, 말뜻은 그러한데 도리깨와는 다르게 탈곡을 하는 기계 장치라
네. 먼저 물건부터 살펴보고 다시 얘기를 나누세. 따라오게.”

정훈이 도접장을 이끌고 내아로 들어가 한으로 하여금 준비해 놓은
갈대로 탈곡기의 성능을 시험해 보이도록 했다.

“자, 이것이 탈곡기네. 저렇게 발로 밟아가며 저 통을 돌려 탈곡을
하는 것인데 원래 두 사람이 발로 밟아야 하는 것이니 자네도 호장 옆
에 서서 한 번 같이 해보게.”

도접장을 한의 옆에 세우고 같이 발로 밟아가며 직접 탈곡을 해보게
한 후 다시 말을 이었다.

“이것은 세 명이 한 조로 하여 일을 하는데 장정은 두 명이면 된다
네. 발로 밟는 일이 좀 힘이 드는 일이니 장정 둘이 탈곡을 하고 옆에
서 또 한 명이 볏단을 집어서 건네주는 역할을 하여 빠르게 일을 할 수
있다네. 이 탈곡기 한 대로 하루 40섬 정도는 무난히 탈곡을 할 수 있
을 걸세.”

“예? 하루 40섬 말임메?”

도접장이 정훈의 말에 놀라 통이 돌아가는 소리보다 더 크게 고함을
지른다.

농사를 짓던 병사들에게 물어보니 장정이 도리깨질로 하루 탈곡하

는 양이 두 섬에서 전력을 다하면 세 섬까지 가능하다고 한다.

하지만 세 섬을 도리깨질하고 나면 이튿날 근육통으로 꼼짝을 못하는지라 적당히 몸 상태를 봐가며 연일 도리깨질을 할 요량이면 하루 두 섬이 적당하다.

장정 세 명이라 해도 하루 여섯 섬인데 이 탈곡기로는 그 일곱 배가 가능하다니 어찌 도접장이 놀라지 않을 수 있겠는가?

도접장이 충분히 탈곡기의 작동을 시험했다 여긴 정훈이 도접장을 이끌고 다시 동헌으로 들어왔다.

"어떤가? 저 탈곡기를 대량으로 만들게 해서 전국적인 조직망을 갖춘 부상에 의뢰하여 전국에 판매를 할 생각인데, 자네의 생각에는 제대로 판매가 이루어질 것 같은가?"

"저희 부상에 말씀임메? 아이고, 사또, 고조 감사함메다. 기러시면 가격이래 어느 선이래 생각이래 하고 계심둥?"

"하하, 이 사람 급하기는. 가격은 인건비와 자네들의 이문을 따져서 추후 적당한 선으로 정하기로 하고, 우선 추수기에 맞춰 탈곡기의 판매가 가능한가부터 생각을 해보세. 가능할 것 같은가?"

"고거이 견본이래 몇 대 만들어주시면 소인이래 알아볼 재간이래 있습둥. 길고 상인이래 못 파는 물건이래 오데 있갔슴메. 게다가 저런 획기적인 물건이라면 부상에서리 책임지고 판매할 수 있지비. 제작 비용이래 산출이래 된다면 고조 적당한 이문이래 붙여서리 팔 수 있을 거이 같슴메다."

판로를 알아보기도 전에 장담을 하는 것을 보니 도접장이 탈곡기에 욕심이 나는 모양이다.

"그럼 우선 한 대의 탈곡기를 내어줄 테니 가져가서 자네의 윗선과

상의를 하여보게. 그리고 예상 판매 가격을 적당한 선에서 책정하여
보고, 그동안 본관은 공장을 세워 탈곡기를 만들어내고 있을 테니 결정
이 되면 다시 오시게. 그런데 말이네. 탈곡기의 판매에 대한 계약이 이
루어지면 그 계약 대상의 주체가 한성 본방의 도임방(道任房:부상단의
대방)인가, 아니면 함경도 도접장인 자네인가? 아, 물론 부상의 전국적
인 조직망을 이용해 판매가 되겠지만 책임 소재가 어느 선인가는 명확
히 해둘 필요가 있다고 생각되어서 말일세. 만일 계약 주체가 도임방
이라면 도임방이 직접 오기는 힘들 테니 그 전권을 위임받은 자가 같
이 와야 할 것이네. 앞으로 탈곡기뿐만 아니라 다른 물품들의 거래도
부상과 할 생각이라 시작부터 확실히 해두자는 것이니 부상에서 신경
을 좀 써주시게."

"알갔슴메다, 사또. 기러면 소인이래 소상히 알아보고서리 다시 뵙
갔슴메다."

도접장이 인사를 하고는 탈곡기 한 대를 챙겨 급하게 관아를 출발했
다.

다음날 정훈이 공병색의 병사들에게 향고산 밑의 서당에서 좀 떨어
진 곳에 창고 몇 동과 공장으로 쓸 건물을 짓게 하고, 소작이 없는 유
민 열다섯 호를 선별해 장정은 한 달에 닷 냥, 부녀자는 세 냥씩 주기
로 하고 공원으로 채용한 뒤 공장 옆으로 집을 지어 마을을 형성하도
록 했다.

그리고 관에 소속이 안 된 공인과 목수를 관아로 불러들였다.

공인이 아홉 명과 목수가 네 명인데 그들에게 탈곡기의 부속품에 대
하여 설명하여 주고 부품을 만들어 납품을 한다면 적정한 가격을 책정

하여 주겠다 하니 모두들 동의를 한다.

하여 목수들 두 명에게는 탈곡기의 외형인 지지대를 만들게 하여 2전을, 나머지 두 명은 통에 입힐 나무판 여덟 개와 발판을 만들게 하고 2전에 합의하여 가격을 책정했다.

공인들에게는 네 명은 통의 옆 판을 만들게 하고 개당 1전을, 두 명은 발판과 통의 옆 판을 연결시킬 쇠막대와 고리를 만들게 하고 쇠막대와 고리 한 쌍에 1전을, 그리고 두 명에게는 굵은 철사를 만들게 하고 납품된 나무판에 철사를 촘촘히 박아 납품하게 하되 통 하나의 분량인 여덟 개에 2전을 책정하고, 한이 만드는 방법을 자세히 설명하여 주고 시범도 보여주기로 했다.

또한 남은 공인 한 명을 공장의 조립반 반수로 임명하여 조립반원들의 교육과 조립 과정을 책임지게 하고 한에게 교육을 받도록 했다.

상방의 부방수 장사구를 공장의 총책임자로 임명하여 하청업자들과 공장 인원들의 관리, 부품의 수납과 완성품의 관리를 맡기고, 장 방수의 지휘 아래 부상과의 거래를 일임하도록 했다.

이로써 탈곡기의 제작과 판매에 관한 조직이 형성되고, 오 일 후 창고 및 공장 건물의 완공과 더불어 공원들의 교육도 마무리되어 하청받은 공인들과 목수로부터 부품들이 납품되면서 차츰 탈곡기의 완제품이 만들어졌다.

납품되던 부품들이 처음에는 규격이 맞지 않아 제각각인 것이 많더니 차츰 시간이 지나면서 수정과 보완을 해가며 공인들 나름대로 틀을 만들어 생산을 하니 어느 정도 규격에 맞춘 부품들이 납품되기 시작했다.

완성품도 처음엔 하루에 한 대조차 조립하기 벅차하던 공원들이 차츰 시간이 지나며 숙련이 되기 시작하면서 조립이 시작된 지 열흘이 지나자 하루에 네 대씩 안정적으로 생산이 되었다.

보름이 지나면서 공원들의 조립 속도는 빨라지는 것에 반해 하청업자들의 납품이 미처 따라가지 못하는 현상이 벌어지자 정훈이 관에 소속되어 공물을 납품하던 공인과 목수에게도 원하는 자에 한해서 교육을 시키고 납품을 하게 하였다.

이에 돈을 벌 기회를 놓치지 않으려는 학성군의 거의 모든 공인과 목수가 이 일에 나서게 되었고, 좀 더 많은 양의 납품을 위해 유민을 포함한 마을의 젊은 장정들을 자신들의 휘하로 끌어들여 가르치게 되니 군 내의 공인과 목수의 수가 늘어나는 계기가 되었다.

도접장이 다녀간 지 스무 날 만에 몇 명의 부상들이 관아를 찾아왔다.

"사또래 뵙습메다."

"어서 오시게. 한데 같이 온 자들은 뉘신가?"

"예, 사또. 함경도 부접장과 각 지역의 반수들임메다. 사또께 인사 여쭈라우."

도접장이 소개를 하고 인사를 여쭈라 하니 모두들 문간에서 넙죽 절을 하고는 부접장이 대표로 인사를 한다.

"함경도 부접장 안상범임메다."

"부접장까지 본관을 찾아주니 반갑구먼. 자, 다들 이리로 가까이 다가앉으시게."

도접장과 부접장, 각 지역의 반수들이 서탁 앞으로 조심스럽게 다가와 앉자 정훈이 먼저 말문을 열었다.

"그래, 자네들 윗선과 상의한 결과는 어떠한가?"

"예, 사또. 우선 계약의 주체에 대해서리 말씀 올리갔슴메다. 한성 본방에서리 의견이래 분분하였슴둥 생산 자체래 함경도에서리 이루어 지는 일이고, 한성과의 거리래 멀다는 점이래 감안이 되어서리 고조 함 경도 도접장인 소인에게 기 권한이래 주어졌슴메다. 물론 판매래 전국 의 부상들이래 협조할 기디만 사또께서리 하시는 사업의 계약과 판매 에 대한 권한이래 소인에게 있슴둥 고조 사또께서리 기렇게 알고 계셨 으면 함메다."

"호, 그런가? 본관에게도 낯익은 자네가 거래하기에 더 편할 테니 잘되었구먼. 그래, 판매에 대한 의견들은 어떠한가?"

"예, 사또. 간부들이래 의견도 상당히 긍정적임둥 몇몇 아는 유지 분 들이래 보시고서리 반응이래 매우 좋았슴메다. 이미 선주문이래 십여 대래 넘게 받았슴둥. 길고 본방 간부들의 의견이래 전국에서리 수천 대래 족히 팔 수 있을 거이라 예상하고 있지비. 고조 사또께서리 공장 규모래 거기에 맞춰서리 생각하시는 거이 어드런가 싶슴메다."

"호, 수천 대나? 하면 지금의 생산 규모로는 수년을 생산하더라도 그 수요를 감당하기가 벅차다는 얘기로군. 알았네. 생산 규모는 판매 되는 것을 봐가며 그에 맞춰 조절을 하기로 하지. 그러면 판매 예상 가 격은 어느 정도로 나왔는가?"

"예, 사또. 잘 받음둥 스무 냥까지래 가능할 거이 같슴메다. 선주문 받은 거이 모두 스무 냥이래 넘지 않을 조건으로 받은 것임메. 기러니 스무 냥까지래 받을 수 있지 않갔슴둥. 사또께서래 어드렇게 생각하심 메?"

"흠, 스무 냥이라……. 좀 높은 가격이 아닌가 싶긴 하지만 선주문까지 받았다고 하니 괜찮겠지. 뭐, 여유를 좀 둔다면 한두 냥 정도는 내려 받아도 괜찮지 않을까 싶기도 하네만 판매 가격은 자네가 알아서 책정을 한 후 본관에게 통보를 하여주게. 하면 생산 가격을 알려줌세. 부품의 하청 가격과 공장의 생산과 관리를 하는 인원들의 노임과 시설비, 부대 잡비 등을 계산하니 여섯 냥이 적정 가격으로 산출이 되었네. 하여 출하 가격을 여섯 냥으로 하려 하는데 자네의 생각은 어떤가?"

도접장이 잠시 말이 없는 것을 보니 속으로 한참 계산을 하고 있는 모양이다.

정훈이 잠시 기다려 주니 계산이 끝났는지 도접장이 말을 잇는다.

"알겠슴메다, 사또. 운송비와 창고 임대료 등 부대 비용이래 죄 제하고도 충분한 이문이래 남을 거이 같슴메다. 적정한 가격이래 정하여 주신 사또께 감사드림메다."

"허허, 아닐세. 받을 가격을 받는 것이니 자네가 감사할 이유는 없다네. 그리고 지금 우리 공장에서 하루에 여섯 대씩의 완제품이 생산되고 있으니 자네가 참조를 하도록 하고, 창고에 50대 정도 완제품이 있을 것이니 갈 때 가져가시게. 그리고 탈곡기의 거래는 상방의 장 방수와 장사구 부방수에게 일임을 하였으니 그들과 의논을 하여 출하를 하면 될 걸세. 자, 이제 계약을 하는 일만 남았구먼. 계약서는 가져왔는가?"

"예, 사또."

도접장이 미리 작성하여 온 계약서에 출하 가격을 적어 넣고 군수의 직인을 찍은 후 한 장씩 나누어 가지니 이로써 도접장과의 계약이 성사되었다.

"밖에 누가 있는가?"

정훈이 밖의 사람을 찾으니 한이 대답을 한다.

"예, 사또. 한이옵니다."

"가서 장 방수와 장사구 부방수를 들라 하라."

"예."

밖에 있던 한이 사령을 보내는 소리를 들으며 정훈이 도접장에게 말을 붙인다.

"뭐, 판매하는 것이야 자네들이 어련히 알아서 잘하겠지만 본관이 생각해 본 것이 있는데 한 번 들어보겠는가?"

"예, 사또. 말씀하시라요."

"흠, 본관이 생각해 본 것은 대여와 할부의 판매 방식인데, 탈곡기의 대당 가격이 스무 냥이라면 미곡 다섯 섬의 가격이라 결코 적지 않은 가격이네. 유지들이야 경작하는 땅이 많으니 한두 대쯤은 살 수 있는 여력이 되겠지만 소규모로 자영을 하는 농민들에게는 부담이 되는 가격임에는 틀림이 없을 거네. 하여 대여와 할부 판매의 방법도 같이 적용을 해보는 것이 어떨까 권해보고 싶네. 유지들에겐 정상적인 판매를 하되 탈곡기를 살 형편이 안 되는 소규모 자영농에게는 대여료를 받고 대여를 해주는 방법과 몇 번에 나누어 값을 치르게 하는 할부 판매도 괜찮은 방법이 될 듯싶네. 이러한 여러 가지 방법들을 사용하여 판매를 하다 보면 소규모 농민들에게까지 판매가 이루어질 것이니 상인 입장에서는 훨씬 더 많은 상품의 판매가 이루어질 것이고, 농민들 입장에서도 상품의 구매에 부담이 적어질 것이니 판매자와 구매자가 서로 만족할 수 있지 않겠는가?"

가만히 듣던 부접장이 무릎을 탁 치고, 도접장도 연신 고개를 끄덕인다.

"사또 말씀이래 듣고 보네 기도 기렇갔습메다. 소인들이래 고조 유
지 분들께 판매할 생각만 하였드랬디 소농들이래 판매 대상에서리 생
각도 아이 했지비. 기런데 사또래 말씀대로 한다면 소농들에게도 판매
래 가능할 거이니 잘만 하면 만여 대 이상도 판매래 가능할 거이 같습
둥. 대여와 할부 판매라……. 참으로 좋은 말씀이래 감사함메다, 사
또."

"하하, 한번 잘 연구하여 보시게. 본관이 만든 물건으로 많은 이들의
생활에 도움이 된다면 본관은 그것으로 만족을 하니 자네들도 너무 이
문만을 생각지 말고 백성들의 생활 편의를 도모하여 신망을 얻는 상인
이 되기를 바라네."

"사또의 금언이래 가슴 깊이 새기갔습메다."

그때 밖에서 한이 장 방수가 왔음을 알린다.

"사또, 상방의 장 방수와 부방수가 들었습니다."

"들이게."

장 방수와 장사구가 살며시 문을 열고 들어오더니 정훈에게 읍을 한
다.

"찾아게셨습메까, 사또?"

"그렇네. 이리 가까이 오시게."

"예, 사또."

장 방수와 장사구가 가까이 와 앉자 정훈이 장 방수와 도접장의 사
이를 중재한다.

"오늘 탈곡기의 판매에 관한 계약을 부상의 전권을 위임받은 도접장
과 하였네. 해서 본관이 탈곡기의 판매에 관한 전권을 장 방수에게, 생
산에 관한 전권은 장 부방수에게 일임하니 자네 둘이 도접장과 잘 협

의하여 거래를 하시게. 또한 도접장도 탈곡기에 관한 사항은 장 방수와 협의하여 하면 될 것이네. 하니 이제 상방으로 자리들을 옮겨 자세한 사항들을 협의하시게."

정훈이 상방으로 자리를 옮겨 실무적인 협의를 하라 하니 다들 일어나려 하는데 도접장이 잠시 머뭇거린다.

"왜? 도접장은 할 말이 있는가? 궁금한 것이 있으면 주저 말고 물어보시게."

"예, 사또. 이미 학성군에서리 하고 있는 다른 사업도 장 방수래 통하여서리 하고 있슴둥. 기러면 이 모든 사업의 협의래 장 방수와 하는 검메까?"

"아, 그렇네. 자네들도 알다시피 다른 관아에는 상방이라는 기관이 없네. 해서 우리 학성 관아의 상방은 관아에 속한 기관이라기보다는 본관 개인에 속한 조직이라고 보는 것이 맞을 것이네. 비록 본관이 나라의 녹을 받는 군수이기는 하지만 나라의 일이 아닌 각종 사업에 대해서는 모두 상방에서 관리를 하게 될 것이네. 지금 하고 있는 사업과 탈곡기의 생산, 판매뿐 아니라 앞으로도 많은 일들을 상방의 장 방수와 그 형제들이 관리를 하게 될 것이네. 하니 도접장 이하 부상에서 우리 장 방수를 많이 도와주시게. 그리고 장 방수도 금전 문제를 비롯한 실무적인 모든 일을 호장과 상의를 하여 처리하시게."

"예. 알갔슴메다, 사또."

"알갔슴메다. 하하, 장 방수. 이거이 앞으로 장 방수에게 잘 보여야 하갔구먼. 잘 부탁하네, 장 방수."

"아임메다, 도접장 어른. 고조 사또께서리 하시는 일이디요. 어른께서리 많이 도와주시라요."

“자자, 더 물어볼 것이 없으면 그만 상방으로 자리를 옮기시게.”

“예, 사또. 기러면 다음에 또 인사래 올리갔슴메다.”

“그러시게.”

장 방수와 도접장 일행이 물러나자 정훈이 갑자기 짜증을 내기 시작한다.

‘뭐야, 이 짜샤? 상담 중에 그렇게 머리 속을 울려대면 어쩌라는 거야?’

‘아니, 캡틴, 탈곡기 한 대의 가격이 스무 냥이라는데, 출하 가격을 여섯 냥만 받으면 어떡하십니까? 못해도 열 냥 정도는 받아야지요!’

‘아니, 이 자식이! 금을 산더미처럼 쌓아놓고서도 무슨 돈 욕심을 그렇게 부려! 탈곡기 한 대로 무슨 떼돈을 벌 일 있냐? 그리고 부상에서도 그리 크게 남는 장사는 아닐 것이다. 운송료와 창고 임대료, 이 일에 매달리는 인건비 등을 따져 보면 잘해야 7, 8냥 정도밖에 안 될 게다. 또한 지금 예상 가격이 스무 냥이래도 그 스무 냥이 언제까지 유지될 것 같냐? 아마 올해는 그럭저럭 스무 냥의 가격이 유지가 될 지 모르겠지만 내년에는 가격이 내려가게 될 거다. 그러니 그때를 대비하자면 출하 가격이 부담이 없어야 부상에서도 대응을 할 수 있을 게 아니냐?’

‘예? 가격이 내려가다니요? 캡틴께서 그걸 어찌 아십니까?’

‘너 슈퍼컴퓨터가 맞기는 하냐? 어째 그런 간단한 이치도 생각을 못하냐? 잘 들어, 짜샤. 우리가 아무리 물건을 빨리 만들어도 조선의 도로 사정상 저 남쪽 지방까지 물건이 한꺼번에 풀린다는 것은 불가능해. 그러니 서서히 중부 지방부터 물건이 공급되면서 남쪽 지방으로 내려갈 텐데, 내 생각대로라면 중부 지방에 물건이 풀렸을 때 소규모가 될

지 대규모가 될지는 모르겠지만 남쪽 지방에도 물건이 풀리기 시작할 게다. 그러면 그때 가서는 서로 가격 경쟁이 될 수밖에 없을 것이고, 그러니 자연히 판매 가격이 내려갈 수밖에 없는 일이지.'

'저, 캡틴, 제가 슈퍼컴퓨터가 맞기는 한데요. 아직도 이해를 못하겠습니다. 조선의 기술력으로는 아직 탈곡기를 만들 수준이 아닙니다. 그런데도 남쪽에서 물건이 풀리다니요? 그러면 캡틴께서 남쪽 지방으로도 물건을 대서 부상과 경쟁을 시키시겠다는 말씀입니까?'

'쯧쯧, 역시 너는 아직 고철 덩어리의 수준을 벗어나지 못했구나. 잘 들어, 짜샤. 니가 조선 공인들의 실력을 우습게 보는 모양인데, 물건이 아예 없을 때는 만들 생각을 못했겠지만 완성품을 한 번 보고 나면 만드는 것이 그리 어렵지만은 않을 거다. 지금 학성군의 공인들을 봐라. 며칠 지나지 않아 부품들을 규격에 맞춰 척척 만들어내고 있지 않냐? 탈곡기의 구조가 그리 어렵지 않다 보니 다른 공인들도 완제품을 한 번 뜯어보고 나면 어렵지 않게 만들어낼 수 있을 거고, 그러니 몇 달 안 되어 여기저기서 물건들이 쏟아져 나올 게다.'

'허, 하긴 그럴 수도 있겠는데요.'

'그럴 수 있는 것이 아니라 틀림없이 그럴 게야. 그렇다고 무슨 독점이나 이 시대에 전매 특허를 낼 수도 없는 일이니 부상에서도 그저 경쟁을 통해서 판매를 할 수밖에 없겠지. 그러니 자연 가격이 내려갈 수밖에 없을 것이고, 부상에서는 얼마나 빠르게 물건을 판매하느냐에 따라 그네들의 이익이 차이가 나겠지만 적어도 올 한해는 독점 형태로 판매할 수 있을 테니 뭐, 어느 정도는 이문을 남길 수 있겠지.'

'캡틴의 말씀을 듣고 보니 그럴듯하기는 하지만 그래도 좀 아쉽기는 하네요. 내년에 가격을 내려주더라도 우선은 열 냥 정도 받아내도 괜

찮았을 것 같은데요.'

　'고철 덩어리 자식이 웬 욕심을 그렇게 부리냐? 여섯 냥을 받아도 두 냥 이상의 이윤을 보잖아. 그러면 됐지, 짜샤. 이 자식이 이거 날이 갈수록 요상스럽게 변하네? 까불지 말고 한에게 알려봐. 두 냥의 이문 중 한 냥은 우리가 챙기고 5전은 관아의 재정으로 충당하라고 해. 그리고 5전은 모아놨다가 연말에 탈곡기의 제작에 참여했던 밤골의 아이들 집에 골고루 나누어 주라고 해. 어찌 됐든 그 아이들의 공도 있으니 배당이 돌아가는 것이 당연한 일이겠지. 알았냐?'

　'예, 캡틴. 그리고 밤골 아이들의 새 교재 말씀입니다. 다른 과목이야 그렇다 치더라도 과학을 화학과 공업으로 나누었으면 합니다. 그리고 어학 교재도 새로 만들었으면 하고요.'

　'어학을?'

　'예, 캡틴. 세계사를 가르치며 일본어와 중국어를 조금 가르쳤더니 제법 따라 하는 아이들이 있더군요. 그래서 회화 위주로 일본어와 중국어, 러시아 어와 영어를 가르쳐 보면 어떨까 싶습니다.'

　'흠, 그래? 아이들에게 기초적인 소양도 될 테고 괜찮을 것 같다. 그러면 회화 위주로 가르쳐 봐. 다른 쪽으로는 소질이 보이는 아이들이 없냐?'

　'글쎄요. 종구와 몇 아이들이 뚝딱거리며 뭘 만들기를 좋아하는 것 같기는 합니다. 종구가 탈곡기 밑에 조그만 바퀴를 달아서 이동하기 편하게 하자는 의견을 내놓기도 했습니다. 비록 실용성 문제에서 걸려 채택이 되지는 않았지만 아이의 머리에서 나온 생각이라고 보기에는 대단하지 않습니까? 또 석회석을 첨가해서 기초적인 화학 비료 비슷하게 만들어낸 아이도 있습니다. 그래서 이 아이들을 좀 더 심도있게 가르쳐 볼 생각으로 과학을 화학과 공업으로 나누자고 한 것입니다. 그리고 석이는 칼을 다루는 솜씨가 제법 있습니다. 사와의 대련에서도 제법 오래 버티는데 잘만 가르치면 꽤나 훌륭한 무관이 될 것도 같습니다. 뭐, 다른 아이들도 개별적인 지도가 이루어져서 그런지 진도가 꽤 빠른 편인 것 같고요.'

'그래? 좋아. 그러면 아이들에게 소질있는 분야를 심도있게 잘 가르쳐 보고, 가르치는 김에 아예 이론과 실무를 철저하게 숙지시키도록 해. 그리고 고아원의 아이들도 잘 살펴봐. 소질이 있는 아이들은 그 소질대로 잘 가르쳐야 할 테니까.'

'예, 알겠습니다.'

그렇게 해서 아이들의 교육 문제도 좀 더 심도있는 수준으로 교육이 이루어지게 되었고 탈곡기도 본격적인 판매가 시작되었다.

주문량이 늘어나며 열다섯 호였던 공장 마을이 서른 호로 늘어나게 되었고, 일일 생산량도 열 대를 넘어서게 되었다.

부상에서도 함경도에 도접장을 중심으로 한 새로운 상단이 만들어졌다.

부접장과 정훈에게 선을 보인 몇몇의 반수들이 모여서 휘하의 부상들을 동원해 조직이 된 듯한데, 학성군의 사업에만 전념을 하는 조직으로 그 인원이 백 명을 넘어선다고 한다.

그 새로운 조직의 반수 한 명이 몇 명의 휘하 부상을 데리고 아예 공장 옆에 사무소를 차리고는 그날그날 생산되는 물량들을 부지런히 실어 나르고 있다.

새 조직의 백여 명과 장 방수 휘하의 70여 명이 부상의 본업에서 빠져나왔는데도 장사를 위해 떠도는 상인들의 수가 전혀 줄어든 것 같질 않으니 신입 부상을 모집을 한 것인지 아니면 본방의 지원을 받는 것인지는 알 수 없는 일이지만 학성군에서는 오히려 상인들의 수가 늘고 시장이 더 더욱 활성화되어 가고 있다.

도접장의 주문량도 꾸준히 늘어나 이 추세라면 추수철에 맞추어 수백 대의 판매량이 예상되고, 해 안에 족히 천 대 이상은 판매가 되지 않을까 예상이 된다.

8월의 막바지에 들어서며 드디어 향고산의 공사장에서 서당의 완공을 알려왔다.

모두 2층으로 된 건물로 1층은 아이들의 기숙사로, 2층은 학관으로 쓰이고, 식당, 교사 숙소와 식당 옆에 서고(書庫)와 장판고(藏版庫:서적을 편찬하는 곳) 등이 완공이 되었고, 서당 종사원들의 가족들이 머물 마을도 두 개의 마을로 서당의 앞뒤로 들어섰다.

섭외한 교사들과 종사원들을 모두 자리에 배치하고 전 마을에 통보하여 신청한 아이들을 불러들여 나이별로 반을 형성하고 기숙사를 배정하니 드디어 학업의 준비가 모두 갖추어졌다.

우선은 아이들이 글을 모르는 관계로 일 년 정도를 한글과 한문을 중점적으로 가르치기로 하고, 일 년 후 밤골 아이들 중 나이 많은 아이들을 교사로 초빙하여 공업과 역사, 상업, 세계사 등을 가르치기로 계획을 잡았다.

향임과 교사들 사이에서 문묘종사(文廟從祀:이름난 성현들에게 제사를 올림)를 하자는 의견이 나왔으나 정훈이 자칫 서원의 폐단을 밟을 것을 우려해 반대를 했다.

향청 임원들의 간섭을 배제하기 위해 한을 학장으로 삼아 서당의 모든 업무를 총괄하게 하였으며, 금도색의 오봉일 초관을 기숙사의 사감 겸 교관으로 삼고 직업 병사 중 실력이 있는 열 명을 선발하여 아이들의 체력 훈련을 겸하여 기초적인 군사 훈련을 시키도록 했다.

9월 1일을 기하여 각 마을의 유지들과 대표들을 초청한 후 학생들을 학관 앞 공터에 모아놓고 정훈이 참석한 가운데 성대한 개학식을 가지니 드디어 학성군 관립 학교가 건립이 된 것이다.

서당에 대한 전 군민의 관심이 집중된 가운데 어느덧 9월을 맞아 각 마을에서 추수가 시작되었다.

길주평야에 근접한 작은 평야 지대에서부터 벼의 추수가 시작되고, 전 고을에서 감자, 옥수수, 콩, 마늘, 담배, 수수 등의 수확이 시작되었다.

때를 맞추어 육방에서 지난해에 거둬들인 세의 목록을 참고하여 올해 거둬들일 세의 목록을 올렸는데 그 종류가 참으로 다양하다.

토지세(土地稅)로 전세, 삼수미, 대동미, 관수미, 아녹미, 조세 등이 있고, 호역(戶役)에 호적지사가, 고마가, 추거비, 선비내, 영정비 등, 신역(身役)에 보인의 신역가, 군관미, 향청모입전 등, 기타 부가세(附加稅)로 가승, 곡상, 창역가, 이가, 작지, 공인역, 가미 등이 있어 그 세의 종목이 마흔네 종목에 달한다.

국가에서 거두어들이는 세목이 열두 종목이요, 읍징(邑徵:관에서 걷는 세금)이 서른두 종목으로 이는 수확물의 3할에 해당하는 양이 된다.

5할의 소작료를 받아 챙기는 유지들에게는 양반이라는 명목으로 면세가 되어 신역과 호역에서 쥐꼬리만한 세금밖에 거두어들이지 못하고 애꿎은 농민들에게만 무거운 세금이 부과되는 것이다.

결국 유지들은 날이 갈수록 그 재산이 늘어만 갈 것이고 농민들은 날이 갈수록 궁핍한 생활에서 벗어나질 못하게 된다.

5할의 소작료에 3할의 조세, 종자로 1할 정도를 따로 보관해 놓아야 할 것이니 1할의 곡식이 농민들의 식용 곡식이 되는 것이다.

정훈이 세목을 검토하다 은근히 열이 받는다.

기분 같아서는 5할의 소작료를 챙기는 유지들에게 세란 세를 모두 부담시키고 싶지만 나라의 법이 그렇지 않은지라 그리하지도 못하고 그저 속으로 울화를 삭일 뿐이다.

아무리 군수라도 소작료에 대해서는 뭐라 간섭을 할 수가 없으니 군민의 생활을 보호하기 위해서는 천상 읍징에서 그 수를 줄이는 수밖에 별 도리가 없겠다.

다음날 정훈이 각 아전과 초관 이상의 군관을 작청에 모이게 한 후 세율 조정에 들어갔다.

국가 징세에 해당하는 전세와 대동미, 호역과 신역 등 열두 종목과 공가, 진상가 등의 상납미와 관아 재정에 사용하는 관둔전과 아전, 노전과 민고세(民庫稅) 등의 열네 종목을 합친 총 스물여섯 종목의 세목을 제외한 열여덟 종목의 세목을 없애도록 했다.

특히 관아의 재정에 쓰이는 관둔전과 지방관의 녹봉에 해당하는 아전과 노전의 세를 절반으로 줄이고, 가격의 변동 차를 이용하기 위해 미곡으로 징수하는 환곡의 폐단을 없애고 이자율도 낮추어 받도록 했다.

정훈이 일방적으로 읍징의 세목을 없애거나 세율을 낮추어 받도록 지시하니 군관들은 그저 고개를 끄덕일 뿐이나 아전들 사이에서는 술렁술렁 염려의 말들이 쏟아지기 시작한다.

"술렁거리지만 말고 할 말이 있는 자들은 말을 해보라."

정훈의 말이 떨어지기가 무섭게 호방이 일어나더니 말을 한다.

"사또, 소인 등이래 올린 마흔네 종목의 세목이래 지금까지 관습적으로 걷어온 세금임메. 기 세목에서리 열여덟 종목이나 없애 버리고 또한 몇 개 세목에서리 기 세율이래 절반으로 낮추어서리 거둠등 기존 세액의 절반도 아이 되는 세액이 됨메다. 기래서리 관아의 재정이래 부족하지 않갔슴메? 세목이래 한 번 없애 버림등 다시 정하여 받기래 쉽지 않지비. 사또의 심정이래 소인들이래 모르는 바래 아님등 기래도 관아의 재정이래 생각하시어서리 열여덟 종목의 세목이래 유지하시고서리 고조 세율이래 낮추어서리 거두면 어드런가 싶슴둥."

"이보시게, 호방. 기록을 보니 지난해에 거둬들인 마흔네 종목의 세금이 엄청난 양이더군. 한데 그 세금이 다 어디로 갔는가? 본관이 2월에 부임하여 살펴보니 국가 징세와 감영의 상납미를 제외하고 그 남아 있는 세금이 2할도 아니 되더구먼. 가을에 세금을 징수하여 2월까지 그 몇 달 안 되는 동안 군의 백성들을 위해 8할의 세금을 사용하였다고 말할 수는 없을 것이니 결국 전임 군수와 여기 있는 몇몇 아전들의 금낭을 채우는 데 사용되었다고 봐야 할 것이네. 아니면 아니라고 말을 하여보시게."

정훈의 말에 몇몇 아전들의 얼굴이 붉게 변했지만 누구 하나 나서서 변명을 하지 못한다.

"이가, 삼가의 세금이 무엇인가? 전세와 대동미를 거두는데 이가와 삼가의 세금을 더 거둔다면 이중, 삼중의 세금 부과가 아닌가? 공인역도 마찬가지야. 공가와 신역의 세금을 거두는데 거기에 더하여 공인역의 세금을 거둔다면 공인들에게 이중의 세금이 부과되는 것이 아닌가 말이네. 하여 이중으로 부과되는 열여덟 종목의 세목을 없앤 것이니 다들 그리 알고 따르시게. 그동안 2할의 세금을 가지고도 지금까지 관의 재정으로 충분하였네. 본관은 백성들의 고혈을 짜 금낭을 채울 생각이 없을뿐더러 여기 있는 여러분도 정해진 녹봉 외에 백성들의 세금으로 사사로이 재산을 늘리는 일이 없어야 할 것이네. 또한 탈곡기의 판매 대금에서 그 세금으로 대당 5전씩을 관아의 재정으로 충당을 할 것이니 관아의 재정은 염려하지 않아도 될 것이네. 더 할 말들이 있는가?"

정훈이 조목조목 따지며 열여덟 종목의 세목을 없앤 이유를 설명하니 어느 누구도 나서서 반박을 못한다.

"세금 징수는 호방에서 맡아서 하되 군기색의 임동철 군교는 휘하의 병사들로 호방의 일을 도우라. 그리고 노파심에서 다시 한 번 더 말을 하지만 스물여섯 종목의 세목에 한하여 세금을 징수하고 조정된 세율을 준수하라. 또한 백성들에게 충분히 설명을 하여 세금 징수에 협조를 구하고 강제로 징수하는 일은 없어야 할 것이네. 호방과 임 군교는 알아들었는가?"

"예, 사또. 명심하겠습메다."

"예, 사또."

임 군교는 씩씩하게 대답을 하는 반면 호방의 대답은 왠지 힘이 들어가 있질 않다.

정훈이 회의를 파하고 호방 휘하의 아전들과 군기색의 병사들이 세금 징수를 준비하는 사이 가 마을의 유지들도 바쁜 시간을 보내고 있었다.

수확물에 맞추어 소작료를 거두며 몇몇 유지들의 회동이 이루어지더니 추수가 끝날 때쯤엔 향청과 향교를 중심으로 향임들의 모임이 이루어지고 있었다.

영이 그들의 움직임을 포착하여 살펴본 결과 그들의 모임의 이유가 서당에 있었는데, 표면적인 이유가 정훈이 문묘종사를 거부한 것에 있었다.

성현의 말씀을 배우는 유학자들에게 성현의 제사를 모시지 못하게 하는 것은 성현을 부정하는 것이라 하여 아무리 군수라 하더라도 도저히 용납을 못하겠다는 것이다.

또한 서당에 전 군민의 관심이 쏠리고 그 학생들의 수가 엄청나니 향청에서 서당에 영향력을 행세해야 한다는 것이다.

그동안 향교는 그 학생 수가 십여 명 안팎이라 별로 신경을 쓸 게재가 못 되었지만 새로 만들어진 서당만은 달랐다.

그 학생 수만도 600명이 넘었고, 또한 전 군민의 자녀들이 모두 모여 있는지라 그러한 서당에 영향력을 발휘하지 못하게 된다면 군수의 세에 향임들이 완전히 밀리게 될 뿐만 아니라 지난 우중천의 일과 더불어 백성들을 다스리는 일이 점점 더 힘들어질 것이라는 게 그들의 중론이었다.

영으로부터 향임들의 모임에 대해 자세히 전해 들은 정훈이 슬슬 고민이 되기 시작했다.

향임들의 뜻이 하나로 모이기 시작한다.

표면적인 이유야 문묘종사에 있다지만 학생들이 양반의 자제가 아닌 일반 양인의 자제들이니 그것은 그리 큰 문제는 되지 않을 것이다.

문제는 향청에서 서당에 영향력을 발휘하며 서당의 운영에 참여를 하겠다는 것인데 그동안은 정훈이 철저하게 양반들의 참여를 제재해

왔지만 향임들의 뜻이 하나로 모인다면 무작정 거절하는 것이 쉽지만
은 않아 보인다.

그렇다고 향청이 서당의 운영에 참여하는 것을 허락할 수는 없다.

정훈이 억지로 연극을 해가면서 양반들의 행패를 막고 군민들의 인
권을 어렵게 지키고 있는데 여기서 향임들의 뜻이 관철된다면 또다시
군민들은 양반들의 문서없는 종의 신세가 될 것이다.

양반들의 세가 모이는 것에 은근히 겁을 먹은 정훈이 고민에 고민을
해봐도 별다른 뾰족한 대책이 보이질 않는다.

좌수와 별감 둘이 정훈에게 약점이 잡혀 있다고는 하지만 향임들의
뜻이 하나로 모인다면 좌수와 별감도 정훈에게 별로 도움이 되지는 못
할 것이다.

'영, 무슨 방법이 없겠냐? 니 잘 돌아가는 머리로 방법을 한 번 찾아
봐.'

'글쎄요. 그런데요, 캡틴. 양반의 자제들이 모인 향교라면 문제가
다르겠지만 일반 양인들의 자제들이 모인 서당인데 캡틴께서 그냥 안
된다고 하면 그걸로 그냥 끝나는 일 아닌가요? 문묘종사에 관한 일도
그렇고 서당의 운영에 관한 일도 향청의 양반들에겐 어떠한 권리도 없
습니다. 서당의 건립에 대해 향청에서 나서서 도와준 일이 전혀 없질
않습니까? 비록 향청에서 세를 모아 캡틴께 대항을 해서 군민을 다시
장악해 보겠다는 그 얄팍한 뜻은 알겠지만 여기에 캡틴께서 겁을 내실
필요는 없다고 봅니다. 그저 캡틴께서 안 된다고만 하시면 그들로서도
별다른 대책이 없을 겁니다. 그들에게는 강제력이 없으니 캡틴께서 강
하게 마음을 잡수시고 대처를 하시면 될 것으로 봅니다.'

'강하게. 강하게라……'

'그렇습니다, 캡틴. 여기서 캡틴께서 밀리시면 군민들은 또다시 고통을 받게 됩니다. 군민들을 위해서라도 향임들에게 강한 면모를 보여 주실 필요가 있습니다. 힘을 내십시오, 캡틴.'

'좋아, 명색이 고을의 수령인데 향임들에게 밀릴 수는 없지. 어디 한 번 해보자.'

정훈이 영의 위로에 마음을 다잡고 며칠이 지나자 드디어 향임들이 면담을 요청해 왔다.

정훈이 면담을 수락하고 동헌에 자리를 마련하니 좌수와 두 별감을 위시하여 찾아온 향임의 수가 스무 명에 다다른다.

"어서들 오세요. 좌수 어른과 여러분도 오랜만에 뵙는 것 같습니다. 그래, 다들 안녕들 하셨지요?"

"예, 사또. 이렇게 바쁘신 분의 시간이래 뺏어서리 고조 송구함메 다."

좌수가 대표로 인사를 하고는 모두들 자리를 정해 앉는다.

"하하, 아닙니다. 중요한 의논이 있으신 듯한데 본관이 당연히 시간을 내야지요. 그래, 어쩐 일로 본관을 보자고 하셨는지요?"

"흠, 사또께서리 바로 말씀이래 하시니 본인도 바로 말씀이래 올리디요. 서당의 일로 향청에서리 의논이래 있었슴메다. 기 말씀이래 드리고자 이레 찾아뵌 거임메다."

역시나 좌수가 대표로 나서서 말을 하는데 다른 양반들의 눈초리가 매서워지며 은근히 정훈을 압박하려 든다.

"각설하고서리 향청에서리 채택된 의견이래 말씀 올리갔시오. 고조 서당이라는 거이 성현의 말씀이래 배우는 곳이디요. 성현의 말씀이래 배우는 자라면 당연히 성현에 대한 예래 잊어서는 아이 되지비. 기러니 문묘종사래 당연한 일임메다. 사또께서도 성현의 말씀이래 배운 분이심둥 어드렇게 문묘종사래 반대하시는디 기 연유래 모르갔슴메. 사또께서리 성현의 말씀에 반하디 않으신다면 고조 서당에서리 문묘종사래 허락하시라요.”

“문묘종사의 일로 본관을 찾아오신 겁니까?”

“아임둥. 또 다른 의견이래 있슴메.”

“그러면 모두 말씀을 하세요. 다 듣고 나서 본관이 말씀을 드리지요.”

“알갔슴메. 서당이래 학성군 군민들의 교육이래 시키는 기관임둥. 군민들의 일이라면 고조 향청에서리 나 몰라라 할 수래 없는 일이지비. 해서리 서당의 운영에 향청에서리 참여래 해야 한다는 거이 향임들의 중론임메. 이거이 당연한 일이니 사또께서리 허락하실 줄로 믿갔슴둥.”

좌수가 말을 끊고는 정훈을 쳐다보는 것이 할 말을 다 했다는 표시인 모양이다.

정훈이 좌수와 향임들을 한차례 훑어보고는 천천히 말을 시작한다.

“좌수 어른의 말씀은 잘 들었습니다. 요는 문묘종사와 서당의 운영 참여를 허락하라는 말씀이군요. 우선 가부를 말씀드리기 전에 좌수 어른께 몇 가지 여쭙겠습니다. 문묘종사의 일은 이미 성균관과 향교에서 실시하고 있는 일입니다. 학성군에서도 향교에서 문묘종사를 하고 있지 않습니까? 문묘종사는 유학을 하는 양반들에게는 아주 중요한 일입니다. 양반의 특권 중 하나이지요. 그런데 우리의 서당은 어떻습니까? 양반의 자제가 단 한 명이라도 있습니까? 서당에 다니는 아이들은 모두 양인의 자제로 유학자가 될 아이들이 아닙니다. 그런데도 문묘종사를 해야 할까요?"

정훈이 말을 끊고 좌수를 비롯한 향임들을 쳐다보자 약간 당황한 듯
한 표정이 되더니 좌수가 곧바로 반론을 제기한다.

"길티만 사또, 서당의 아이들도 성현의 말씀이래 배우지 않슴메까?
기 아이들이래 비록 양반의 자제래 아이라 해도 성현의 말씀이래 배우
는 한 문묘종사래 해야 한다고 봄메다."

"이것 보세요, 좌수 어른. 좌수 어른께서는 지금 위험한 발언을 하셨
다는 것을 아셔야 합니다. 성현의 말씀을 배운다고 너나 할 것 없이 모
두 문묘종사를 할 수는 없습니다. 문묘종사를 한다는 것은 성현의 제
자가 되는 것과 다를 바 없는 이야기입니다. 성현의 제자라면 당연히
그만한 대우를 해주어야 하는데 그럴라 치면 반상의 구별이 모호해 집
니다. 좌수 어른께서는 서당의 아이들에게 반상의 구별 없이 그만한
대우를 해주실 수 있겠습니까?"

정훈이 무섭게 노려보며 힐난을 하자 좌수를 비롯한 향임들의 얼굴
이 허옇게 질린다.

"서당의 아이들이 제사를 모셔준다면야 공문십철(孔門十哲:공자, 맹
자 등 유학의 기초를 세운 열 명의 성현)이나 송조육현(宋朝六賢:송나라의 여
섯 성현), 동국십팔현(東國十八賢:신라 때부터 조선에 이르기까지 성현으로
불리는 열여덟 명의 유학자), 사림오현(士林五賢:다섯 명의 성현으로 김굉필,
정여창, 조광조, 이언적, 이황)들께서는 좋아하시겠지만 자칫 반상의 법도
가 문란해질 우려가 있습니다. 유학자의 길을 걸을 양반의 자제들도
아니고 해서 본관이 반대를 하는 것입니다. 하니 문묘종사의 얘기는
더 이상 꺼내지 말기를 바랍니다. 계속해서 얘기가 나온다면 본관은
부득불 반상의 법도를 깨려 하는 풍기문란의 죄를 물을 수밖에 없습니

다. 다들 아시겠습니까?"

군수가 반상의 법도를 들고 나오자 향임들이 말문이 막히며 향임들이 내세운 표면적인 이유가 효력을 잃어버렸다.

정훈으로서는 향임들의 득세를 막아볼 요량으로 꺼낸 말이었지만 향임들 입장에서는 풍기문란의 죄를 묻겠다 하니 말문이 막힌 것이다.

"또한 서당의 운영에 관한 건도 그렇습니다. 서당의 건립에 향청에서 어떠한 의견이나 도움을 주신 것이 있습니까? 본관이 사재를 털어다 지어놓고 아이들을 모아 가르치려고 하니 이제 와서 군민의 교육이라 해서 운영에 참여를 하려고 하는 것은 무슨 심보입니까? 본관은 향청의 여러분에게 대단한 실망감을 느낍니다. 군의 발전에는 전혀 도움을 주지도 않으면서 어찌하여 세를 과시하는 일에는 발을 벗고 나서는 겁니까? 이것이 존경받는 향임으로서 취할 수 있는 처신이라고 보십니까?"

정훈이 호기를 잡은 김에 아예 몰아붙이자 좌수를 비롯한 향임들의 얼굴이 붉으락푸르락해지며 노기를 띠는데 좌수와 별감이 아무런 말이 없자 향임 중 한 명이 참지를 못하고 발끈한다.

"사또, 말씀이래 너무 심하지 않습둥. 아무리 사또라 하시지만 양반인 향임들에게 하시는 말씀이래 너무 예래 없디 않습메. 길고 군민의 교육이래 향청에서리 관여하는 거이 당연한 일임둥 어드렇게 운영에 참여조차 못하게 하지비? 이거이 사또께서리 향임들이래 너무 우습게 보는 거이 아임둥. 아이 기렇습메?"

"히히, 이보시오! 적반하장도 유분수지, 세상에 이런 이기지기 이디에 있소? 이런 말 하기는 참으로 뭣하지만 그대들의 어거지에 본관이 존경심마저 드는구려."

정훈이 좀 심하게 말을 하자 향임들이 자리를 박차기도 하고 방바닥을 치기도 하며 노기를 드러낸다.

"이보시라요, 사또! 말씀이래 너무 심하지 않슴메?"

"어거지라이? 무스그 말이래 기렇게 하심메?"

"허어… 허어… 사또께서리 어찌 기런 말씀이래…….''

잠시 시끄러워진 자리를 정훈이 손을 들어 진정을 시키고 다시 말을 잇는다.

"본관은 오늘 여러 향임 분들께 실망이 이만저만이 아니외다. 군민의 교육에 이렇게 관심을 가지고 계셨다면 왜 진작 서당을 열어 아이들을 가르치지 않으신 게요? 본관이 부임하기 이전에는 군민의 교육에는 전혀 신경도 쓰시지 않다가 본관이 사재를 털어 서당을 지어놓으니 이제 와서 서당의 운영에 참여를 하겠다는 것이 이치에 맞는 일이오이까? 보시오. 저 서당의 건립에 들어간 본관의 사재가 얼마나 되는지 아시오? 자그마치 천 냥이 넘는 금액이오. 그리고 600명이 넘는 학생들의 숙식과 서당 종사원들의 노임 등 한 달 서당 운영비로 월 400냥이 넘는 돈이 들어가고 있소이다. 게다가 그대들도 들었겠지만 학생 1인당 연 닷 냥씩 연간 3,000냥이 넘는 돈이 교육 장려비로 아이들의 부모에게 지급이 될 것이오. 관아의 재정이 아닌 본관의 사재로 이렇듯 어마어마한 금액을 투자하여 서당을 지어놓았더니 그대들은 아무런 노력도 없이 이제 와서 서당의 운영에 참여를 하려고 하고 있소. 그대들이 서당의 건립에 주춧돌 하나라도 도움을 준 것이 있소, 아니면 그대들의 노동력이라도 도움을 준 것이 있소? 그래 놓고도 이제 와서 서당의 운영에 참여하는 것이 마치 당연하다는 듯이 하는 그대들의 말이 과연 이치에 맞다고 생각을 하시는 게요? 어디, 생각이 똑바로 박힌 양반이 있다면 말들을 해보시오!"

정훈이 서릿발 같은 표정으로 향임들 하나하나를 노려보며 말을 하는 와중에 정훈이 개인적으로 엄청난 돈을 투자한 것을 알게 되고 향임들의 도움 여부를 따지고 드니 향임들이 반박의 여지가 별로 없는 듯하다.

그저 다들 헛기침만 해댈 뿐 아무도 나서서 말을 하는 이가 없다.

"그대들은 오늘 본관 앞에서 두 가지의 실수를 하였소! 그 하나는 반상의 법도를 무시하고 고을의 풍기를 문란하게 할 것을 건의하였다는 것이고, 또 다른 하나는 주상 전하를 대리하여 고을을 관장하는 본관을 능멸하려 했다는 것이오!"

정훈이 뒷말을 잇기도 전에 한 향임이 빠르게 끼어들어 항변을 한다.

"아니, 사또, 본인들이래 언제 사또래 능멸하였다는 말씀임메까? 억울함메다. 기런 말씀이래 마시라요."

"이보시오, 그대들이 무리를 지어 본관을 찾아와 말도 되지 않는 어거지로 본관을 핍박하는 것이 능멸이 아니고 무엇이오? 능멸이라는 것이 오물을 끼얹고 구타를 해야만 능멸이오? 그대들은 주상 전하를 대리한 관장을 우습게 보고 또한 말도 되지 않는 어거지로 우롱하려 했소. 본관은 오늘의 일을 잊지 않을 것이오. 후일 그대들의 행동 여하에 따라 오늘의 일을 논죄할지 말지를 결정하겠소. 우중천의 방화 사건에서 보아 이미 다들 알고 계시겠지만 본관이 마음만 먹는다면 학성군의 일은 손금 보듯이 훤히 알 수가 있소. 하니 그대들은 본관이 그대들을 항시 주시하고 있다는 사실을 잊지 마시오."

정훈의 반협박에 우중천 방화 사건의 귀신놀음을 기억하고 있는 향임들이 기억을 떠올리며 거의 울상으로 변한다.

"그리고 그대들이 정히 서당의 운영에 참여를 해보시겠다면 본관이 한 가지 방법을 일러주리다. 잠시 전에도 얘기를 하였지만 서당의 건립에 들어간 본관의 사재가 대략 1,000냥이고, 지금까지 월 400냥의 운영비가 들어가고 있소이다. 하여 그대들도 개인당 1,000냥의 참가비와 매월 400냥의 돈을 기부하겠다면 서당 운영에 관한 발언권을 주리다. 단, 여기에는 한 가지 조건이 있소. 참여를 하겠다면 향임 분들 모두가 참여를 해야 할 것이로되 향임의 자격을 떠나서 개인의 자격으로 참여를 해야 할 것이오. 아, 물론 그리된다면 본관도 관장의 자격이 아닌 개인의 자격으로 서당의 운영에 참여를 할 것이오. 하니 정히 서당의 운영에 참여를 해보시려거든 향청에서 한 번 진지하게 의논들 해보시오."

정훈의 말도 안 되는 선심에 또다시 향임들이 울컥하나 감히 겉으로는 표시를 못 내고 아예 고개를 돌려 버리는 사람도 있다.

향안에 오른 양반 수십 명 중에 향임만 따져도 이십여 명이 된다.

참가비만 20,000냥이 넘어서고, 월 기부되는 돈도 10,000냥에 다다르는 거액이다.

개인별로 따져도 참가비 1,000냥에 기부금이 연 4,800냥이다.

서당의 운영에 참여하는 조건으로 해마다 4,800냥의 돈을 기부해야 한다면 과연 정훈의 임기 말년까지 버틸 수 있는 양반이 몇이나 될까?

아마도 3, 4년이 못 가 모두들 쪽박을 찰 수밖에 없으리라.

그것을 잘 아는 향임들이기에 정훈의 말이 서당 운영의 참여에 제재를 가하는 소리로 들린 것이다.

운영비가 400냥인데 매월 10,000냥에 달하는 거액을 거두어 어디에 쓸 것이냐 하고 따지고 싶은 생각이 다들 간절했으나 그리되면 또다시 말이 길어질 것이고, 이미 사또로부터 참여에 대한 반대의 뜻을 알아들었기에 굳이 나서서 말을 하는 이가 없다.

"흠, 모두들 말씀들이 없는 걸 보니 본관의 말씀을 알아들으신 걸로 알겠소이다. 하면 좌수 어른, 하실 말씀이 더 계시오이까?"

정훈의 축객령이다.

할 말이 있으면 더 하고 없으면 그만 물러가라는 뜻인 것이다.

좌수가 향임들의 면면을 둘러보니 모두들 고개를 돌리고 외면을 하고 있는지라 좌수가 물러날 뜻을 정훈에게 비친다.

"아임메. 고조 드릴 말씀이래 다 했지비. 사또께서리 바쁘신 시간이래 내어주셔서리 감사함등. 하교하실 말씀이래 없으시면 이만 물러가겠슴메."

"예. 하면 그리하시지요. 멀리 안 나가겠습니다."

향임들이 일어나 분분히 형식적이나마 인사들을 하고 물러가자 정훈이 속으로 가가대소를 터뜨린다.

'우하하하! 낄낄낄낄! 아이고 속이 다 시원하다!'

'캡틴, 그렇게 웃으시다가 배꼽 빠지시겠습니다.'

'낄낄낄, 너도 봤냐? 향임들이 울상을 짓던 그 표정을. 강하게 나가니까 별것도 아닌 것을 괜히 걱정을 했었네.'

'이번 일이야 향임들이 별 생각 없이 일을 벌인 것이라 운 좋게 해결이 잘되었지만 다음에 또 이런 일이 생기면 쉽지 않을 겁니다. 매사에 신중하게 대처를 하셔야 할 겁니다.'

'이 자식은 꼭 기분이 좋을 때 한 번씩 나서서 초를 치고 있어. 알았으니까 지금 나간 향임들이나 잘 살펴봐. 그냥 헤어지지는 않을 것 같

고, 뭔가 의견들을 나누고 헤어질 테니 무슨 말들을 나누는지 잘 살펴
봐.'

   '예, 캡틴.'

   영이 살펴본 결과 헤어지기 전에 한 번 모임을 가졌는데 별다른 행
동의 통일은 보질 못하고 그저 군수에 대한 험담만 신나게 떠들다가
헤어졌다고 한다.

   이로써 향임들의 서당에 대한 건이 마무리가 되고 추수철이 지나며
가을이 깊어갔다.

   호방과 군기색 병사들의 세금 징수도 무난히 이루어져 한 달여 만에
완료를 하였는데 세율 인하와 세금 감면에 대한 군민들의 반응이 상당
히 좋았다고 한다.

   간혹 세금을 거두러 간 병사들을 대접하는 집들도 있어서 대접을 받
으며 세금을 징수해 보기는 처음이라는 말들이 병사들의 입을 통해서
흘러나왔다.

   군수에 대한 칭송의 소리도 흘러나왔는데, 이번 세금 감면의 일이
귀신 붙은 원님이라는 다소 안 좋은 인식에서 많이 탈피를 하게 되는
계기가 되기도 했다.

   이모저모 정훈으로선 기분이 좋을 수밖에 없는 일이다.

   과수원에서도 감과 능금, 살구 등의 수확이 있었으나 나무를 옮기는
과정도 있었고, 나무들이 바뀐 기후에 아직 적응이 안 되었던 것인지
수확물이 그리 많지가 않다.

   뭐, 어차피 수확을 기대한 해가 아니었기에 그나마라도 수확물이 있
어준 것에 감사를 하고, 수확물을 학성군 내부에 풀어 헐값으로 군민들

이 사 먹을 수 있게 조치를 했다.

버섯은 벌써 세 차례나 출하를 하였고, 닭과 오리, 토끼 등의 가축들도 꾸준히 출하가 계속되고 있어 벌써 1,000냥이 넘는 거래가 부상과 이루어졌다고 한다.

일은 정훈이 벌여놓았지만 그 일에 종사를 하는 많은 사람들이 생계를 위해 다들 열심히 일을 하니 정훈이 신경을 쓰지 않아도 그 부피가 점점 커져 가는 것 같다.

그렇게 9월이 가고 10월이 되면서 추위가 다가오자 전 고을이 다시 월동 준비로 분주해진다.

밭에서는 무, 배추의 수확이 한창이고, 겨울에 쓸 땔감들을 준비하느라 다들 바쁜 하루를 보내자 정훈도 고아원의 월동 준비가 슬슬 걱정이 되기 시작했다.

삼이 원장으로 있으니 알아서 잘 준비를 하겠지만 부모 없는 아이들이라 왠지 정훈이 마음이 쓰인 것이다.

고아원도 그동안 인원이 꾸준히 늘어 원생의 수가 120명을 넘어섰고, 아이들을 돌보는 유민의 가구 수도 열다섯 호가 넘어 아예 고아원의 한쪽에 유민들의 마을이 형성되어 버렸다.

정훈이 하루 날을 잡아 변복을 하고 금도색의 원 군교를 대동한 채 고아원을 방문해 보니 기숙사 옆의 축사에서는 동물들이 서로 합창으로 울어대고, 학당 뒤의 채마밭에서는 큰 아이들이 한창 무, 배추의 수확에 다들 일손들이 바쁘다.

작은 아이들은 축사와 운동장을 뛰어다니며 깔깔거리고 노는데 산 위에서 이러한 광경을 바라보는 정훈에게 참으로 정겨운 모습으로 다가온다.

세상 모든 사람들이 이러한 동심으로 살아간다면 아귀다툼도 탐욕도 없이 평화롭고 살기 좋은 세상이 될 터인데 아쉬운 마음이 든다.

정훈이 고아원의 입구로 들어서자 고아원을 지키는 병사들이 먼저 알아보고 인사를 하고, 좀 지나자 현이 녀석이 후닥닥 달려나온다.

"나으리, 오랜만에 뵙습네다. 어케 이리 오랜만에 오십네까?"

"하하하, 녀석, 미안하구나. 그래, 잘 지냈느냐?"

"예, 아이들이래 가르치는 거이 쪼매 힘이래 들어도 지내는 거이 잘 지냅네다. 삼이 아재도, 병사 아재들도 잘 대해주니까네 지내는 거이 문제없습네다."

"하하! 그래, 다행이구나."

현과 얘기를 주고받으며 학당의 입구로 다가서자 소희가 입구에 서서 멀뚱히 바라보다 정훈과 눈이 마주치자 고개를 수그린다.

인사를 하려는가 싶어 정훈이 인사말을 하려다 보니 소희가 말을 안 하고 그저 고개만 수그리고 서 있다.

가까이 다가가서 보니 양 볼에 눈물이 흐르는 것이 울고 있었던 듯하다.

"하하하, 어찌하여 다 큰 처녀가 이렇게 울고 서 있누. 소희는 나를 보는 것이 반갑질 않고 그저 슬픈 모양이구나."

"아입네다, 나으리. 고조 오랜만에 뵈오네 너무 반가워서리……."

"그래, 아저씨가 너희들에게 참으로 미안하구나. 이 낯설고 먼 곳까지 데려와서는 제대로 돌봐주지도 못하고 힘든 일만 시키고 있으니 뭐라고 할 말이 없구나."

"아입네다, 나으리. 고조 기런 말씀 마시라요. 나으리께서리 올매나 바쁜 분인디 소녀래 다 아옵네다. 길고 소녀래 이곳에서리 편하게 지내고 있습네다. 나으리께서리 훌륭한 일이래 하시는데 소녀래 한 힘이래 되어서리 나으리래 도울 수 있다는 거이 올매나 기쁜디 모릅네다. 기러니 다시는 기런 말씀 마시라요."

"하하, 그렇다니 참으로 다행한 일이구나. 오늘은 아저씨가 소희의 얼굴을 실컷 보고 가야겠으니 소희가 아저씨의 곁에서 안내를 좀 해주려무나."

"예, 나으리."

소희가 언제 울었냐는 듯이 얼굴색이 활짝 개이며 두 볼이 발그레해지는데 뒤를 따라오던 원 군교가 그 모습을 보고는 빙그레 미소를 짓는다.

소희와 현의 안내로 학당에서 아이들이 공부를 하는 모습과 채마밭에서 일하는 아이들의 모습, 축사와 기숙사의 시설들을 꼼꼼히 둘러보고, 월동 준비의 과정을 찬찬히 살펴본 후 식당에서 아이들과 함께 식사를 했다.

그나마 오랜만이라도 소희의 밝은 모습과 현이의 성장해 가는 모습을 보면서 한나절을 같이 시간을 보내니 다소 아이들에게 미안했던 마음이 가라앉는다.

아이들과 좀 더 시간을 보내다 느지막한 오후가 되어서야 고아원의 종사자들과 병사들에게 격려와 당부의 말을 전한 후 관아로 돌아왔다.

관아에서도 월동 준비에 다들 분주한 시간을 보내고 있었다.

김장을 담그랴, 땔감을 준비하랴, 두터운 솜옷 등을 준비하랴 노비와 병사들이 분주한 가운데 정훈도 나름대로 분주한 시간을 보내고 있었다.

징수된 세액을 나누어 한성의 호조와 감영으로 상납하고, 부상을 이용해 무명과 목화 솜을 들여와 병사들의 아낙들에게 일감을 주어 병사들과 고아원의 아이들이 입을 겨울옷을 짓게 했다.

또한 과수원에 들러 나무에 새끼를 감아 추위에 대비하는 것을 지켜보고, 공병색의 병사들에게 바닷가의 수족관 위로 건물을 올려 추위를 막게 하고 화로를 설치하도록 했다.

그렇게 관민이 하나가 되어 월동 준비를 하면서 10월을 보내고 11월이 되자 드디어 학성군에 첫눈이 내렸다.

저녁 무렵부터 송송 내리던 눈이 밤새 제법 내리더니 아침에 동이 틀 무렵에는 발목을 덮을 정도로 내렸다.

전 고을의 주민들과 병사들이 눈을 쓸고 치우느라 땀을 뻘뻘 흘리고 있을 때 정훈은 내아의 정자에 앉아 한가로이 연못 주위에 쌓인 눈 구경을 하고 있었다.

온 세상을 하얗게 덮은 눈을 보며 감상에 젖어 밤골의 일을 생각하는데 영을 통해 수시로 상황을 전해 듣고는 있지만 그래도 직접 눈으로 본 것이 아니라서인지 이것저것 걱정이 앞선다.

월동 준비는 잘하였는지, 부인과 어머님, 형수님은 잘 계신지, 부인의 병은 좀 차도가 있는 건지 어쩌다 눈을 보면 밤골 생각이 나고 부인이 보고 싶은 마음에 아침부터 괜스레 마음이 울적해진다.

마을 앞 강가에서 눈을 맞으며 낚시를 하다 감기에 된통 걸려 부인의 걱정을 들었던 일, 혼례를 올리고 나서 수줍어하던 부인의 모습과 과거에 급제를 하고 돌아오자 몇 날 며칠을 좋아하던 부인의 모습, 역병의 발병으로 소희의 일이 들통나자 서릿발 같던 부인의 모습 등이 새삼 그리워진다.

벌써 부인의 곁을 떠나 학성군에 온 지도 일 년이 다 되어가지만 밤골에 간간이 서신만 전했을 뿐 한 번도 찾아가지를 못했다.

마음만 먹는다면 언제라도 하룻밤 만에 갔다 올 수도 있는 정훈이었지만 조선의 교통으로는 불가능한 일이었고 이로 인해 괜한 오해가 생길까 저어하여 아예 밤골을 다녀올 생각을 하지 않았던 것이다.

그동안 바쁘게 시간을 보냈던 탓도 있었겠지만 이제 어느 정도 마음이 한가로워지고 또한 소복이 쌓인 눈을 보니 옛일이 생각나며 감상에 젖어 부인이 그리워지기 시작한 것이다.

정훈이 한참을 연못가에 쌓인 눈을 바라보며 감상에 젖어 있는데 내아에 소속된 관속 노비가 조심스럽게 다가와 조반이 준비되었음을 알린다.

조반을 들고 동헌으로 나가 앉아 있어도 그저 기분이 울적할 뿐 영 일이 손에 잡히지를 않는다.

'캡틴, 너무 깊이 감상에 젖어드시는 것 같습니다. 바이오 리듬이 급격히 안 좋아지시는 것이 이러다 몸이라도 상하실까 염려가 됩니다.'

'그러냐? 하긴 우울한 기분이 영 떨쳐지지가 않네. 아무리 생각을 해봐도 내가 지금 왜 이러고 있는지 모르겠다. 처음엔 그저 여행이나 하면서 편하게 지내려고 했던 건데 그게 지금은 부인하고도 생이별을 하고 이 먼 곳에서 나 혼자 도대체 이게 뭐 하고 있는 거냐? 내가 이러고 있는 게 도대체 나에게 무슨 도움이 되는 거지? 괜히 과거를 봤어. 아니, 과거를 보더라도 급제를 하지 말았어야 했는데, 부인을 기쁘게 해주려는 생각으로 컨닝까지 해가면서 급제를 한 것이 잘못된 생각이었던 것 같아. 이게 뭐야? 부인과 같이 있지도 못하고 혼자 이곳에 떨어져서 제대로 알지도 못하는 나이 많은 향임들과 싸우기나 하고, 전전 궁궁하며 다른 사람들 사는 것에 뒷바라지할 생각만 하고 있으니 이게 도대체 나에게 무슨 도움이 되냐고? 과거에 그냥 낙방하고 밤골에서 그저 부인과 평화롭게 지내는 것인데 아무래도 잘못한 것 같아.'

　'마음이 많이 약해지신 것 같습니다, 캡틴. 제가 누차 그냥 편하게 지내자고 말씀을 드렸을 때 캡틴께서 하신 말씀을 벌써 잊으셨습니까? 이곳에 오게 된 이유야 어떻든 간에 이곳에 온 이상 조상들이고 한민족이니 도울 수 있으면 도와야 한다고요. 그러시더니 아직 시작도 하지 않았는데 벌써 마음에 회의가 들면 어찌합니까? 마음을 굳게 잡수세요, 캡틴.'

　'그래, 알아. 알지만 혼자 이렇고 있는 것이 처량해서 말야. 지금쯤 밤골에 있었다면 부인과 즐겁게 시간을 보내고 있을 텐데 괜히 군수가 되어서는 이게 뭐냐? 부인도 홀로 독수공방으로 외롭게 하고, 나도 이 먼 곳에서 홀로 외로워하고 말야. 괜히 군수를 했다는 생각이 든다.'

　'캡틴, 군수가 하고 싶다고 그저 아무나 다 할 수 있고 하다가 하고 싶지 않다고 맘대로 그만둘 수 있는 그런 자리가 아니지 않습니까? 마님께서도 기뻐하신 일이니 그저 몇 년만 참으시면 지금보다 더 잘되어서 다시 같이 사실 날이 올 겁니다. 아마 지금 캡틴께서 이 상황을 이겨내지 못하신다면 마님께서 엄청 실망하실 겁니다. 지금 약해진 캡틴의 마음을 극복하시고 강하게 마음을 잡수셔야 합니다. 마님을 위해서도, 그리고 후일을 위해서도 말이지요.'

　'휴, 알았다. 괜히 눈을 보니 마음이 심란해져서 말이야.'

　정훈이 눈을 보고 심란해할 때, 마천령 자락 밑에 있는 몇 개의 마을과 가축 농장 한곳에서는 간밤에 눈과 함께 도둑이 들어 난리가 났다.

간밤에 마을의 개들이 잠깐 시끄럽게 굴어 눈이 오니 개들이 좋아서 저러는가 싶어서 그냥 넘어갔더니 그것이 도둑을 발견하고 짖어댄 것인 줄 어찌 알았으랴!

마을에서는 닭과 토끼 등이 십여 마리씩 없어지고 농장에서는 송아지 한 마리가 없어졌다.

그런데 축사에 찍힌 희미한 발자국으로 그 도둑의 윤곽이 드러났는데 마을에 든 도둑은 여러 마리의 늑대 무리로 밝혀졌고, 농장에 든 도둑은 한 마리의 호군으로 밝혀졌다.

아마도 날이 추워지고 간밤에 눈이 오니 먹이를 구하지 못해 마을과 농장으로 내려온 듯싶다.

각 마을에는 정훈으로 인하여 가축을 기르는 것이 붐이 되어 집집이 가축이 없는 집이 없었다.

하여 전에도 가끔 삵이나 오소리 등이 내려오고 과수원에는 멧돼지들이 내려온 적이 있었지만 이렇게 늑대의 무리나 호군이 내려온 것은 처음 있는 일이다.

삵이나 오소리는 내려오더라도 한두 마리의 피해에 그치고 오히려 역으로 마을 사람들이 덫을 놓아 잡기도 하여 재미로 여겼지만 늑대의 무리나 호군은 경우가 달랐다.

한 번 내려오면 피해도 대규모에 달하고 또한 인명의 피해도 입을 수가 있기 때문에 사람들이 불안해하는 것이다.

게다가 한 번 가축에 맛을 들인 늑대나 호군은 편하게 사냥을 할 수 있다는 이점이 있어 계속하여 마을로 내려올 가능성이 있기에 이대로 그냥 내버려 둘 수만은 없는 일이었다.

아침부터 산 밑의 마을들이 술렁이더니 사냥에 경험이 있는 몇몇 사람들이 모여서 후일 풍산견으로 불리우게 되는 사냥견들을 데리고 늑대의 발자국을 쫓아서 산으로 들어가기 시작했고, 이러한 사실이 정훈의 귀에도 들어왔다.

정훈도 인명의 피해가 있다면 큰일이다 싶어서 금도색의 병사들을 산 밑의 각 마을로 파견하여 야간의 경비에 동참하게 하고 고아원과 가축 농장의 경비도 강화시켰다.

그리고 정찰기를 좀 더 산 쪽으로 이동하여 탐색하게 하고, 한과 삼에게 일러 야간에 대기하고 있다가 호군과 늑대들이 다시 내려오면 사로잡도록 했다.

그렇게 이틀이 지나고 삼 일째 되는 날 새벽, 농장에 다시 호군이 출현했다.

산에서 내려오면서 정찰기에게 탐지가 되어 농장에 채 진입하기도 전에 출동한 삼에게 충격봉으로 맞아 기절한 채로 사로잡히게 되었고 네 발이 묶이고 입에 재갈이 물린 채로 관아로 호송되었다.

호군의 출현과 동시에 영이 보내주는 영상을 통해 삼과의 대결을 정훈이 보았는데 날렵하기가 이루 말할 데가 없고, 지름 10㎝ 정도 되는 방책으로 세워놓은 나무들이 앞발에 걸어채여 쫙쫙 찢겨져 나간다.

삼도 옷과 인조 피부가 몇 군데 찢어지고서야 간신히 충격봉을 호군의 몸에 댈 수 있었고, 충격봉으로 두 번을 맞히고서야 간신히 기절시킬 수 있었다.

정훈이 보니 호군의 체구는 동물원에서나 볼 수 있었던 시베리아 호랑이보다 조금 작아 보이고, 털의 색도 더 진해 보이면서 노란내가 심하게 났다.

　네 발이 묶이고 입에 재갈이 물려 있어 일어나지는 못하고 그저 으르렁거리며 노려보기만 하는데 멀찍이 서서 쳐다보아도 눈에서 빛이 나는 듯이 보인다.

　민간에서 영물로 추앙받으면서 후일 멸종이 되어 조선에서 사라지게 되는 조선산 호군을 실제로 보게 된 정훈이 새삼 신기한 기분이 들면서도 호군의 처리에 고민이 되기 시작했다.

　죽이자니 아쉬운 마음이 들고 그렇다고 산에 다시 풀어주기에는 인명 피해가 염려되어 그럴 수도 없기에 호군의 처리가 참으로 난감해진 것이다.

　일단 공방에 쇠로 된 커다란 우리를 만들게 하고 호군을 우리 속에 넣어두었다.

　산으로 들어간 사냥꾼들도 몇 마리의 늑대를 잡아서 돌아오고, 그렇게 야밤의 도둑 사건이 일단락이 되었다.

　그로부터 칠 일 후 감영에서 초관 한 명이 병사 몇 명을 데리고 정훈을 찾아왔다.

　"사또께 인사 올림메다. 감사 본아의 부관청 초관 길정영임메다."

　"오, 그러신가? 어서 오시게. 한데 감영에서 무슨 일로 본관을 찾아오신 겐가?"

　"예, 사또. 감사 영감의 서신이래 전해 드리라는 명이래 받고서리 왔슴메다."

　하며 품에서 서신을 한 장 꺼내 건네기에 정훈이 받아 읽어보니 어떻게 알았는지 학성군에서 호군을 생포한 것을 알고 정훈이 따로 쓸 데가 없다면 감사가 호군을 노모의 약으로 쓰고자 하니 감영으로 보내주면 그 신세를 잊지 않겠다는 내용이 정중하게 적혀 있다.

'이런, 제기랄. 서신의 내용은 정중하나 결국은 상납하라는 얘기잖아?'

'어차피 죽일 수도 없고 풀어줄 수도 없어 처치 곤란이었는데 잘됐네요. 노모의 약으로 쓴다는데 그냥 줘버리고 이 기회에 감사에게 점수나 좀 따놓으시죠.'

'그럼 결국 호군을 죽이는 것이잖아? 에이, 잡자마자 바로 풀어줬어야 하는 건데 이거 노모의 약으로 쓴다고 하니 안 줄 수도 없고 그렇다고 주자니 찜찜하고 그러네.'

결국은 하는 수 없이 길 초관을 통해 호군을 운반해 가도록 하여 삼이 어렵게 잡은 호군을 감사에게 뺏기고 말았다.

재주는 곰이 부리고 돈은 뙤놈이 챙긴다더니 그런 꼴이 되어버리고만 것이다.

그러나 어찌하랴. 노모의 약으로 쓴다니 그 말이 진실이기를 바라며 눈물을 머금고 보낼 수밖에.

12월이 되면서 눈이 내리는 횟수가 잦아지고 눈으로 인해 길이 막히면서 사람들의 통행에 불편을 가져왔다.

정훈이 부임하면서 길의 폭을 조금 넓혔다지만 워낙이 대부분이 언덕길이고 산길이 많아 수레가 다닐 수 없게 되자 탈곡기의 출하가 불가능하게 되었다.

탈곡기의 출하가 멈추면서 생산된 탈곡기가 창고를 채우게 되자 창고를 더 지어 탈곡기를 쌓아두게 하면서 한편으론 생산량을 반으로 줄

이게 했다.

한 번 눈이 내리면 마을 간 통행이 불가능할 정도로 눈이 내리고, 그 횟수가 잦아지면서 겨우내 마을과 마을 사이의 통행이 끊겨 버렸다.

그 활성화되던 장시도 상인들이 들어오질 못하자 자연 장이 서질 못했고, 이로 인해 학성군의 모든 경제 활동이 중단되어 버렸다.

이러한 일을 처음 겪는 정훈으로서는 처음에 적지 않게 당황이 되기도 했었다.

갑자기 고립되어 버린 느낌이 들기도 하였는데 관아의 병사들이나 성안의 마을 사람들은 으레 그래 왔던 것처럼 아무렇지도 않게 활동의 영역을 줄이면서 적응을 해 나간다.

정훈이 대낮에 성안 마을을 둘러보아도 마을에 사람이 있는지 없는지 기척을 느낄 수 없을 정도로 길에 나와 있는 사람이 없다.

성 밖으로 나가보려고 해도 눈이 사람의 허리 높이까지 쌓여 있어 통행이 어려운지라 성 밖으로 나가는 일은 꿈도 못 꿀 일이었다.

이렇게 되자 관아의 업무도 일시 정지 상태가 되어버리고 그저 정찰기를 통해 마을들의 모습만을 살필 수 있을 뿐 아무런 할 일이 없는 상태로 하루하루가 지나갔다.

그렇게 12월이 다 가고 설이 며칠 앞으로 다가온 어느 날, 정훈이 밤골을 다녀오기로 생각을 굳힌다.

어차피 1월말까지는 이런 고립 상태가 계속 이어진다고 하니 설을 밤골에서 지내기로 생각한 것이다.

하여 한에게 관아의 일을 맡기고 삼에게 새벽에 정찰기를 타고 관아 뒤의 야산으로 오도록 하여 밤골로 향했다.

밤골의 입구에서 조금 떨어진 야산에 내려 걸어가니 아직 어둠 속이지만 주위의 보이는 풍경들이 새삼 정겹게 보인다.

차가운 삭풍은 매섭기는 학성군과 매한가지이나 왠지 모르게 따뜻한 느낌이 들고, 밤골로 향하는 길이 낯설지 않으니 마음이 훈훈하다.

정훈이 밤골의 입구에 들어서니 두리가 마중을 나와 서 있다.

"나으리, 오랜만에 뵙습니다. 그간 별고없으셨습니까요?"

"하하, 그래. 오랜만이구나. 다들 무고하시냐?"

"예, 나으리. 다들 무고하십니다. 지금쯤 사가 마님께 말씀을 드렸을 테니 기다리고 계실 겁니다."

"그래? 그러면 어여 가자."

두리의 인사를 받으며 마을로 들어서는데 마을의 길이나 외부로 뻗어 있는 길이나 눈이 덮여 있긴 하지만 앞이 훤하다.

이런 것에서부터 함경도와 경기도가 차이가 나는 모양이다.

아직 어둠이 채 가시지 않아서인지 간간이 불이 켜진 집이 하나둘 보일 뿐 마을이 조용하다.

정겹게 느껴지는 마을 길을 걸어 집 앞의 공터에 도착하니 부인이 사와 소홍이, 대강네를 대동하고 문 앞에 나와 서 있는 모습이 보인다.

"나으리……."

정훈이 다가가자 부인이 눈물이 그렁그렁한 얼굴로 정훈을 맞으며 말을 못한다.

"하하하, 부인! 말씀이 없으신 걸 보니 일 년 만에 보는 낭군이 별로 반갑지 않으신 모양이십니다?"

정훈이 농을 건네자 부인의 눈에 맺혀 있던 눈물이 한두 방울 떨어지더니 부인의 말문이 열린다.

“아니옵니다, 나으리. 그저 오랜만에 뵙는지라……. 이렇게 강녕하신 모습으로 다시 뵈오니 은혜가 크옵니다. 하온데 부임지의 일을 어찌하오시고 이곳으로 오시었사옵니까?”

“하하, 부임지의 일은 걱정하지 마시구려. 겨울이라 별달리 할 일도 없고 하여 한에게 잠시 맡겨두고 부인과 어머님도 뵈올 겸 설을 지새고 가려고 잠시 들른 겁니다.”

정훈의 말을 들으며 부인의 고개가 갸웃한다.

말로는 옆마을 가듯이 잠시 들렀다고는 하지만 경기도 연천과 함경도 학성이 이웃 마을도 아니고 열흘 길이 넘는 먼 거리로 왕복으로 오가고 어쩌고 하면 한 달이 걸리는 여정이 될 것인데, 잠시 설을 지새려 부임지를 내버려 두고 한 달의 기간을 그저 길에서 소모하는 것이 이해가 안 되는 모양이다.

“하오나 그리 오랜 기간 부임지를 비워두셔도 되시는 일이옵니까?”

의아하여 묻는 듯하면서도 부인의 특기인 훈계조의 말투가 섞여 나온다.

“하하, 설만 지새고는 바로 돌아갈 예정이니 너무 염려하지 마시구려. 그나저나 부인의 건강은 좀 어떠하오? 보아하니 일 년 전보다는 옥용에 살이 오르신 듯도 하고 훨씬 더 아름다워지신 듯도 한데 말이오.”

정훈이 부인의 용모를 칭찬하자 부인의 얼굴에 도화꽃이 핀 듯하면서 부끄러워한다.

“해주댁이 잘 챙겨주어서 나날이 좋아지고 있사옵니다. 하오니 이제는 나으리께서도 소첩에 대한 시름은 덜으셔도 될 것이옵니다.”

“하하하, 그래요? 참으로 다행한 일입니다. 모쪼록 건강을 계속 유지하셔야 합니다. 부인의 건강이 내게는 무엇보다도 중요하니 말입니다. 어머님께서는 기침을 하셨습니까?"

"예, 소첩이 나오면서 기별을 드렸으니 기침해 계실 것이옵니다. 이만 들어가시지요."

"그럽시다. 어머님께 먼저 인사를 여쭤야지요."

정훈이 부인과 인사를 마치자 그때서야 뒤에 서 있던 소홍과 사, 덕칠네가 분분히 인사를 한다.

"나으리를 뵈옵니다."

"나으리를 뵙습니다요."

"하하, 그래. 다들 잘 있었는가? 호, 소홍이는 그동안 못 본 사이에 훨씬 더 예뻐졌구나. 대강 할멈과 대강 어멈도 많이 건강해진 것 같고, 대강 아범도 건강해 보이니 다들 보기 좋구나."

소홍이는 예뻐졌다니 얼굴이 빨개지며 부끄러워하고, 덕칠네도 다들 건강해 보인다니 즐거운 표정들이다.

식솔들과 인사를 나누고 집 안으로 들어서니 곳곳에 불이 밝혀져 있어 집 안이 환하다.

사랑을 거쳐 안채로 들어가니 어머님과 형수가 봉당에 서서 기다리고 있다.

정훈이 급히 다가가 인사를 여쭈니 어머님이 반겨 맞으면서도 의아한 표정이다.

"어머님, 소자가 어머님을 뵈옵니다. 그간 강녕하시었사옵니까?"

"그래요. 나도 그렇고 집안 대소사가 모두 무탈하답니다. 그런데 어찌 된 일입니까? 부임지에 계셔야 할 군수께서 이곳엔 어찌 오신 겝니까?"

"예, 잠시 설을 지새려 왔습니다, 어머님. 일단 안으로 드시지요. 안에서 자세한 말씀 올리겠습니다. 형수님께서도 강녕하셨지요?"

정훈이 안으로 들기를 권하며 형수에게도 인사를 건네자 형수가 웃으며 화답을 한다.

"예, 덕분에 편히 지내고 있습니다. 날이 차가우니 우선 안으로 드시어 말씀을 나누시죠."

어머님과 형수가 먼저 방으로 들고, 그 뒤를 따라 정훈과 부인이 방으로 들었다.

정훈이 보료 위에 좌정한 어머니께 큰절을 올리고, 이어 형수와 맞절을 한 후 자리에 앉으니 어머님의 질문이 쏟아지기 시작한다.

"어찌 된 겁니까? 설을 지새러 왔다니요? 부임지는 어찌하시고요?"

"하하! 예, 어머님. 잠시 휴가라 생각을 하시오면 되옵니다. 부임지도 이삼 일의 여유는 있사오니 가히 심려치 마소서. 설만 지새고는 바로 출발을 하면 되옵니다."

정훈의 설명이 부족했던 모양이다.

어머님이 고개를 갸웃하시더니 재차 질문을 한다.

"이삼 일의 여유라니요? 예서 함경도의 부임지까지는 열흘은 족히 걸리는 길입니다. 사사로이 설을 지새고자 나랏님께서 맡기신 부임지를 비워두고 오며 가며 스무 날이 넘게 걸리는 길을 오신 겜니까?"

윽, 어머님이 정확히 맥을 짚으며 물어오시니 정훈의 대답이 궁해진다.

정찰기를 타면 10분도 아니 걸린다고 사실대로 대답을 드릴 수도 없는지라 잠시 곤혹스러워하던 정훈이 슬쩍 거짓을 보태어 답을 올린다.

"아니옵니다, 어머님. 잠시 일이 있어 한성에 들렀다가 돌아가는 길이옵니다. 설이 이틀밖에 아니 남았으니 가는 길에 이삼 일의 여유를 내어 설을 지새고 가도 된다는 말씀이옵니다. 어찌 나라의 일을 보는 소자가 사사로이 설을 지새기 위해 오랜 기간 부임지를 비워두겠사옵니까? 다만 일을 보고 돌아가는 길이오니 이삼 일 정도의 여유는 내도 괜찮지 싶어 들른 것이옵니다."

그제야 이해를 한 듯 어머님의 표정이 조금 풀린다.

"그러시군요. 한데 무슨 일이시기에 군수께서 부임지를 비워두며 직접 한성엘 다니러 오신 겁니까? 혹여 좋지 않은 일은 아니겠지요? 나라의 일을 아녀자가 알고자 하는 것이 법도에 어긋나는 것은 알겠으나 불안한 마음이 들어 그러합니다. 군수께서 직접 오실 정도의 일이라면 예삿일이 아닌 듯싶어서 말입니다."

확실히 어머님은 전형적인 양반댁 마님의 모습이다.

정훈이 미처 생각도 못한 부분까지 순간적으로 생각이 미치어 예리하게 질문을 하니 정훈이 당황하여 목뒤로 진땀이 솟는다.

"아니옵니다, 어머님. 정무에 관한 일인지라 소소한 말씀은 올리지 못하오나 소자의 신변에 해가 되는 일은 아니오니 심려 마소서."

"휴우, 그래요. 그렇다면 다행입니다. 우리 군수께서 오랜만에 오셨는데 이 어미가 괜한 것을 물어 섭하지나 않으셨는지 모르겠군요. 순간적으로 염려가 되는 마음이 일어 그리한 것이니 섭하셨다면 이해를 하세요."

"아니옵니다, 어머님. 소자가 어찌 어머님의 마음을 모르겠사옵니까? 오히려 어머님께 잠시나마 걱정을 끼쳐 드려 소자가 송구할 뿐이옵니다."

정훈의 임기응변식 거짓말로 일단의 위기가 넘어가자 분위기가 다소 화기애애해진다.

집안의 대소사와 학성군에 대한 이야기로 잠시 대화를 나누다가 아침을 먹고는 어머님의 권유로 부인과 함께 별당으로 물러나왔다.

별당에서 부인과 단둘이 마주 앉아 있으니 참으로 기분이 새롭다.

그토록 보고 싶던 부인인데 막상 눈앞에서 면대를 하고 보니 새삼 쑥스러움이 고개를 든다.

정훈이 부인의 양손을 잡으며 말을 거는데 어째 목소리가 살며시 떨리며 목이 메인다.

"부인, 그동안 편히 잘 계시었소?"

"예, 나으리."

부인도 목이 메이는지 고개를 수그리고 답을 하는데 목소리가 떨려 나온다.

혼례를 올린 후 채 일 년도 안 되어 떨어져서 다시 일 년 만에 처음 얼굴을 대하는 것이니 부인의 그리움도 결코 작지만은 않을 것이다.

그동안 학성군에서 외롭게 지낸 이야기 등을 반 어리광 비슷하게 부인에게 하소연하며 이야기를 나누고 있는데 밖에서 인기척이 들린다.

"마님, 해주댁이옵니다."

'아니, 저것이 눈치도 없이 왜 나타나서 방해를 하고 있는 거야?'

정훈이 눈살을 찌푸리자 부인이 살짝 미소를 짓더니 밖을 향해 답을 한다.

"무슨 일인가?"

"예, 사랑에 마을 사람들이 몰려와 나으리께 인사를 여쭙겠다고 기다리고 있습니다. 기다린 지 한참이 되었는지라 더 이상 기다리게 하기가 뭣하여 말씀을 올립니다요."

부인과의 오붓한 시간이 깨지는 순간이다.

마을 사람들이 인사를 하겠다고 찾아왔으니 아니 나가볼 수도 없는 일이라 울며 겨자 먹기로 일어서려는데 문득 지난해 이맘때 무명을 마을 사람들에게 나누어 준 것이 생각났다.

"부인, 혹 마을 사람들에게 나누어 줄 무명이 준비가 되어 있소?"

"아니옵니다, 나으리. 소첩이 미처 거기까지는 생각을 못하여 준비를 못했사옵니다."

"흠, 그래요? 하면 오늘 중으로 사를 삼곳으로 보내야겠구려. 밖에 해주댁은 아직 있느냐?"

"예, 나으리."

"금방 나갈 터이니 마을 사람들은 잠시 더 기다리게 하고 사를 불러 오너라."

"예, 나으리."

해주댁이 물러가자 부인이 갈아입을 옷을 내놓으며 한마디 말을 덧붙인다.

"이 옷으로 갈아입고 나오소서. 하옵고 나으리께서 관리하던 금전은 두 서방에게 맡겨 관리를 하게 하였사오니 금전 문제는 두 서방에게 하명하소서."

"허, 그래요? 작은 돈이 아닐 것인데 어찌 부인께서 관리를 하지 않으시고 두리에게 맡겨 관리하도록 하셨습니까?"

"안팎의 일이 따로 있는지라 소첩이 모두 관리하기가 번거로울 듯싶어 그리하였사옵니다. 또한 두 서방이야 믿을 만한 가솔이온데 무슨 걱정이 있겠사옵니까? 나으리께서 계신 듯이 처신을 하라고 미리 일러 두었사옵니다. 하옵고 오늘 주민들을 모아 옷감을 나누어 줄 요량이시면 저녁에 주민들과 회포라도 풀게 주안상을 준비하오리까?"

"흠, 뭐, 그것도 괜찮은 생각 같소이다. 마을 주민들과도 오랜만이니 간단히 회포를 푸는 것도 나쁘지는 않겠구려."

"하오면 그리 알고 준비를 하겠사옵니다."

하더니 먼저 방을 나간다.

정훈이 옷을 갈아입고 밖으로 나오니 사가 기다리고 있다.

사에게 삼곳으로 가 무명을 사 오라고 보내고 사랑으로 나가니 마을 사람들 사십여 명이 마당에 서 있다가 분분히 인사를 한다.

"나으리, 오랜만에 뵙습니다요."

"헤헤, 설을 지새려고 오신 모양이십니다요. 나으리께서 오셨다는 소식을 듣고 소인들이 인사를 여쭈려고 이렇게 모였습니다요."

"하하! 그래, 잘들 오시었네. 이렇게 다들 무탈하신 모습들을 보니 반갑구먼."

정훈이 마을 사람들의 인사에 일일이 답례를 하며 인사를 나누고 대청 앞에 서자 천 서방이 나서며 말을 한다.

"부임지에 계셔야 할 나으리께서 오셨다는 소식을 듣고 혹여 무슨 일이 있는가 염려가 되어 인사도 여쭐 겸 찾아뵈었습니다요. 무탈하신 겁니까요?"

"하하하, 고맙네. 여러분의 염려 덕에 본인이 무탈한 것이 아닌가 싶구먼. 한성에 볼일이 있어 왔다가 잠시 들른 것이니 걱정들 마시게."

정훈이 별일 아니라고 하자 여기저기서 희희거리며 좋아들 한다.

정훈이 어느새 마을의 정신적인 지주로 자리를 잡고 있는 모양이다.

"하오시면 나으리, 오신 김에 소작을 정하실 겁니까요?"

"아니네, 천 서방. 본인은 설만 지새고 다시 가야 하니 후일 마님께서 두 서방을 통하여 소작을 정하실 거네. 그렇게들 알고 있으면 될 것이네. 그리고 오늘 오후에 마을 주민들과 간단히 회포를 풀 생각이니 다들 식솔들을 데리고 이리로 오시게. 다른 이들에게도 알려서 한 집도 빠지지 말고 모이도록 해주게."

"예. 알겠습니다요, 나으리."

마을 사람들과 좀 더 얘기를 나누다 돌려보내고 사랑으로 들어오니 방 안의 풍경이 새삼 정겹다.

문갑과 사방탁자, 반닫이 등을 만져 보다가 보료 앞의 서탁을 쳐다 보니 서탁 위에 몇 권의 책이 올려져 있다.

'응? 뭔 책이야?'

'현재 아이들이 배우고 있는 책들입니다, 캡틴. 살펴보시라고 올려 놓았습니다.'

'그래? 그럼 어떤 내용인가 한 번 살펴볼까?'

정훈이 보료 위에 앉아 서탁 위의 책들을 살펴보니 총 열두 권으로 중국어, 일어, 아라사어, 영어, 불어, 세계사, 나랏말, 상업, 농업, 역사, 화학, 공업 등이다.

먼저 어학 책을 들고 펼쳐 보니 히라가나와 키릴 문자(러시아 어 문자), 알파벳 등의 기본 문자와 간단한 기초 회화에서 일상생활의 회화 까지 적혀 있고, 뒷부분에서는 여러 가지 단어들의 뜻이 적혀 있다.

'중국어, 일어, 아라사어는 그렇다 하지만 영어와 불어는 좀 이른 감 이 있지 않나?'

'예. 맞습니다, 캡틴. 지금 당장 써먹을 수 있는 언어들이 아니기에 그저 맛배기로만 가르치고 있습니다. 언어를 배우다 보면 그 나라의 문화와 풍속들도 같이 배우게 되는데, 세계사에서 세계적인 흐름에 대 한 설명과 공업에서 산업혁명에 관한 설명들의 이해를 돕기 위해서도

필요한 것 같아 기초적인 부분만 가르치고 있습니다.'

'산업혁명이라……. 하긴 서양의 문물을 설명하려면 필요할 수도 있겠다.'

어학 책을 한옆으로 옮겨놓고 이번에는 세계사를 들고 펼쳐 보니 지난번 책과는 다르게 주변 삼국뿐만이 아니라 유럽의 여러 나라들과 인도, 미국 등의 나라에 대해서도 세계 지도와 함께 자세히 설명이 되어 있다.

특히 근세기 100년간의 사정에 대해서 자세히 기술되어 있는데 정훈이 잠시 훑어보는 것만으로도 세계의 흐름을 일목요연하게 알 수가 있겠다.

'호, 이 책은 상당히 잘 만들어졌는데? 이 책, 언제 나도 시간을 내서 한번 봐야겠다.'

'예, 삼에게 챙겨놓으라고 일러두겠습니다.'

국어와 상업, 농업, 역사는 지난번 책에서 그 내용이 좀 더 심도있게 다루어지고 있는 정도로 크게 변하거나 새로이 첨부된 내용은 없어 보인다.

'이 책들은 지난번 책들과 거의 비슷하네?'

'예, 내용이 좀 더 세밀해졌을 뿐 바뀐 부분은 없습니다. 부족한 부분은 설명하면서 충분히 보충이 되니까요.'

고개를 끄덕인 정훈이 이번에는 화학 책을 들고 펼쳐 보는데, 책장을 넘길수록 놀라는 기미가 보인다.

'야, 이거 너무 어렵게 만든 것 아니냐? 원소, 원자의 개념과 기본적인 수식이야 그렇다 치지만 이런 고차원적인 화학식과 화학 반응이라니? 이거 중등 과정이나 고등 과정에서 배우는 것들 아닌가?'

'예, 그렇기는 합니다. 대부분의 아이들이 화학을 어려워하며 기초
적인 수준에 머물고 있기는 합니다만 반면에 이 책의 내용을 흡수하고
진도를 따라오고 있는 아이들이 있습니다. 찬우와 두현이, 용이와 은
진이라는 여자 아이인데 지금 벌써 웬만한 화학식은 달달 외우고 있습
니다. 지난번에 은 도금에 관한 실습을 하였는데 아이들이 직접 묽은
황산을 이용한 전해액을 만들고 전극을 이용한 도금에 성공을 하였습
니다. 이것은 아이들이 화학 반응을 이해하고 있다는 뜻이기도 하지
요.'

'무슨 소리야? 은 도금이라니? 전해액과 전극을 사용했다면 축전지
를 사용했다는 얘기가 되는데, 그 부분은 어떻게 해결을 하고.'

'정전기와 전류, 축전지에 대한 부분을 이미 아이들에게 가르친 바
가 있습니다. 그러니 축전지를 사용한 것이지요.'

'허, 아이들이 이해를 하던가?'

'예. 오히려 아이들이라 그런지 몇 번 설명을 하여주었더니 그냥 받
아들이던데요. 아이들이 직접 만들지를 못해서 그렇지 전기에 대한 부
분도 이해는 하고 있습니다. 축전지로 꼬마전구를 만들어 빛을 만드는
실험도 한 적이 있습니다.'

'허, 이거야 일 년 못 본 사이에 장족의 발전을 하였구먼. 그래, 소질
이 있는 아이들은 그 소질을 충분히 계발을 시켜봐. 이거 잘하면 몇 년
안 지나 조선에서도 아이들로 인해 전기가 보급이 될지도 모르겠는데?
두리와 사에게 열심히 잘 가르쳐 보라고 해.'

'예, 캡틴.'

이번에는 공업 책을 들고 살펴보니 공업 책도 가관이 아니다.

재봉틀이나 방적기 등 자동화 기계에 대한 설명과 증기기관 및 증기

기관을 이용한 동력 장치, 즉 증기 함선이나 기차 등의 원리에 대해서
도 자세히 설명이 되어 있다.

'이게 뭐야? 이건 아예 유럽의 산업혁명을 그대로 따르고 있는 것이
아니냐?'

'예. 맞습니다, 캡틴. 저번에 캡틴께서 산업혁명에 관해 관심있게
말씀을 하시었고, 또 아이들도 탈곡기의 제작으로 인해 자신감이 붙어
서 인지 학습 속도가 빨라지고 있습니다. 하여 이참에 아예 자동화 기
계와 증기기관을 이용한 동력 장치에 대해 가르쳐 보려고 공업 책을
그렇게 만들었습니다.'

'그래? 이건 탈곡기와는 많이 다른 내용이 될 텐데 아이들이 이해를
하는 것 같냐?'

'예, 뭐, 탈곡기 때와는 다르게 좀 어려워하긴 하지만 종구를 비롯한
몇몇 아이들은 잘 따라오고 있습니다. 내년 봄쯤에 족답식 재봉틀을
만들어볼 생각입니다. 이대로 진도가 나간다면 방적기는 좀 어려울지
몰라도 재봉틀 정도는 가능할 듯도 싶습니다.'

'그래? 하면 잘 가르쳐서 꼭 만들어봐. 흐흐, 탈곡기에 이어 이번에
는 재봉틀을 한번 팔아먹어 보자. 참, 그리고 증기기관은 그 원리와 동
력 전달 장치에 대해 가르치기는 하되 만들지는 말아라.'

'예? 아니, 캡틴, 가르치기만 하고 만들지는 말라니요? 그게 무슨 말
씀이십니까?'

'이봐, 영. 너도 알다시피 증기기관의 주 원료가 뭐냐? 석탄 아니냐?
역사적으로 봤을 때 석탄 다음에 석유가 원료로 등장을 하게 된다. 석
유란 게 뭐야? 환경 오염의 주범 아니냐? 물론 25세기 이후로는 거의
쓰이지 않는 원료이긴 하지만 23, 4세기에 환경 오염이 극에 달하고

자원의 고갈로 세계적인 대전쟁이 몇 차례나 있었잖아. 석탄까지는 몰라도 석유라는 놈은 별로 좋은 놈이 못 되니 애초에 연료로 사용되는 비중을 낮추게 하는 것이 낫지 않을까 싶다. 동력원으로 25세기부터 사용되기 시작한 수소연료전지와 태양광 에너지를 집적한 태양광전지의 사용에 대해서 한 번 연구해 봐. 아이들도 축전지의 원리와 증기기관에 대한 원리를 이해한다면 수소연료전지와 태양광전지를 사용한 기관도 그리 어렵지 않게 이해할 수 있지 않겠냐?

'글쎄요. 동력 장치야 그럴 수 있다고 치더라도 수소연료전지와 태양광전지의 기술을 이 시대에 접목시키기에는 좀 무리가 있지 않을까 싶습니다. 제가 어떻게 연구를 해보긴 하겠지만 쉽지 않을 것 같습니다. 뭐, 어쨌든 아이들에게 차근차근 가르치면서 연구를 해보겠습니다.'

'그래, 한번 연구해 봐. 원래 역사대로라면 이 시대의 조선에 없던 탈곡기나 재봉틀도 아이들의 손으로 만들어지는 것이 아니냐? 모를 때는 몰라서 만들기가 힘이 들지만 한 번 알고 나면 그까짓 것 별거 아니거든.'

'예. 그렇긴 합니다, 캡틴.'

'그건 그렇고, 탈곡기의 판매 대금으로 들어온 돈이 모두 얼마나 되냐?'

'예, 지금 현재 830대 정도가 출하된 상태이고, 400대의 대금이 입금되었습니다. 해서 탈곡기에서만 2,400냥이 들어왔습니다.'

'흠, 하면 200냥이 아이들의 몫이 되겠군. 지금 이 집에서 교육을 받고 있는 아이들이 모두 몇 명이지?'

'예, 원래 열세 명이었는데 올해 두 명이 더 들어와서 모두 열다섯

‘명입니다.’

‘그래? 그러면 모두 열세 냥씩 나누어 주면 되겠군.’

‘탈곡기에 대한 지분을 오늘 나누어 주시려고요?’

‘그래. 연말이고 하니 온 김에 나누어 주지 뭐. 두리보고 195냥을 준비하라고 해.’

‘예, 캡틴. 알겠습니다.’

정훈이 책을 다 검토하고 나니 어느새 오전이 다 가고 점심때가 가까워온다.

하여 슬슬 사랑을 나서서 안채로 들어가다 보니 안채가 시끌시끌하니 마을 아낙들로 분주하다.

한쪽에서 전을 부치고 고기를 다지고 볶고 하는 것이 오늘 저녁 술자리의 안주를 만들고 있는 모양이다.

아낙들의 인사를 받으며 들어가니 부인이 부엌에서 보고는 쫓아 나오더니 상을 사랑으로 올리겠단다.

“왜요? 어머님과 형수님도 식사를 하셔야 하지 않습니까?”

정훈이 왜 사랑에서 식사를 하느냐는 뜻을 비추자 부인이 정훈 혼자 식사를 하란다.

“어머님께서 나으리의 식사만 준비하라 하시옵니다. 한겨울 해라 일찍 지므로 부지런히 음식 장만을 해도 해 안에 끝이 날지 모르겠습니다. 어머님과 소첩 등은 아낙들과 함께 요리를 하면서 요기를 채울 것이니 송구하오나 나으리 홀로 식사를 하셔야겠사옵니다.”

정훈이 할 수 없이 사랑으로 돌아오니 곧 해주댁이 상을 들고 들어온다.

간단히 점심을 해결하고 상을 물린 정훈이 할 일이 없어지자 보료 위에 앉아 *끄덕끄덕* 졸기 시작한다.

아마도 새벽부터 움직인 것이 피곤했던 모양인지 아예 보료 위에 누워 제대로 자리를 잡고 잠이 든다.

주변에서 웅성대는 소리에 잠에서 깨어보니 방 안이 어둑어둑하니 해가 질 무렵인가 보다.

밖에는 마을 사람들이 모여드는지 웅성거리며 조용히 떠드는 소리가 들려오는데, 점심상을 물리고 족히 서너 시간은 잔 듯싶다.

정훈이 황촉에 불을 당기자 방 안이 환해지고 밖의 소음이 줄어들며 두리의 목소리가 들린다.

"나으리, 기침하셨습니까요?"

"오냐. 마을 사람들은 다들 모였느냐?"

"예, 나으리. 사람들도 다들 모이고 준비도 다 되었습니다."

"그래, 알았다."

정훈이 옷매무새를 바로잡고 밖으로 나가니 대청 앞마당에 멍석이 넓게 깔려 있고 상들이 놓여 있는데 상들 사이사이로 마을 장정들이 죽 둘러앉아 있다.

대청 옆으로 두리와 삼, 사, 대강 아범이 서 있고, 주위로 빙 둘러 화톳불이 놓여 있어 추위를 막아주고 있다.

대청에도 상이 놓여 있고 정훈이 앉게끔 방석이 놓여 있는데, 상 위가 모두 비어 있는 것을 보니 정훈의 부재로 아직 음식을 내오지 않은 모양이다.

"음식이 다 되었으면 내오도록 일러라."

"예, 나으리."

대강 아범이 신난 듯 대답을 하더니 부리나케 안채로 뛰어들어 가고 잠시 후 마을 아낙들이 양손에 음식을 들고 나와 상 위에 진열을 시작한다.

상이 다 차려지자 두리가 정훈의 잔에 술을 따르고 마을 사람들의 잔에도 서로 술을 따르게 한다.

"날씨가 이렇게 추운데도 불구하고 모두들 참석하여 주어서 참으로 기쁘오. 자, 다들 한잔씩 듭시다."

정훈이 한마디 하고 잔을 들자 모두들 한마디씩 인사말을 하고는 잔을 든다.

술이 한 순배가 돌고 모두들 왁자하니 떠들며 서로 술을 따라주며 마시고 즐기는데, 대강 아범도 어느새 마을 사람들의 술판에 끼어들어 웃고 떠들며 술을 마신다.

정훈도 간간이 마을 사람들이 따라주는 술을 받아 마시다 보니 얼추 취기가 오르자 두리와 사에게 준비된 돈과 무명을 가져오게 했다.

두리가 돈궤와 빈 자루 열다섯 장을 가져오고 삼과 사가 무명을 들고 와 마루의 한쪽에 놓자 마을 사람들의 시선이 모두 정훈에게로 쏠린다.

"흠, 지금 조선에는 탈곡기라는 것이 생산되어 전국의 농가에 판매가 되고 있소. 우리 마을에도 하나씩 배정이 되어 다들 갖고 있는 걸로 아는데, 맞소?"

"예, 그렇긴 합니다요, 하온데 탈곡기 말씀은 왜……?"

"하하, 그 탈곡기를 생산하여 판매하는 사람이 바로 본인이오."

정훈의 말에 모두들 놀라서 웅성거린다.

"아니, 군수이신 나으리께서 탈곡기를?"

"아, 그래서 마을에 탈곡기를 무상으로 나누어 주셨구나!"

“오! 그런 일이……!”

“하하, 아니오. 여러분이 갖고 있는 탈곡기는 본인이 만든 것이 아니고 우리 집에서 공부를 하는 아이들이 농기계의 제작 실습을 통해서 만들어진 것을 마을에 분배한 것이오. 본인이 만든 것은 우리 마을을 제외한 전국의 농가에 판매가 되고 있다오. 한데 지금 판매되고 있는 탈곡기의 모태가 아이들이 실습으로 만들어본 탈곡기로, 아이들의 땀과 노력이 깃들어 있는 것인지라 본인이 그 판매 수익의 일부를 아이들에게 돌려줄 생각이오.”

정훈이 여기까지 말을 하자 종구 아버지가 일어나더니 말을 한다.

“아닙니다요, 나으리. 소인들은 그저 나누어 주신 탈곡기만으로도 감사할 뿐입니다요. 오히려 무상으로 아이들을 가르쳐 주시고 먹여주시는 나으리께 소인들이 보답을 못해 송구할 지경입니다요. 더구나 그 모든 것을 나으리께서 가르쳐 주셔서 된 것인데 어찌 그 수익의 일부라도 소인들이 받을 수 있겠습니까? 말씀을 거두어주십시오.”

“하하, 아니오. 이것은 아이들이 열심히 한 것에 대한 상금이라 생각하고 받으시오. 그리 큰돈은 아니나 판매 수익의 일부로 195냥을 준비하였소. 아이들이 열다섯 명이니 열세 냥씩 분배를 해주리다. 그리고 후일 이 아이들은 본인이 중히 쓸 것이니 이 아이들의 미래를 본인에게 맡겨주시오. 어떻소? 다들 그리할 수 있겠소?”

“아이고, 나으리. 그야 이를 말씀이십니까요? 나으리께서 거두어만 주신다면야 소인들이 오히려 감사의 말씀을 올려야지요. 나으리께서 아이들의 살길을 열어주신다니 소인들이 감사드립니다요.”

“하하하, 그래요? 그리 생각을 하신다니 다행이구려. 자, 그러면 아이들을 본인에게 맡긴다는 약조로 한잔씩 드십시다. 하고 아이들의 아버지는 앞으로 나와 상금을 받으시오.”

정훈이 마을 사람들을 독촉하여 잔을 들게 하고 같이 마시니 아이들의 아버지들은 황송한 듯 어찌할 바를 몰라 한다.

사가 독촉을 하여 아이들의 아버지를 나오게 하고 두리가 열세 냥을 자루에 담아 일일이 나누어 주니 어정쩡한 표정으로 돈을 받아 들고는 정훈에게 인사를 하며 자리로 들어간다.

마을 사람들이 그런 아이들의 아버지에게 시샘 반 부러움 반으로 농을 하며 인사를 건넨다.

“아, 이 사람들은 애들 잘둔 덕에 횡재를 하였구먼 그래.”

“글쎄 말이여. 나도 애를 좀 늦게 낳거나 더 낳는 건데 잘못했어. 에이.”

“이 사람들, 나으리께 받은 상금을 혼자 꿀꺽할 생각은 아니겠지? 몇 날 며칠을 술을 내야 할 것이네. 알겠는가?”

“하하! 알았네, 알았어. 자네들은 나를 이런 거액을 상금으로 받고도 싹 입을 씻을 사람으로 보았는가? 내 자네들에게 한 달 동안 술을 내지. 그러면 되었는가, 이 사람아?”

“하하하! 나으리께 상금을 탄 사람들이 열 명이 넘으니 이거 일 년 동안 술을 얻어먹어도 남는구먼, 남아. 특히 두현 아범과 용이 아범은 아이들이 둘씩이라 두 배의 상금을 탔으니 술도 두 배로 내야 할 것이네.”

“아따, 형님도. 좋소. 내 독으로 술을 낼 터이니 다 잡숫고 배창시가 터져도 난 모르오. 그때 가서 나를 원망하지 마시오.”

“어허, 이 사람이 아예 악담을 하는구먼. 좋네. 자네가 그리될 때까지 술을 낸다고 하니 어디 배창시가 터질 때까지 한번 마셔보세그려.”

"어허, 이 사람은 무슨 술하고 웬수가 졌는가? 이보게, 아우. 나도 배창시가 터져도 좋으니 독으로 주시게."

"예? 형님도요? 에이, 좋소. 내 기분인데 형님도 내 독으로 내리다."

"하하하! 이거 올 겨울은 실컷 술을 먹게 생겼구먼."

"그리게 말이야. 하하하!"

마을 사람들이 서로 농을 나누며 즐거워하니 바라보는 정훈의 마음도 흐뭇하다.

사실 열세 냥이 농부들에게는 적은 돈이 아니다.

미곡 세 섬이 더 되는 가격으로 착취가 심한 가난한 농부들은 일 년을 버티고도 남을 만큼 큰돈이니 마을 사람들이 즐거워하는 것도 당연하다.

모두들 돌아갈 때 무명 한 필씩 가져가 설빔을 해입으라 이르고 안채로 들어가니 안채의 마당에서도 아낙들과 아이들이 모여 앉아서 음식들을 나누어 먹고 있다.

모처럼 만의 마을 잔치이니 다들 즐거운 표정이다.

정훈이 기척을 내고 안방으로 들어가니 어머님과 형수, 부인이 모여 앉아 음식을 들고 있다가 부인과 형수가 일어나며 정훈을 맞는다.

"어찌 벌써 오시오, 좀 더 드시다 오지 않고."

"아닙니다, 어머님. 많이 먹었습니다."

"그래요. 하면 피곤할 터이니 그만 건너가 쉬시구려."

"아닙니다, 어머님. 어머님께서 아직 식사 중이신데 소자가 어찌 건너가 쉴 수 있겠습니까? 소자는 괜찮사오니 더 드신 후 건너가겠사옵니다."

"호호, 아니오. 우리도 다 먹고 마침 상을 물리려던 참이라오. 이만

상을 내가고 건너가 쉬시구려."

어머님의 재촉에 해주댁을 불러 상을 내가게 하고 인사를 올린 후 별당으로 건너갔다.

부인과 같이 별당으로 들어서니 어느새 아랫목에 금침이 곱게 깔려 있다.

금침의 한옆으로 부인을 앉히고 정훈이 마주 앉아 두 손을 꼭 쥐니 부인이 부끄러운 듯 고개를 숙인다.

일 년 만에 같이하는 잠자리라 그런지 새삼스러우면서도 좀 어색하다.

"허허, 소홍이가 우리의 잠자리를 편케 하려고 금침을 깔아놓은 모양이오."

"그런 모양이옵니다."

"소홍이도 어서 짝을 지워줘야 할 것인데 혼사가 늦어서 걱정이오. 어디 물색해 놓은 자리라도 있소?"

어색함을 달래려고 금침 얘기를 꺼냈다가 얘기가 그만 소홍이에게로 옮겨지고 말았다.

"소첩이 주선한 자리는 아니오나 소홍이 한 서방에게 마음이 있는 듯하옵니다."

"한에게요? 어허, 한은 안 되는데……."

소홍이 한에게 마음을 두고 있다는 부인의 말에 정훈이 깜짝 놀라는데 한은 안 된다는 정훈의 말에 부인도 깜짝 놀란 것 같다.

아마도 둘만 괜찮다면 혼례를 올려줄 생각이었던 모양인데 한의 정체를 알고 있는 정훈으로서는 그리할 수 없는 일이 아니겠는가?

"하면 언제부터 한에게 마음이 있었다고 합니까?"

“그것이 자세한 얘기는 나누지 않아 정확치는 않으나 처음 볼 때부
터 마음이 있었던 듯싶사옵니다. 하온데 한 서방은 아니 된다는 말씀
은 어인 연유시옵니까?”

한의 짝으로 소홍이 모자라다는 얘기로 들었는지 부인의 어투에서
살짝 섭섭함이 묻어 나온다.

“부인, 곡해 말고 들으세요. 내가 데리고 있는 가솔들은 모두 혼인을
할 수 없는 몸이라오. 한뿐이 아니라 두리, 삼, 사와 해주댁까지도 말
이오. 그러한 한에게 어찌하여 소홍이 마음을 주었는지 모르겠구려.
참으로 소홍의 마음이 안타깝소. 정분이 깊은 듯합니까?”

“자그마치 이 년을 쌓아온 마음이랍니다. 얕다고 할 수는 없을 것이
옵니다. 하온데 나으리의 가솔들이 혼인을 할 수 없는 연유가 무엇이
옵니까? 소첩이 알 수는 없겠사옵니까?”

“부인, 전에도 한 번 얘기를 한 적이 있소이다만 지금은 말씀드리기
가 좀 곤란하외다. 후일 자세히 말씀드릴 날이 올 것입니다. 그때까지
만 이해를 해주시구려. 다만 지금 말씀드릴 수 있는 것은 그네들이 소
홍이뿐 아니라 어떠한 여인과도 혼인을 할 수가 없는 몸이라는 것이오.
그러니 소홍의 마음이 안타깝다는 것이 아니겠소.”

고개를 갸웃거리면서도 정훈의 곤란함을 이해해 주려 하는 부인의
마음이 참으로 고맙다.

그러한 부인에게 자신의 현 처지를 설명할 수 없는 정훈의 마음이
답답하기만 하다.

조선의 시대를 살아온 부인에게 미래의 이야기며 과학이나 로봇에
대한 이야기를 어떻게 할 수가 있겠는가?

아니, 설혹 말을 한다고 하더라도 부인이 제대로 이해를 할 수 있을

것인가?

조선에서 짧은 세월이나마 살아본 정훈이 조선인의 의식 구조에 대해서 어느 정도 알게 되자 더 더욱 부인을 이해시키는 것에 자신이 없다.

하여 아직은 아니라는 생각에 후일을 기약하는 것이다.

"부인, 부인께는 참으로 미안한 마음뿐입니다. 부부 간에 비밀이 있어서는 아니 되겠지만 아직은 나에 대해서 부인께서 이해하시기가 힘이 들 것이외다. 부인을 속이고자 하는 것이 아니니 말 못하는 나의 고충을 이해해 주시오. 후일 시기가 무르익는다면 부인께 꼭 말씀을 드리리다. 그때까지만 부인께서 궁금하시더라도 이해하시고 참아주시기 바라오."

정훈이 간곡한 표정으로 말을 하자 부인의 표정도 풀리면서 부드럽게 응대를 하여준다.

"알겠사옵니다. 소첩이 나으리를 믿지 못하면 누구를 믿겠사옵니까? 소첩이 믿겠사오니 후일 꼭 말씀을 해주셔야 하옵니다. 그때까지 나으리를 믿고 기다리겠사옵니다."

"고맙소, 부인. 내 반드시 부인의 믿음을 저버리지 않을 것이오. 소홍이의 일은 수고스러우시겠지만 부인께서 좀 소홍이를 다독여 주시기 바랍니다."

"알겠사옵니다. 소첩이 알아서 소홍이를 달래보겠사옵니다."

"하하하, 고맙소이다. 자, 이제 그 얘기는 그만 하시고 오늘 음식을 장만하시느라 고단하시겠소. 나도 먼 길을 와서 그런지 좀 고단한 것 같구려. 이만 침소에 드십시다."

정훈이 부인의 두 손을 꼭 쥐고 그만 자자 하니 부인도 기대하는 바가 있었는지 얼굴이 붉어지며 고개를 끄덕인다.

정훈이 옷을 훌훌 벗어 던지고 속곳만 입고 금침 속으로 들어가자 부인도 겉옷을 벗고는 다소곳이 금침 속으로 들어온다.

금침 속에서 부인을 꼭 끌어안으며 사랑을 속삭이니 일 년간 누적된 정이 샘솟듯 피어올라 둘의 몸과 마음에 불을 붙인다.

충만한 사랑의 열정 속에 밤은 더욱더 깊어만 간다.

다음날 아침 정훈이 눈을 뜨니 부인이 머리맡에 다소곳이 앉아 있다.

방문 밖이 희뿌옇게 밝아오는 것이 정훈이 약간 늦잠을 잔 모양이다.

"이런, 내가 늦잠을 잔 모양이구려. 일찍 일어나셨으면 좀 깨우지 그러시었소."

"아니옵니다. 아직 늦은 시간도 아니옵고, 곤히 주무시는 것 같아 잠시 기다리고 있던 중이었사옵니다. 소첩이 소세물을 보아놓겠사오니 이 옷으로 갈아입으시고 나오시오소서."

하더니 옆에 잘 개어놓은 옷을 정훈의 앞으로 밀어놓고는 급히 일어나 밖으로 나간다.

아마도 정훈의 자고 있는 모습을 지켜보다 들키니 조금 쑥스러웠던 모양이다.

정훈이 옷을 갈아입고 밖으로 나가 양치와 소세를 하고 부인과 함께 안채로 드니 어머님과 형수가 이미 기침을 하여 기다리고 있다.

부인과 함께 나란히 아침 문안을 올리고 아침 식사를 같이하니 한 해의 마지막 날이 시작되었다.

정훈이 별로 하는 것 없이 사랑에서 뒹구는 동안 안채에서는 설날 차례 음식 준비에 정신없는 하루를 보내고 있었다.

모시는 차례만도 정훈의 본가와 양가, 처가를 합쳐 세 번을 지내야 하니 그 음식의 양도 꽤 많을 수밖에 없었다.

아침부터 마을 아낙들이 드나들며 음식을 장만했는데도 해가 지고 서도 한참 만에야 마칠 수가 있었으니 아녀자들이 고단한 하루였다.

이튿날 설을 맞아 뒤꼍의 사당에서 차례로 양가와 본가, 처가의 차례를 지내니 한나절이 다 간다.

연후 안채로 들어와 어머님과 형수님께 세배를 올리고, 점심 식사 후 마을 사람들이 방문해 세배를 받으며 음식을 나누어 먹으니 그렇게 설날의 하루 해가 다 가버렸다.

다음날 새벽에 떠나야 하기에 아쉬운 마음으로 부인과 뜨거운 해후를 나누고, 다음날 새벽 어머님과 형수에게 인사를 하고는 부인과도 아쉬운 작별을 한 후 밤골을 출발했다.

정찰기를 이용해 정훈과 한이 학성 관아로 돌아오자 한이 기다리고 있다 반갑게 맞는다.

"그동안 별일은 없었느냐?"

"예, 사또. 어제 군관들과 아전들이 사또께 신년 하례를 드린다는 것을 오늘로 미루어놓은 일 외에는 아무 일도 없었습니다."

"그래? 하면 오늘부터 신년 하례를 받는다고 하고, 초닷새부터 관아의 정식 업무를 시작할 터이니 그전까지는 푹 쉬라고 관아의 관속들에게 모두 알려라."

"예, 사또."

그날 오전부터 정훈은 각 군관들과 아전들의 신년 하례를 받으며 덕담을 읊어대느라 바쁜 하루를 보내고, 다음날 오후에는 향임들과 신년 인사를 겸하여 유대 관계를 개선코자 조촐한 술자리를 마련하여 향임들의 기분을 맞추어주는 것으로 하루를 보냈다.

그렇게 바쁘게 며칠을 보내자 관속들의 휴가도 끝나고 관아의 정식 업무가 시작이 되었지만 할 일이 없었다.

며칠간 눈이 안 온 덕분에 마을 간 소통로는 간신히 뚫을 수 있었지만 아직도 외부로의 통행길은 막혀 있는 상태였고, 또한 차가운 겨울바람으로 인해 사람들이 집 밖으로 잘 나서지를 않는다.

그러니 관아의 업무도 볼 것이 없고 관속들도 그저 형식적으로 출근을 한 후 오전의 일과를 마친 후 다들 집으로 돌아가기 바쁘다.

고을의 일도 산 밑의 몇몇 마을과 과수원에 멧돼지들이 내려와 밭을 파헤치고 나무뿌리를 갉아 먹은 소소한 사건 이외에는 서로 간에 소통이나 왕래가 없으니 그저 조용한 하루하루가 흘러갈 뿐이다.

그렇게 시간이 흘러 정월대보름이 지나면서 다시 한 번 큰 눈이 내려 마을 간 소통마저 끊기게 되더니 각 마을이 완전히 고립이 되고 말았다.

병사들을 동원하여 성안의 눈을 치우게 하니 간신히 성안의 길은 소통이 되었으나 제설 장비나 기타 제설에 필요한 도구가 전혀 없는 조선의 상황에서는 마을 간 소통이나 외부로의 통행은 생각도 못할 일이다.

그저 병사들로 하여금 매일매일 나무판을 이용해 조금씩 눈을 치워나갈 뿐 2월이 오기 전엔 외부로의 통행은 요원한 일이 될 것이다.

그렇게 외부와의 길이 막혀 있는 20일 저녁 무렵, 부상의 반수 한 명이 그 험한 눈길을 뚫고 정훈을 찾아왔다.

"사또께 소인이래 인사 올림메다."

동헌의 방 안으로 들어서며 넙죽 절을 하는 부상을 보니 일전에 부접장과 함께 도접장을 따라와 정훈에게 인사를 했던 반수 중의 한 명이다.

"오, 자네는 일전에 도접장과 함께 왔던 반수로구먼. 한데 무슨 급한 일이 있기에 그 험한 눈길을 뚫고 예까지 왔는가?"

"예, 소인이래 지금 한성에서리 오는 길임둥 도접장 어른의 급한 전갈이래 가지고 왔슴메."

"허, 이토록 험한 눈길을 뚫고 와야 할 정도로 급한 전갈이라니… 과연 무슨 내용인지 궁금해지는군. 하면 도접장은 한성에 있는가?"

"예, 사또. 지금 심한 부상이래 당하여서리 혜민서에서리 치료래 받고 있슴둥 생사래 불명이라 함메다."

도접장이 큰 부상을 당하고 생사가 불명이라는 말에 정훈이 깜짝 놀란다.

"뭐? 아니, 그게 무슨 소린가? 도접장이 심한 부상을 당하고 생사가 불명이라니? 어찌 된 일인가? 좀 자세히 설명을 해보게."

"크윽. 예, 사또. 기거이 어드렇게 된 연유인고 하니……."

반수가 울먹이는 목소리로 장황하게 설명을 하는데, 그 내용을 요약하면 대충 이렇다.

부상단에는 해마다 1월에서 3월 사이에 팔도의 도접장을 위시한 간부들과 본방 간부들과의 대회합이 한성에서 열리는데 보통 움직이기 편한 3월에 열리던 대회합이 올해는 다른 때보다 일찍 새해가 시작되면서 열리게 되었단다.

대회합은 보통 삼사 일에 걸쳐서 진행이 되는데, 주요 안건은 지난 일 년간의 지역별 부상들의 성과와 그로 인한 새로운 간부의 선출, 향후 일 년간의 계획 등이고, 전국의 부상과의 단합과 단속에 그 목적이 있단다.

하여 함경도에서도 마 도접장과 부접장을 위시한 전 반수들이 참가를 하였는데 지난 일 년간의 성과가 인정되어 함경도의 마 도접장이 본방의 삼존위(三尊位)로 추대가 되었다고 한다.

부상단 본방 대방의 정식 명칭이 팔도임방도존위(八道任房都尊位)이고 그 밑으로 팔도임방부존위, 팔도임방삼존위가 있으니 삼존위라면 부상단 전체의 제삼인자의 위치이다.

하지만 위치만 그러할 뿐 별로 실권이 없는 자리인지라 마 도접장이 정중히 사양을 하고 학성 군수와의 계약 건도 있으니 함경도 도접장의 자리를 고수하겠다는 의견을 밝히자 마 도접장을 삼존위의 자리로 올리고 자신이 함경도 도접장의 자리로 차고 들어가려 했던 현임 삼존위가 발끈하여 함경도 도접장의 자리를 놓고 경합이 벌어지게 되었단다.

하여 팔도의 임원들과 본방의 임원들이 투표를 하여 그 자리를 정하였는데, 마 도접장이 간발의 차이로 승리를 하여 함경도 도접장으로 재임명이 되었다고 한다.

한데 그 다음날, 일과를 마치고 숙소로 돌아가던 중에 그만 정체 모를 복면의 괴한들에게 습격을 받게 되었고, 그 자리에서 부접장과 반수 세 명이 목숨을 잃고 마 도접장은 옆구리와 가슴에 칼을 맞아 심각한 부상을 입은 채 여기저기 부상을 입은 반수들과 함께 간신히 도망을 칠 수 있었다고 한다.

그 후 혜민서의 아는 의원의 도움을 받아 치료를 하게 되었고, 나랏

님이 계신 한성에서 네 명이나 죽은 살인 사건이 벌어지다 보니 포도
청에서도 촉각을 곤두세우고 사건의 조사에 나서게 되었단다.

포도청의 조사가 부상단에게까지 이르게 되었고, 결국 사건의 원인
이 함경도 도접장의 자리를 놓고 벌인 이권 다툼이란 결론이 내려지면
서 탈곡기와 학성 군수의 조사로까지 그 여파가 미치게 되었다고 한다.

이러한 소식을 접한 도접장이 반수들 중 멀쩡한 한 명을 골라 급히
학성군으로 가 정훈에게 이러한 사실을 알리고 포도청의 조사에 대비
하라는 말을 전하게 한 것이란다.

"도접장 어른이래 소인에게 사또 나으리께 누래 끼치게 되어서리 송
구하다는 말씀이래 전하라면서 곧바로 실신이래 하시어 기색이 엄엄한
거이래 보고서리 죽기 살기로 이곳으로 달려온 거임둥."

"허어, 그런 일이 있었는가? 포도청의 조사가 본관에게까지 이어진
다 해도 본관에게 별다른 영향이야 끼치겠는가만은 오히려 칼을 맞은
도접장의 상세가 더 걱정이 되는구먼. 무난히 치료가 되어서 완쾌가
되어야 할 것인데⋯⋯. 하면 다른 말은 더 없었는가?"

"예, 사또. 포도청의 조사에 대비하시라는 말씀과 혹여 함경도 도접
장이래 바뀌어지는 사태래 발생이래 되어도 도접장 어른과의 약조래
잊지 말아주십사 하는 당부 말씀이래 있었습메다."

"흠, 그래. 알았네. 하면 자네는 어찌할 것인가? 이곳에 남아 있을
것인가, 아니면 한성으로 돌아갈 것인가?"

"예, 소인이래 한성으로 가봐야 함메다. 모두래 병자들임둥 소인이
래 옆에 있어야 하지 않갔습메."

"그래, 그것이 자네도 마음이 편할 듯하니 그리하시게."

"예, 사또. 하오면 소인이래 이만 물러가옴메다."

“눈길에 조심하시게.”

소식을 알리러 온 반수를 돌려보내고 정훈이 곰곰이 생각을 해보니 아직 포도청의 조사가 이곳까지는 미치지 못했을 것 같다.

장돌뱅이들이야 워낙에 산길과 눈길에 익숙한 사람들이니 소식을 접하자마자 이곳으로 바로 올 수 있었겠지만 포도청의 인물들이야 어디 장돌뱅이들만 하겠는가?

하니 외부로의 길이 소통이 되는 2월이 넘어서야 조사가 이루어질 것이고, 설혹 조사가 있다고 하더라도 정훈의 입장에서야 별반 거리낄 게 없었다.

비록 학성군이 연루된 이권 다툼이 살인 사건의 원인이라고 하더라도 정훈이 살인 사건에 개입한 것이 아니고, 또한 군수의 자리란 것이 포도청에서 함부로 할 만한 자리도 아니라는 점이다.

하지만 일단 사건에 대한 개요와 처리에 대해서는 알아둘 필요가 있겠다 싶어서 영과 의논을 하기 시작했다.

'영, 이 사건에 대한 너의 의견을 말해 봐라.'

'예, 캡틴. 우선 장돌뱅이 한 명의 말만 듣고서는 이 사건의 전반적인 개요를 생각해 내기가 어렵겠습니다. 과연 이 사건이 부상에게나 캡틴께 어떠한 영향을 끼칠 건지를 파악하려면 사건의 자세한 경위와 처리 과정을 알 필요가 있는데, 지금 이 사건의 발단과 원인도 그저 추측일 뿐 자세한 사정을 알 수가 없을뿐더러 여기서는 포도청의 조사가 어디까지 진행이 되었는지 알 수가 없습니다. 자세한 사정을 알려면 천상 한성의 상황을 알아야 할 것 같습니다.'

'흠, 한성의 상황을 알아야 한다……. 하면 천상 한성을 살펴봐야 한다는 얘긴데 한성의 어디어디를 살펴볼 생각이냐?

'우선 부상단의 본방을 살펴서 사건의 원인과 자세한 경위를 파악해야 할 것이고, 다음은 포도청에 대한 탐색을 꾸준히 해야겠지요. 조사 과정을 알게 되면 처리에 대한 것은 자연히 알 수 있지 않겠습니까?'

'흠, 좋아. 그러면 정찰기를 한성으로 옮겨서 부상의 본방과 포도청을 탐색해 봐라.'

'예? 아니, 캡틴, 정찰기를 한성으로 옮기면 여기 학성군은 어떡하구요? 학성군에 대한 탐색은 안 하십니까?'

'무슨 소리야? 그러면 정찰기가 아니면 한성을 어떻게 살펴보려고? 설마 터우리를 한성 위에 띄울 생각은 아니겠지?'

'뭐, 그래도 되겠지만 터우리까지 출동할 필요가 있겠습니까? 탐사선 한 척이면 될 것 같은데요.'

'뭐, 탐사선? 터우리가 지구로 추락할 때 정찰기 한 대만 반파된 채로 남아 있고 나머지는 다 파괴되었다면서?'

'예? 아니, 캡틴, 제가 언제 그런 말을 했습니까? 캡틴께서 정찰기에 대해서 물으시기에 반파되었다고 말씀드린 기억은 있어도 탐사선에 대해서는 한마디도 한 기억이 없습니다. 의심스러우시면 제가 그 당시의 영상을 전송해 드리겠으니 확인해 보십시오.'

'뭐야? 그럼 그 당시 탐사선이 멀쩡했었다는 말이냐?'

'아닙니다, 캡틴. 추락 당시 말씀드리지 않았습니까? 조종실과 동력실을 제외한 전 부분에 심각한 파손을 입었다고요. 탐사선도 심각한 손상을 입어 거의 완파된 상태였습니다.'

'뭐야, 이 자식아? 너 지금 나랑 말장난하자는 거야? 앙? 거의 완파된 탐사선이 어떻게……. 설마 너?'

'예. 맞습니다, 캡틴. 작년에 평안도 지방을 여행하실 때 말씀을 드

렸는데요. 터우리의 수리가 완료되었다구요. 그때 이미 탐사선의 수리
도 완료가 된 상태였습니다.'

'야, 이 거지 같은 자식아! 너 왜 그걸 이제야 말을 하는 것이야? 앙?
진작에 말을 했으면 비좁은 정찰기 대신에 탐사선을 타고 다녔으면 편
했을 것 아니냐, 이 자식아! 내가 비좁은 정찰기를 타고 다니며 고생하
는 걸 보고도 나 엿 먹으라고 일부러 말 안 한 거지?'

'아닙니다, 캡틴. 오해십니다. 캡틴께서 물어보질 않으시기에 저도
말씀을 안 드린 것뿐입니다. 게다가 캡틴께서 탐사선에 대한 생각을
전혀 안 하시니 저로서도 탐사선이 필요한 것인지 아닌지를 알 수가
없질 않습니까?'

'이 자식이 이거 고지식한 척하면서 완전히 나를 엿 먹이고 있었구
먼. 그럼 운반선도 지금은 멀쩡하냐?'

'예, 캡틴. 운반선도 작년에 수리가 완료됐습니다.'

'으아아아! 이 자식이 그동안 나를 아주 가지고 놀았다는 얘기잖아?
야, 이 자식아! 니가 진작에 말만 해주었어도 크고 편한 놈들 다 내버
려 두고 제일 조그맣고 비좁아 터진 정찰기를 타고 돌아다니느라 고생
하지 않아도 됐을 것 아니냐, 이 고철 덩어리 자식아! 그 정도도 생각
을 못하는 게 무슨 슈퍼컴퓨터야, 이 자식아! 너 이 자식, 당장 이리로
와! 코드를 확 뽑아버리고 말겠어, 이 자식아!'

'저, 캡틴, 고정하십시오. 지금 제 코드를 뽑으시면 당장 정찰기도
운행을 못하게 되고 한성으로 탐사선을 띄우는 것도 불가능해집니다.
진작에 말씀을 못 드린 것은 제 잘못이니 그만 고정하시고 화를 좀 삭
이십시오.'

'어휴, 이 자식 지금 코드를 뽑을 수도 없고, 그렇다고 두들겨 팰 수

도 없으니, 어휴, 정말 열받는다, 열받어! 지금 당장 탐사선 띄워, 이 자식아!'

'예, 캡틴.'

'탐사선 한 척이면 한성의 어느 정도까지 살필 수 있냐?'

'예, 한성부 전체를 살필 수 있습니다.'

'흠, 확실히 덩치가 크니까 소화 용량도 크구먼. 한성의 곳곳을 확실히 살피도록 하고, 그리고 너 고철 덩어리, 앞으로 한 번만 더 이런 일이 생기면 그때는 확실하게 코드를 뽑아줄 테니까 앞으로 처신 똑바로 해! 알았어, 이 고철 덩어리 자식아?'

'쩝…….'

'어쭈, 이 자식이 대답 안 하지?'

'예, 예. 알겠습니다, 캡틴.'

그날 동해의 바닷속에서 지름 7m 정도의 원반형으로 생긴 탐사선이 떠오르더니 한성의 상공으로 날아가 구름층 위에 멈추고는 한성의 곳곳을 탐색하기 시작했다.

한성 곳곳을 탐색하여 부상단의 본방을 찾아내고 본방의 인물들을 일일이 주시한 결과 이틀 만에 사건의 발단을 알아낼 수 있었는데, 마 도접장과 경합을 벌였던 삼존위가 경합에서 패하자 한성의 왈짜 패거리에게 청탁을 넣어 마 도접장을 죽이려고 한 것을 알게 되었다.

마 도접장을 죽이면 자연히 자신이 함경도 도접장이 될 것이고, 정훈이 벌이는 사업의 계약을 이어받아 막대한 부를 거머쥘 생각을 하고 일을 벌인 것임을 알 수 있었다.

마 도접장을 습격한 왈짜 패들은 이미 전국으로 흩어져 흔적을 지운 채 도주를 한 상태이고 의심을 받던 삼존위는 이미 포도청의 조사가 끝나고 증거 불충분으로 풀려난 상태였다.

부상의 탐색과 동시에 포도청의 탐색도 시작을 하면서 이미 포도군관 세 명이 학성군으로 조사차 출발을 하였다는 것을 알게 되었고, 연천으로도 포도군관 두 명이 파견되었다는 사실을 알게 되었다.

영의 보고를 받으며 정훈은 포도청의 민활한 움직임에 혀를 내두를 수밖에 없었다.

포도군관이 조사를 한다고 해봤자 품계도 없는 말단 관리로 그 어떤 물리적인 행사를 할 수가 없을 테니 그저 조사에 그치고 말 뿐이겠지만 그 조사 여부에 따른 윗선의 처리가 어떻게 될지는 정훈도 알 수 없는 일이다.

하여 정훈도 긴장을 하고 정찰기와 탐사선의 탐색을 지켜보고 있는데 정찰기에 학성군으로 잠입한 포도군관이 포착되었다.

영이 보내주는 실시간 영상으로 정훈이 살펴보니 인원은 네 명인데, 세 명이 남자고 한 명은 여자로 모두 상인으로 변장을 했다.

눈으로 길이 막혀 함경도의 백성들도 잘 다니지 못하는 길을 여자가 섞인 일행이 뚫고 들어오는 것을 보니 이들도 장돌뱅이 못잖은 체력을 지닌 것으로 보여 정훈이 감탄을 한다.

모두 보상으로 분장을 하고 들어와 이곳저곳을 돌아다니며 사람들과 말을 나누는 것이 정보를 규합하는 모양인데, 탐사선을 통하여 포도군관이 파견되었다는 것을 알지 못했다면 그저 상인으로 생각을 하고 주의를 기울이지 못할 뻔했다.

치밀한 그들의 분장에 정훈이 감탄을 하면서 계속 살펴보니 남자들은 성의 주변 마을을 돌며 정보를 수집하고, 여자는 성안으로 들어와 주로 민가의 여인네들을 상대로 정보를 수집하는 것 같다.

하긴 박물장수로 분장을 하고 돌아다니며 여인네들과의 대화를 유도하여 정보를 수집하면 이것저것 주워듣는 것이 많을 수도 있겠다.

정훈이 그들의 대화를 쭉 들어보니 주로 과수원과 가축 농장, 향고산 밑의 서당에 대한 얘기와 백성들을 위해 세금을 내려주고, 가축과 일거리를 주어 백성들의 생활이 좋아졌다는 칭송의 소리와 원님이 천지신명을 부려 백성들의 생활을 살피고 경기 이북에 소문난 성인이라는 얘기 등이 그들이 수집한 정보의 전부였다.

삼 일 만에 그들이 다시 모여 서로 의견을 나누더니 과수원과 가축 농장을 살펴보고는 바로 학성군을 떠났다.

정훈이 그들을 불러 대화를 좀 나누어볼까 하다가 그들이 수집한 정보가 정훈에게 별로 불리한 것들이 아닌지라 괜히 긁어 부스럼을 만들까 싶어 그냥 보내면서 연천으로 간 포도군관도 이런 정도의 조사를 할 것 같으면 걱정을 하지 않아도 되겠다 싶어 어느 정도 안심을 했다.

'영, 탐사선에 도접장이 잡히는가 한 번 살펴봐.'

'예, 캡틴. 혜민서의 건물 한곳에 누워 있는데 위험한 고비는 넘긴 듯합니다.'

'그래? 도접장의 상세가 심하지 않아야 할 텐데 걱정이군.'

정훈이 느긋한 마음으로 며칠을 보낸 후 영이 포도청에서 파견된 군관들이 상관에게 보고하는 장면이라면서 영상을 보내오기에 동헌에 느긋하게 앉아서 팔찌를 조절해 영상을 띄우고 구경을 하기 시작했다.

기다란 사방탁자에 아홉 명의 군관이 앉아 있는데, 상석은 비어 있고 좌측 첫 번째 좌석에 공작새의 깃털과 용(勇) 자가 새겨진 판이 달린 전립을 쓴 군관이 앉아 있고, 그 옆과 우측 두 번째 좌석부터 상모가 달린 전립을 쓴 군관이 네 명씩 앉아 있다.

좌측 첫 번째 좌석에 앉은 군관이 상석의 앞에 놓인 두루마리를 하나씩 펼쳐 읽어보더니 먼저 입을 열었다.

"잠시 후에 종사관 나으리께서 오시면 최종 보고를 올려야 하니 모두들 조사 내용을 종합해서 보고를 할 수 있도록 준비를 하라."

"예, 부장 나으리."

모두들 대답을 하고는 머리 속으로 보고 내용을 정리하는지 눈알만 굴려가며 조용히 앉아 있는데 대청의 문이 열리며 붉은 전포에 옥로(玉鷺:옥으로 만든 해오라기 조각)와 용(勇) 자, 푸른 새의 깃털이 꽂힌 전립을 쓴 군관 한 명이 들어선다.

그러자 의자에 앉아 있던 군관들이 모두 일어나고 새로 들어온 군관이 상석으로 가서 서자 일제히 군례를 올리며 인사를 한다.

"종사관 나으리를 뵙습니다."

"모두들 착석하시게."

종사관(종5품)이 자리에 앉으며 말을 하자 부장이 앉고 그 뒤를 이어서 군관들이 앉는다.

부장이 종사관 앞에 놓인 두루마리 중 하나를 집어서 종사관에게 올리며 말을 시작하자 종사관이 두루마리를 펼쳐 눈으로는 두루마리를 보면서 부장의 보고를 듣는다.

"이번 숭례문 밖 남청동의 부상 살인 사건에 대한 최종 보고를 올리겠습니다. 먼저 이번 살인 사건의 개요에 대해서는 먼젓번에 소상히 보고를 드린 바가 있기에 지금은 간략히 말씀만 드리고 넘어가겠습니다. 이 사건은 정월 초아흐레(9일) 술시(저녁 7시~9시)에 남청동의 미들고개에서 벌어진 사건으로 피해자들은 부상의 대회합에 참석한 함경도 도접장과 부접장, 반수 여섯 명으로 이들 중 부접장과 반수 세 명이 그 자리에서 죽고 도접장이 중상을 입었으며 나머지 세 명의 반수도 가볍지 않은 상처를 입었습니다. 가해자들은 세 명의 반수들과 이 사건을 목격한 다른 상인들의 증언을 토대로 살펴보건대, 모두 열한 명의 복면을 한 장정들로 모두 칼을 소지하고 있었으며 칼놀림이 예사롭지 않았다는 증언입니다. 이 사건을 접수하고 부상의 인원들과 한성부에 거주하는 한량, 왈짜 패들을 대상으로 조사를 벌이던 중 반석방의 왈패들이 모두 잠적을 한 것을 알게 되었고, 그들이 사건이 일어난 날 신시(오후 3시~5시)에 모두 모여 작당을 하고는 어디론가 갔다는 반석방 입구에 있는 주막 주모의 증언이 있었습니다. 하여 그들을 이 사건의 가해자로 지목하여 전국의 감영과 군영에 격문을 돌렸습니다.”

“흠, 다른 왈짜 패나 한량들의 조사는 어떻게 되었는가?”

“예, 칠패의 왈패들은 그날 모두 노름방에 있었던 것으로 밝혀졌고, 난전의 왈패들도 일부는 노름방에서, 일부는 주막에서 밤새도록 술을 마신 것으로 밝혀졌습니다. 그리고 광통방에 몰려드는 한량들도 조사 결과 그날의 행적에 별로 수상한 점이 드러나지 않았습니다.”

“결국 반석방 왈패들에게 혐의가 돌아갈 수밖에 없다는 얘기로군. 계속하게.”

“예. 피해자들이 반석방의 왈패들과 친분이나 원한이 없었다는 점을 감안하여 왈패들이 누군가의 사주를 받은 것으로 판단이 됩니다. 하여 대회합에 참석한 부상의 간부들을 조사하였는데, 삼존위라는 인물이 함경도 도접장과 이권을 노린 자리다툼이 있었다는 정보를 알아내었습니다. 이 부분은 부상들의 조사와 취조를 한 최 군관이 직접 보고를 드리겠습니다. 최 군관, 보고드리게.”

부장이 말을 마치자 부장의 옆에 앉아 있던 군관이 벌떡 일어나더니 보고를 시작한다.

"보고드리겠습니다. 부상단의 간부들을 조사하던 중 삼존위라는 인물이 함경도 도접장의 자리를 놓고 피해자인 전임 함경도 도접장과 경합을 벌인 사실을 알아냈습니다. 전임 도접장을 삼존위로 승차시키고 삼존위가 함경도 도접장으로 자리를 옮기려 하였는데 피해자가 사양을 하고 도접장의 자리를 고수하자 결국 참석자들의 투표로 결정을 짓게 되었고, 투표 결과 피해자가 재임을 하는 것으로 결정이 되었답니다. 이것이 사건 발생 하루 전의 일입니다."

최 군관이 여기까지 보고를 하자 종사관이 말을 끊고는 질문을 한다.

"잠깐, 이해가 안 되는 부분이 있는데, 삼존위라면 부상단에서 세 번째의 자리에 있는 자가 아닌가? 그런 자가 하위의 직급인 도접장의 자리를 놓고 경합을 벌였다는 게 이해가 안 되는군. 이 부분에 대해 설명할 수 있겠나?"

"예, 나으리. 전 같으면 삼존위가 도접장의 자리를 놓고 경합을 벌이는 일은 있을 수도 없는 일일 것입니다. 하온데 올해 들어 함경도 도접장의 지위와 세가 막강해졌습니다. 나으리께서도 혹 탈곡기라는 것을 보신 적이 있으신지 모르겠습니다만 지난가을부터 경기도를 위시한 중부 지방에 부상들을 통해 탈곡기라는 것이 일제히 판매가 되고 있습니다. 탈곡기 한 대에 스무 냥이라는 거금으로 판매가 되고 있는데도 몇 달 동안 천 대에 가까운 탈곡기가 팔렸다고 합니다. 이문도 상당하여 5할이 넘는다고 하는데, 올해 북부와 남부 지방에까지 판매가 된다면 그 이문은 상상할 수도 없는 거액이 될 것으로 보여집니다. 하

온데 그 탈곡기의 생산지가 함경도 학성군으로 학성 군수께서 탈곡기
를 개발하시어 생산을 하고 계시다고 합니다. 학성 군수께서 부상에게
그 판매를 맡기셨는데 계약을 본방의 대방과 한 것이 아니라 함경도
도접장과 하였답니다. 하여 그 막대한 이문 중 절반에 가까운 자금이
도접장에게 돌아가게 되었고, 자연히 함경도 도접장의 부와 세가 커지
게 된 것입니다."

"호, 그리된 것이로구먼. 삼존위란 인물이 그 이문을 탐하여 함경도
도접장의 자리에 경합을 건 것이고 결국 실패를 하였다 그 말이군. 한
데 아직도 이해가 안 되는 부분이 있는데, 학성 군수께서는 어찌하여
대방과 계약을 하지 않으시고 도접장과 계약을 하신 겐가?"

"그것까지는 소관도 잘 모르겠습니다. 아마 도접장과 안면이 있는
것이 아닐는지요?"

여기까지 보던 정훈이 혀를 끌끌 찬다.

"이제 보니 마 도접장 이놈이 제 욕심을 차리려고 대방에게 보고도
아니 하고 나와 계약을 맺은 것이로구먼. 고얀 놈 같으니라고. 욕심이
과하면 화를 입는 법이니 제 화를 제가 불러들인 꼴이 되었군. 나를 속
이고도 뭐, 약조를 잊지 마라고? 괘씸한 놈 같으니."

자세한 사항이야 아직 모르겠지만 마 도접장에게 속았다는 생각이
들자 정훈의 속에서 화가 치민다.

유민이나 고아들의 유입과 학성군의 사업에 많은 도움을 주어 고마
운 마음에 이문을 좀 많이 남겨주었더니 결국은 한 놈의 배만 채워주
는 결과가 되고 만 것이다.

정훈이 조선으로 넘어온 뒤로 왜 자꾸 상인들에게만 속임을 당하는

지 모르겠다.

정훈은 믿는 마음으로 사람들을 대하는데 조선의 상인들은 그렇지 않은 모양이다.

영상이 계속 이어지자 정훈이 속으로 울분을 삭이며 영상으로 눈을 돌렸다.

"쯧쯧, 학성 군수께서 아무리 도접장과 안면이 있으시더라도 상단에는 질서라는 것이 있는 것인데 이런 큰 일을 일개 지역 책임자와 계약을 하셨으니 분란이 생길 수밖에……."

종사관이 혀를 차며 정훈을 나무라는 투로 말을 하니 정훈의 인상이 살짝 일그러진다.

'그 고얀 놈 덕분에 내가 욕을 먹는구먼. 젠장.'

"계속 보고드리겠습니다. 혐의가 가는 삼존위를 소관이 호출하여 추국을 하였사온데 삼존위는 왈패들에게 사주를 한 사실이 없다고 계속 부인을 하고 있습니다. 증거도 충분하지 않고 하여 일단 방면을 하였사옵고 왈패들의 행적이 밝혀질 때까지 보호 조치를 취하게 하였습니다. 다른 부상의 간부들은 별다른 혐의점이 발견되지 않아서 일단 조사를 여기에서 멈추고 왈패들의 행적 파악에 주력을 하고 있습니다."

최 군관이 보고를 마치고 자리에 앉자 부장이 말을 잇는다.

"이 사건에 함경도 학성 군수께서 연루가 되어 있기에 소관이 혹시 하는 마음으로 학성 군수에 대한 조사를 명했습니다. 이것이 학성군에 대한 조사 내용이고 이것은 학성 군수의 고향인 연천군 밤골에 대한 조사 내용입니다."

부장이 남은 두 개의 두루마리를 가리키며 말을 하자 종사관이 고개를 끄덕이며 두루마리를 집어 든다.

"지금 집으신 것이 연천군 밤골에 대한 조사 내용이니 조사를 벌였던 지 군관이 보고를 드리겠습니다. 지 군관, 보고드리게."

부장의 건너편 끝에 앉아 있던 군관이 일어나더니 간단히 목례를 하고는 말을 한다.

"우선 간단히 학성 군수의 주변 관계부터 보고를 드리겠습니다. 먼저 가족 관계로는 모친과 형수, 부인이 계십니다. 한데 연천 관아의 호적청에 의뢰하여 알아보니 모친이 친모가 아닙니다. 모친의 부군, 즉 현 학성 군수의 호적상 부친은 전주 이가로 오래전에 타계하셨고, 슬하에 아드님이 한 분 계셨는데 몇 년 전에 죽었습니다. 하여 현 학성 군수를 양자로 들인 것 같습니다. 삼 년 전 12월에 죽은 아드님의 밑으로 친자로 입적이 된 것을 확인하였습니다."

"흠, 독자가 죽었으니 양자를 들이는 것은 당연한 것이지. 계속하게."

"예. 한데 그 부인과의 관계가 좀 이상하옵니다. 부인은 계해(癸亥)년 생으로 올해 삼십일 세가 되시는데 십이 년 전에 안변의 김 참봉 댁으로 출가를 한 것으로 조사가 되었습니다. 밤골로 돌아온 것이 삼 년 전 겨울인 것으로 확인이 되었고, 그 부군인 학성 군수께서 김 참봉 댁의 아드님이 아닌 것이 확인이 되었습니다."

종사관이 이해가 안 되었는지 성급히 말을 끊으며 질문을 한다.

"그게 무슨 말인가? 학성 군수의 부인이 십이 년 전 안변의 김 참봉 댁으로 출가를 하였는데 지금의 부군인 학성 군수는 김가가 아니라 이가라 이 말인가? 허, 이게 무슨 조화인가? 하면 안변으로 사람을 보내어 확인을 해보았는가?"

"예, 소관이 안변을 다녀왔사온데 안변의 김 참봉 댁에서는 부인이 삼 년 전에 죽었다고 하옵니다. 양반 댁이라 더 이상 자세히 캐물을 수가 없어 그냥 돌아왔사온데 아무래도 미심쩍은 구석이 많사옵니다."

"흠, 하면 부인의 다른 자매가 있을 수도 있겠는데 그 부분은 확인을 해보았는가?"

"그것이 호적상으로는 여인들을 호적에 올리지 않는지라 확인할 수는 없었사옵니다만 밤골 백성들을 상대로 탐문을 한 결과로는 안변 김 참봉 댁으로 출가를 한 여인과 지금 밤골에 있는 부인이 동일 인물인 것으로 파악이 되옵니다."

여기까지 들은 정훈은 가슴이 철렁 내려앉는다.

조선의 법에 재취는 허가가 되지 않으며 더구나 소실도 아니고 정실이라면 꿈도 꿀 수 없는 일이다.

지금 호적에 부인이 정실로 등재가 되어 있다.

여기서 더 깊이 조사가 들어가 이것이 발각된다면 풍속의 문란으로 중벌을 면치 못한다.

정훈이 바짝 긴장을 하고 영상을 노려보았다.

종사관이 한참을 생각하는 것 같더니 말을 한다.

"이 일은 군수의 집안에 관계된 일이다. 자칫 조사가 잘못된다면 큰 화를 초래할 수도 있는 일이니 확실하게 문서로 확인이 되지 않은 사항은 역모에 관계된 일이 아니라면 문제 삼지 말고 덮는 것으로 한다. 다음을 보고하라."

"예, 나으리. 학성 군수의 행적에 관한 것으로 밤골 이전의 행적이 전혀 파악이 안 되옵니다. 친부모가 누구며 어디에 살았었는지 자료가 전혀 없을뿐더러 아는 이도 전혀 없습니다. 부인의 일과 더불어 소관이 확인할 수 없었던 부분이옵니다. 하옵고 재작년 경기 이북에 신비한 의술을 지닌 성인이 나신 소문이 있었사온데, 학성 군수께서 그 장본인인 것으로 확인이 되었습니다. 재작년 경기, 황해, 평안도의 각 고을을 돌며 방역과 병자들을 치료하였고, 연천군에 발병한 역병을 잡고 병자들을 치유한 사실이 확인되었습니다. 하온데 또 한 가지 이해 못할 사항은 재작년 정시에 응시하여 병과로 급제를 하였는데, 곧바로 학성 군수로 발령을 받았다는 점이옵니다. 병과로 급제를 하였을 뿐인데 종4품 군수로 발령을 받았다는 것이 소관은 이해가 안 되옵니다. 하옵고 밤골의 백성 중 몇 명이 군수께서 설을 밤골의 집에서 지새고 가셨다는 말을 하였사온데 이 부분도 소관으로서는 이해가 안 되는 부분이옵니다. 이상입니다."

"흠, 참으로 신비한 양반이로세. 성인에 대한 소문은 본관도 들은 바가 있는데 그 당사자가 학성 군수였다니 놀라운 일이로군. 게다가 행적이 전혀 파악이 안 될뿐더러 병과의 급제로 종4품 군수라……. 뭐, 이 부분이야 주상께서 하신 일이니 우리가 신경을 쓸 일이 아닌 것이고, 부인의 일과 행적을 파악할 수 없다는 것이 좀 걸리긴 하는군. 그리고 설을 밤골에서 지새고 가다니 이상한 일이군. 그리하려면 설을 전후하여 이십 일 이상을 학성군을 비웠다는 얘긴데, 누가 학성군을 조사하였는가?"

종사관이 묻자 부장이 앞에 앉은 군관에게 눈짓을 하고 눈짓을 받은 군관이 일어나 읍을 하고는 대답을 한다.

"소관들이 학성군에 관한 사항을 조사하였습니다. 하오나 군수께서는 관아를 비운 적이 없는 것으로 조사가 되었습니다. 초이틀(2일)에 전 군관과 아전들의 신년 하례를 받으셨고, 초사흘(3일)에는 향임들과 술자리를 마련한 걸로 조사가 되었습니다."

군관이 보고를 하자 종사관이 지 군관을 확 째려본다.

"이봐, 지 군관, 무슨 조사를 이따위로 하는 겐가? 학성 군수가 관아에서 아전들의 신년 하례를 받고 향임들과 술자리를 하였다는데 자네는 밤골에서 설을 지새고 갔다니 이게 말이 되는가? 자네는 학성 군수가 무슨 홍길동이라도 되는 줄 아는가? 순식간에 밤골에 번쩍, 학성군에 번쩍, 이게 말이 되는 소린가 이 말이야?"

"송구하옵니다, 나으리. 하오나 밤골 백성들에게 탐문을 할 때 몇 명이 분명 그리 말을 하였사옵니다."

지 군관이 욕을 먹으면서 애써 변명을 하자 듣고 있던 정훈이 배꼽을 잡고 웃는다.

하긴 일반인들이 어찌 이해를 할 수 있겠는가?

"에잉, 칠칠치 못한 사람 같으니라고. 백성들의 말에 진부(眞否:참과 거짓)도 구별을 못하면서 어찌 제대로 된 조사를 한다는 말인가? 다음이나 계속 보고하게."

"예, 나으리. 조사 결과 현 학성 군수께서 작년 2월에 부임을 하시어 일 년간 많은 일을 하신 것으로 조사되었습니다. 우선 마천령 산자락에 과수원을 만들어 백성들에게 일거리를 주고, 부상을 통하여 가축을 들여와 가축 농장을 만들고 각 농가에 가축을 분배하여 백성들의 수입 증대를 꾀한 것이 확인되었습니다. 또한 향고산 밑에 대규모의 서당을 지어 전 고을의 아이들 600여 명을 모아 기숙을 시키며 무상으로 교육을 시키고 있었사옵니다. 더구나 올해의 세금을 대폭 내려 징수하시어 백성들로부터 칭송이 자자하였습니다. 한데 한 가지 허황된 소문이 돌고 있었사온데, 군수께서 신명을 부리시어 백성들의 삶을 돌보고 계신다고 백성들마다 말을 하더이다. 아마도 군수께서 선정을 베푸시니 백성들이 그리 믿는 것으로 생각되옵니다. 이상입니다."

"허, 600여 명을 기숙을 시키며 무상으로 교육을 시키다니 대단하구먼. 아마도 탈곡기와 농장에서의 수익으로 서당을 운영하시는 모양이군. 알았네. 본관이 이대로 포도대장(捕盜大將:종2품)께 보고를 올림세. 다들 수고하였네."

종사관이 일어나 나가자 부장이 따라 일어나 두루마리를 들고 뒤따라 나가고 군관들이 일어나 예를 표하는 걸로 영상이 끝났다.

부인의 일과 정훈의 행적에 관한 일을 제외하면 크게 문제가 될 만한 사항이 없는지라 정훈이 다소 안심이 되어 마음을 놓았다.

그런데 사 일 후 아침에 느닷없이 영의 다급한 전음이 들어왔다.

'캡틴, 아무래도 일이 커질 것 같습니다. 창덕궁의 아침 조례에서 캡틴의 행적에 관한 사항을 면밀히 조사하라는 명이 사헌부로 내려졌습니다. 하여 사헌부 장령(掌令:정4품)이 학성군으로, 감찰(監察:정6품)이 밤골로 파견될 것으로 보여집니다.'

'무슨 소리야? 포도청의 조사로는 별로 문제될 것이 없어 보이던데 어떻게 전하께 보고가 된 것이지?'

'그것이 포도대장이 사헌부로 보고를 한 모양입니다. 사헌부에서는 관헌들에 대한 감찰이 주 임무이다 보니 조례에서 마님의 일과 캡틴의 행적에 관한 일을 안건으로 제시를 하였고, 대사헌 및 사헌부 관헌들의 주청으로 조사에 대한 윤허가 떨어진 모양입니다.'

'일이 왜 이렇게 된 거야? 부상들의 다툼으로 왜 불똥이 나한테로 떨어지냐고? 어, 어떡하지? 내 행적이야 적당히 둘러대면 어떻게 되겠지만 밤골에서 조사가 진행된다면 부인의 일이 발각될지도 모르는데. 아, 이거 큰일이네.'

'캡틴, 마님의 일이 발각되면 중벌을 면하기 어렵게 됩니다. 사헌부 감찰이면 조사도 꼼꼼히 할 것이니 마님의 일을 철저히 파헤칠 것으로 보아야 할 겁니다. 차라리 마님을 잠시 피신시키시는 것이 어떨는지요?'

'야, 이 멍청한 놈아, 조선에서 피신을 시켜야 어디로 피신을 시키냐? 게다가 부인이 피신을 하면 죄를 인정하는 것인데 그리되면 처남은 또 어떻게 되고? 처남에게까지 불똥이 튀게 된단 말이다. 아, 이거 어떻게 잘 무마할 수 있는 뾰족한 방법이 없나?'

정훈이 전전긍긍하며 아무리 머리를 짜보아도 별다른 묘책이 떠오르질 않는다.

'야, 이 고철 덩어리 자식아! 가만히 있지 말고 니가 슈퍼컴퓨터라면 이럴 때 묘책을 좀 내놔보란 말야, 이 자식아! 그렇게도 방법이 안 떠오르냐?'

'쩝, 저라고 뭐, 뾰족한 묘책이 어디 있겠습니까? 조사를 하다 보면 발각이 될 것이 뻔한데 피신을 시키는 것 외엔 별다른 방법이 없을 것 같습니다. 하지만 캡틴께서 피신은 안 된다고 하시니 조사 과정을 지켜보면서 대책을 강구해야지 별수가 없겠습니다.'

'휴, 이거 일이 어쩌다 이 지경까지 되었나? 할 수 없다. 정찰기를 밤골로 이동시켜서 밤골에서 진행되는 조사 과정을 꼼꼼히 살펴보게 해. 그러다 여차하면 피신을 시켜야지 별수없다.'

'알겠습니다, 캡틴.'

정훈과 영이 별다른 대책을 세우지도 못하고 어영부영하는 사이 밤골로 사헌부 감찰이 파견되었고, 결국 부인의 일이 발각되고 말았다.

또한 부인의 일이 발각되면서 안변 김 참봉 댁도 조사를 받게 되었고, 부인이 소박을 맞은 사연과 습첩을 통하여 정훈을 만난 사실이 낱낱이 밝혀졌다.

정훈에게도 사헌부 장령이 찾아와 정훈의 행적과 군 내의 소문을 조사하였는데 정훈이 삼 대째 아라사의 땅에서 살아온 걸로 위장을 하여 설명을 하고 부인의 일은 이미 밤골에서 발각이 된 상태인지라 사실대로 습첩을 통하여 만나서 양자로 호적을 취득한 경위를 설명해 주었다.

그나마 다행인 것은 호적을 취득한 경위에 대해 자세히 파고들지 않아서 처남의 일은 숨겨질 수 있었다는 것이다.

그로부터 보름 후 정훈과 부인에 대한 징계가 결정이 되었는데, 정훈은 양자로 호적을 취득한 것은 문제가 되지 않으나 습첩을 통하여 얻은 여인을 정실로 호적에 등재한 것은 법도에 어긋난 일이니 이를 문책하고, 군의 백성들을 귀신을 부리는 등 사술로 현혹한 것이 인정이 되나 백성들에게 선정을 베풀고 의술을 베풀어 역병을 잡은 것이 인정이 되므로 과거에 급제한 방목은 그대로 유지를 하되 군수의 관작을 파직하고 울릉도로 유배를 보내는 것으로 결정이 되었다.

또한 부인은 소박을 당하여 습첩을 한 것은 풍속을 따른 것이라 인정이 되나 정실로 등재가 되는 것은 인정할 수 없는 일이니 정훈의 의견을 들어 계속 데리고 살고자 한다면 그 격을 첩으로 내리고 장 50대의 형을 내리는 것으로 결정이 되었다.

그리고 김 참봉 댁의 아들은 비록 부인이 자식을 못 낳는 것이 칠출(七出:칠거지악)에 해당되기는 하나 또한 삼불거의 여공경삼년상불거(與共更三年喪不去:함께 부모의 삼년상을 치렀으면 쫓아낼 수 없다)와 전빈천후부귀불거(前貧賤後富貴不去:전에 가난하였다가 후에 부귀하게 되면 쫓아낼 수 없다)에 해당하여 쫓아낼 수 없음에도 불구하고 소박을 놓은 것은 소박정처죄(疏薄正妻罪:삼불거를 위반하고 정실을 쫓아낸 죄)에 해당하므로 의절이혼(義絶離婚:의절의 사유가 발생되어 강제로 이혼시킴)과 더불어 장 100대의 형이 결정되었다.

탐사선을 통하여 그 사실을 바로 전해 들은 정훈은 사후 대책을 마련하느라 또 골머리를 싸매야 했다.

'영, 부인이 장 50대를 맞으면 죽는다고 봐야 한다. 어떻게 장을 피할 수 있는 방법이 없겠냐?'

'캡틴, 방법이 있습니다. 마님을 잠시 피하게 하고 해주댁을 마님으로 분장시켜 대신 장을 맞게 하면 됩니다. 해주댁의 얼굴 피부를 마님의 얼굴로 조작하면 감쪽같을 것이니 모두를 속여넘길 수 있을 겁니다.'

'그래? 잘됐다. 하면 의금부의 도사들이 도착할 때를 맞추어 부인을 잠재우고 해주댁을 분장시켜라.'

'예. 알았습니다, 캡틴.'

부인의 일은 그리 처리하기로 하고 정훈도 이제 학성군의 일을 정리하여야 할 것인데, 가만히 앉아서 생각을 하니 참으로 분하고 원통하다.

자신은 잘해보고자 한 일인데 부상에서의 이권 다툼이 정훈에게로 불똥이 튀어 삭탈 관직에 유배까지 가게 되었으니 어찌 분한 마음이

들지 않겠는가?

'이 마 도접장 이놈하고 삼존위 이놈이 욕심에 눈이 멀어 이권 다툼을 하는 바람에 애꿎은 나만 피를 보고 마는구나. 으드득, 이 죽일 놈들. 내 이놈들을 가만두나 봐라. 휴, 그나저나 군 내의 벌여놓은 일을 정리하여야 할 텐데 어떻게 정리를 한담. 난감하구먼.'

다음날 의금부 도사들이 한성을 출발하였다는 소식이 정훈에게 들어오고, 다음날 부인으로 분장한 해주댁이 연천 관아로 끌려가 장 50대를 맞고 풀려났다는 소식을 들었다.

일단 부인의 일을 잘 마무리한 정훈이 향임들을 모두 소집하여 서당의 일을 맡겼다.

아직 한성에서 벌어진 일을 모르는 향임들은 정훈이 서당의 건립에 들어간 천 냥의 돈과 매달 들어가는 서당 운영비 사백 냥과 교육 장려비를 향임들이 각출하여 분담을 한다면 서당의 운영권을 넘겨주겠다고 하자 흔쾌히 수락을 하고는 혹여 군수의 마음이 바뀔세라 그 다음날로 각자 각출을 하여 천 냥의 돈을 만들어 정훈에게 갖다 바쳤다.

그 다음으로 한과 삼을 호장과 군장에서 파면을 시키고 삼에게 천 냥의 돈과 함께 고아원과 탈곡기 공장의 운영을 맡기고 부상의 대방을 직접 불러들여 판매에 대한 계약을 단기간으로 새로 체결하되 출하 가격을 열 냥 이상으로 맞추도록 지시했다.

또한 상방을 해체시켜 장삼구와 그 형제들을 과수원과 가축 농장, 버섯 농장에 배치하여 삼의 통제 하에 관리하도록 하고, 가능하면 부상을 떠나 밑의 상인들을 모아 새로운 상단을 만들어 학성군에서 나오는 상품들을 판매할 수 있도록 조직을 갖추라고 지시했다.

그리고 군관들을 불러 정훈의 유배 사실을 설명하고 혹 후임 군수가

군관 및 병사들을 해체하면 봉급을 종전대로 맞추어줄 것이니 삼에게
의탁하라 이르고 관아의 모든 관속들에게 반년치 봉급을 미리 계산하
여 지급했다.

정훈이 일을 마치자 바로 의금부 도사가 후임 군수와 함께 들이닥쳐
간단히 후임 군수에게 업무를 인계하고 한을 대동한 채 금부 도사들에
이끌려 울릉도로의 유배길에 올랐다.

정훈의 유배 소식을 들은 소희와 현이 달려와 울고불고 눈물바다를
만드는데, 많은 군민들도 정훈의 유배를 위로하며 눈물을 흘려준다.

이로써 파란만장한 정훈의 군수 생활도 일 년 만에 막을 내리고 부
인마저 그 격이 첩으로 강등당한 채 한마디 위로의 말도 건네지 못하
고 쓸쓸히 유배지로 향하고 말았다.

제3권에 계속…

청 어 람 판 타 지 장 편 소 설

마신의 불길보다 더 사나운 환염의 붉은 불꽃!

THE CONSTELLATION OF BLAZE

『홍염의 성좌』

홍염의 성좌 / 아울 지음

98년 『검은 숲의 은자』, 02년 『폭풍의 탑』, 04년 『겨울 성의 열쇠』
고품격 판타지 작품 세계만을 선보여온 작가 민소영! 그녀의 최신작!!

신세대적인 기발함과 경쾌한 문체,
풍부한 상상력이 빚어낸 판타지계의 명품 중 명품!
짙고 그윽한 그녀만의 농밀함이 빚어낸 장대한 스펙터클 드라마!

2005년 여름,
진한 감동과 짜릿한 전율이 시원하게 회오리친다!

FANTASY
FRONTIER
SPIRIT

청어람 판타지 장편소설

『비커즈(BecaUse)』를 초월한
신개념 스타일리쉬 판타지의 재림!

손제호 판타지 장편 소설

러쉬 / 손제호 지음

단언한다!
이제부터 러쉬(Rush)의 시대다!

Rush : 돌진[맥진]하다. 쇄도하다. 돌격하다. 급습하다.

손제호 특유의 럭셔리 스타일!
누구도 넘볼 수 없는 기발한 상상력의 압승!
잘 버무려진 유쾌한 웃음과 명쾌한 즐거움의 조합!

2004년 최고의 화제작 『비커즈(BecaUse)』를 탄생시킨,
이 시대 최고의 스타일리시 스페셜리스트 손제호의 최신 역작!

FANTASY
FRONTIER
SPIRIT